众 神 笑

罗毅祥 著

九州出版社
JIUZHOUPRESS

图书在版编目（CIP）数据

众神笑 / 罗毅祥著. -- 北京 : 九州出版社,
2014.7

ISBN 978-7-5108-3079-2

Ⅰ. ①众… Ⅱ. ①罗… Ⅲ. ①短篇小说—小说集—中国—当代 Ⅳ. ①I247.7

中国版本图书馆CIP数据核字(2014)第147576号

众神笑

作　　者	罗毅祥　著
出版发行	九州出版社
出 版 人	黄宪华
地　　址	北京市西城区阜外大街甲35号（100037）
发行电话	(010)68992190/3/5/6
网　　址	www.jiuzhoupress.com
电子信箱	jiuzhou@jiuzhoupress.com
印　　刷	北京华忠兴业印刷有限公司
开　　本	787毫米×1092毫米　16开
印　　张	12.75
字　　数	183千字
版　　次	2014年8月第1版
印　　次	2014年8月第1次印刷
书　　号	ISBN 978-7-5108-3079-2
定　　价	28.00元

（一）

树神从来没有想过自己会因为一个小小的不慎而陷入缧绁之中，他不后悔但他却想不明白自己到底错在哪里？自己仅仅是给了那个孤苦伶仃、疾病缠身的孩子一碗“清心汤”让他不至于饿死。因为他看见那个孩子太可怜了，衣衫褴褛不说，身上伤痕累累，着实惨不忍睹。于是起了恻隐之心，从树的躯壳里现出元神，将可能帮助他的东西拿出来送到他的手中，再顺带说了一些关切的话后就回到了躯壳之中，继续恪尽职守，兢兢业业地工作着。

树神的工作很简单也很艰难。他只需要每天朝着天上顶礼膜拜一万八千次，就算完成了这一天的工作。从晨曦初升到夕阳西下，运天地之辰时，原本是生来就安排好了的。可到底是谁安排好的，他并不知道。他只知道，自从有了意识的那一刻起，便时时能够听到来自天上的声音：“现在的你已经有了灵智，这是上天对你的眷顾和恩赐，所以你要感恩戴德，而且还要不停地顶礼膜拜，一直到第二道圣旨降临，你便能具有身形。如若你想上天，还得潜心修炼。”

“上天？”这是一个新鲜的词汇，初一听，说不出的刺激和神奇，只觉得眼前一片开阔，然后便看见一条笔直的没有阻碍的康庄道路，什么也不管，什么也不用想，只需要勇往直前、心无旁骛地向前走就能到达彼岸。

“这就是我的人生！”树神明显欢快起来，“这就是我要走的道路！”树神手舞足蹈，于是树叶“沙沙”抖动，他招来了风，招来了鸟。风呜呜地吹着，鸟儿绕着他上下翻飞，不停地唱着美妙的歌。

他感觉到十分愉快，从来都没有觉得有什么不对。

环顾四周，不管是与他是同类还是异类的生灵，都是这个样子的。大家都会像他一样各自为了那个单一的目标而努力。

有了意识只是变成树神的第一步而已。虽说都是树的子孙，但他却与同伴们并不完全一样，因为它们的年龄参差不齐，高低、粗细、种类也都不一样，并且有髫有耆。每天接受日月之精华的照耀和熏陶，还要接受风霜雨雪的考验，这样，如果能存活下来，到了百年便有了意识，可是如果要修炼成元神的话就得每天一万八千拜。许多老树坚持不住，纷纷放弃。因为太累、太苦，腰都弯了，手都麻了，叶子也掉得精光，皮也戳破了，汁液涕泗横流。实在是受不了啊！

放弃才是明智的选择。

放弃又是后悔的选择。

于是他们纷纷勉励后生一定要坚持，因为磕头才能改变人生！磕头才能改变命运！磕头才会有一个光辉的未来！

老树抽打着小树，因为他们不认真，不虔诚，不努力，那还有什么指望，他们作为树的尊严何存之有？

他们把尊严二字看得比什么都重要，因为他们必须要向着神的路子迈进，才能规避被人类砍伐的悲惨的命运。

有了意识的树是受到上天的眷顾的。人类的斧头砍不倒他们，相反，还会因为神所赋予的力量使得斧头在触碰到自己身躯的刹那间化为齑粉。

于是人类吓坏了。

他们再也不敢砍伐上了年纪的树，特别是那些百年以上的树。他们全是妖怪，全是魔鬼！连斧头都会变残，鬼才会砍！

可是那些还没长成的小树却遭了殃。他们被轻易砍倒，然后在人们的歌声中被劈成整整齐齐的一小块一小块装载上车，在夕阳西下中缓缓离去。

而其余的树只能哀悼惋惜，或默默流着泪，或暗自祈祷。

当然，这仅仅是针对那些有了意识的树神，而对于那些普通的树，痛或者生与死根本就没有任何的感觉。他们坐等被砍伐，再坐等轮回转世后又变为一棵树。

前世为树，今生也为树，世世代代为树，这是他们的命运，也是他们的人生信条。

这也没有谁怀疑过，好像大家都认为是这样的。就像他们本就待在一个地方扎根在土里，那就应该待在这个地方扎根土里，他们的枝叶本就高高在上并且永远地高高在上。

轮回的信条在他们脑中根深蒂固，难以拔除，所以他们深以为然，不以为意。

能够坚持拜完一万八千拜的树神着实寥寥无几，最终只有十棵。

他们拜到最后已完全变了形状。腰身弯成了弧形，与龙虾一般无二；枝叶掉得罄尽，与冬天枯死的普通树木殊无二致；树皮戳得稀烂，就如同人间受了杖刑的囚犯。

然而当神的旨意降临到树神的身上，树身便在极短的时间内得到恢复，金灿灿的光芒在他们周身环绕，树林中一派祥和，鸟儿在树上自由地鸣叫，鱼儿在小河里欢呼雀跃，豹子变得温顺如羊，蚊蚋被金光感化，不再吸食人血，改食花蜜，却引起了花儿的厌恶，怒气一来，便将蚊蚋纷纷夹死。

这道精光可引起意想不到的连锁反应，蚊蚋自是倒霉毋庸置疑，可是对于树神来说却受益无穷。

他们终于修炼成功元神，这是树神的第二个阶段。这个时候虽然还没有上天，可是上天会对他们管理得更加频繁。因为他们已然拥有了微弱的法力，也同时面临两个选择：自行修炼或继续顶礼膜拜。

顶礼膜拜不用烦絮，夜以继日地扣头扣到再次秃顶、毁容、驼背的时候便能升天成神，如果自行修炼便成妖。上天为了不让他们误入歧途，便会每天传下一道指令进行监督。

实际上这个指令根本就没有什么实质性的作用。这仅仅是一个虚伪的壳而已。天上的猫腻多得很，懒神多的是，哪有闲心来跟你认真监督。当监督之神每天从温暖的被窝里打着哈欠走出来的时候，睡眼惺忪的情状任谁见了都会产生无限同情，很希望对他说一句“你不用这么早起来的，你可以多睡一会儿的”。但是这句话却藏在心底谁都不敢吱声，因为大家明白这是在公共场所，如此盛大而威严的公共场所，有些话焉能乱讲？脑袋掉了还是小事，名节毁了将会遗臭万年。大家承担不起自是没人敢承担。

事可以少做但是话不能乱说，尤其是在天上，大家心知肚明，心照不宣，心心相印却又各怀异胎。

众神剪指甲的时候最是惬意悠闲，绝不会在意指甲刀是否会分不清指甲和指头，除非倒霉到极点达到喝口水就会呛死的境界，否则一切都是不言而喻的美好。

如果监督之神发的令旗有如剪指甲一般随意，那树神的功课偶尔偷偷懒倒也不足为虑。

令旗的作用就是用来监视下界已经修炼成元神的树神的，可是光有令旗而无在职之神，那也毫无作用，与田间的稻草人也没什么区别，只能吓吓麻雀，唬唬鹁鸽而已。

修炼元神是最艰难的一步，这一步的稽首必须要达到百分之百的虔诚，一万八千拜不能少一拜，且不能有丝毫的疏忽和恍惚，否则所有的努力都将付诸流水。

所以最后只剩十棵树神坚持了下来，这也可以算是一件意料之外、情理之中的事。

监督之神会将令旗插上两百年，天天如此，月月如此，年年如此。在这两百年之中，他也天天偷懒，月月偷懒，年年偷懒直到树神们完成了昊天上帝颁布的既定指标，也就是完成了考核，他们就能顺利升天获取神职享受无穷无尽的寿命和至高无上的威严。

至高无上的威严的确是有些夸大其词了，但对于下界一切生灵来说，他们确实是高高在上不容亵渎的。

天上的一切永远比地下的高贵。

因为天上的一切都成了仙。

天上的草叫天草，天上的水叫天水，天上的河叫天河，天上的女人叫仙女，天上的桃子叫仙桃，天上的龙叫天龙，天上的孙子叫天孙，天上的花叫仙花。

天上的士兵叫天兵。他们会一对对下来，成偶数，绝不可能是奇数。他们相信偶数能够给他们带来好运，而奇数只会给他们带来无穷无尽的霉运。

作为一个天兵来说，他是带着使命来到人间的。他充当着天兵的使命就有着抓人的义务，所以他们的人数会相应多一点而绝不可能单独行动。

天兵的战斗能力有限，他们的实战能力并不比一个刚刚获取元神的树神强上多少，甚至有时候还不如树神。因为天兵从来不会操练，他们每天的任务不是傻愣愣地站着，就是傻愣愣地踅来踅去。因为没有战斗，所以天上一片安宁，而且必将永久安宁。

昊天上帝的光芒泽被苍生，哺育大地，三界一片祥和，万物一片宁馨。

不过这一切都是表面现象。这一切脆弱的表面掩藏着的是汹涌澎湃的内心。它击打着这个表象，想要将它冲毁，可是表象却死死维护着这一层脆弱的琉璃，他们恐慌，无助，几欲抓狂，生怕有一天这琉璃破碎后他们也跟着绝望，跟着死去。所以他们会不遗余力地去填补这层梦幻，让这层琉璃变得更加璀璨，更加耀人眼目，直到所有人都永远迷醉在这一层幻梦中。

于是有些人在清醒后又沉睡了，有些人在沉睡后清醒，怒吼几声，见大家毫无反应便接着沉睡，有些人清醒了很长一段时间却莫名其妙地灰飞烟灭，谁都不知道他们是怎么湮灭的，但猜想一定跟他的清醒有关，长叹一声后便继续沉睡，希望永远不要醒来……

十棵幸运的树神静静地恭候着天兵的到来，他们已得到了最后的批示，明天就可以上天，待得封官晋爵之后就可以永享福禄无限。他们都没有闭上眼睛，这样激动的心情是无论如何也不能平静的，在皎洁的月光静静洒在他们身上的时候，他们从来没有觉得从前任何时候的月光能比此时更加美丽和耐人寻味。他们的心似乎与月光融为一体，元神被月光踱上了一层浅浅的银色。他们从树身中走了出来，向每一棵拥有意识的老树弯腰致意，并絮絮叨叨地说着这几百年来平静但在此刻却无论如何也无法压抑的欣喜若狂。他们猜测着天上可能有更多更美妙的场景，那是下界所有的一切都无法比拟的。天上永远比下界繁荣昌盛，那是从造物之初就出现的神秘的星云，他们只能虔诚地仰望，却绝不敢有丝毫的觊觎之心。

这天是他们在下界所驻留的最后一晚。他们忽然觉得这几百年来所受的叩头之苦不值一提，因为他们所做的一切都是为了明天那一刻的到来：接受天兵的指引，走向天上的宫阙。

然而这一刻已经来到了，这一步已经达到了，他们做完了最后一课，而且很庆幸自己没有走上歧途。他们必将有一个光明的未来和无忧无虑的前程。

他们静静地迎接着黎明的到来。

可是天兵没有来，此时却来了一个小小的孩童。

那孩子跌跌撞撞，站立不稳，最后倒在了一棵树的身旁，而那棵树刚好就是十棵修炼已毕的树神之一，他们要在今天接受天兵的指引。

根据昊天上帝严厉的条例，他们不得与人类有任何的交集，对，任何交集。他们与人类是不同世界的人，虽然处在同一个空间，但却有着截然不同的生存方式和习性。

因为他们是神。他们不屑与人类为伍。人类是肮脏而无耻的，他们是魔鬼，是幽灵，没有一个人可以得到宽恕。他们死后会下地狱，经过种种惨不忍睹的刑法之后又转世为人继续过着苦不堪言的生活。

人类一直在受着折磨。最痛苦的还是彼此之间互相折磨。

所以在神的世界里没有人的存在。而神一直当人是身上的污垢和发根上的头皮屑，恨不得洗之而后快，绝不会让他们在身上驻留片刻。

神也不会在人的面前显现身形。那无异于对牛弹琴以至于亵渎了高贵的身躯。他们是不会这样做的，打死也不会这样做的。

树神现在已经是准神了，只要拿到了通行证他们就是真正的树神。他们将再也看不见人类，再也看不见那些被污染了的肮脏的东西，他们眼中所存储的只是最最美丽最最纯洁的天上的氤氲。

他们不会为了一个孩童而坏了自己坚持的信条和纲常。所以当那个孩子昏倒在树神身侧的时候，他们熟视无睹嬉笑如常并不加以理睬。

孩子现在浑身瑟瑟发抖，眼眸紧闭，嘴里喃喃自语，似在唤着母亲的名字，面部的表情痛苦至极，晶莹的眼泪轻轻地挂在短短的柔柔的睫毛上，像初冬的早晨挂在鲜艳的指甲花上那一滴晶莹的露水般清澈透亮。

树神有十棵，为了以示区别，我们按照序号给它们贴上标签，从左至右，它们分别是树一到树十。

这个孩子就倒在树十的旁边。

树十不可能没有一种恻然的感觉。从他有意识以来他就感受得到喜怒哀乐，但是在他这修炼的漫长的两百年的岁月中，喜怒哀乐并没有那么强烈而炽热，然而此刻，在看着这个孩子的那一刹那间，他的心却陡然而升起一种深深的怜悯之情。

他想奔出这厚厚的树皮，变成与他仿佛年纪的仿佛模样的孩子，去将他扶起，呼唤着他的名字，并用他微弱的神力将他救醒。但一种深沉的威严压迫着他让他难以迈出第一步。那是一种无以挣扎无以抗拒的威压长久地积压在意识深处的束缚和警告：神禁止与人类接触！

这是禁令！这是禁令！

自己是违反不得！违反不得的！

可是为什么违反不得呢？树十想不通，如果违反了又怎样呢？树十还是不知道。不过在他的心里隐隐有一种反抗意识，那就是，他偏偏就想要违反一下，看一看违反了以后会出现什么意料不到的后果。

于是他的元神从树皮中钻了出来，幻化成一个与他年纪仿佛的龆龀孩童，走到那个孩子的身边，轻轻推搡着他，叫道：“喂喂！你怎么了？快醒醒！”

那孩子睁了睁眼睛，怔怔地望了望他，又迅速闭上了。他的身子依然瑟缩着，表情因不受抑制的痉挛而几乎变了形。有些吓人，可树十却全不在乎。

他都是神了，他还在乎什么呢？

树十又推了推他，这次他没有睁开眼睛，只是轻轻哼了哼，似乎更加虚弱了。

树十伸手搭上他的脉搏，发现他的脉象微弱而混乱，且在逐渐散乱，那是一股邪力在孩子的体内肆意妄为，无所顾忌地迅速放大。人类将他们称之为病毒，通过科技的力量制造出大量抗生素与之相抗，取得短暂的胜利后便恃宠而骄，在人间指点江山，颐指气使，却使病毒变异，酿成苦果，悲不自胜。

这孩子所得的正是胶质瘤，属于神经细胞瘤中最凶险的恶性肿瘤。他的后母闻知，勃然大怒，将他赶出家门后任其自生自灭，真是青竹蛇儿口，黄蜂尾上针，二者皆不毒，最毒妇人心。

这可怜的孩子踉踉跄跄地来到这片深林中，然后就在树十的身边昏倒。

如果他倒在树一或树九任意一棵树的身边都必死无疑。

他倒在树十的身边那是不幸中的大幸。

树十决定要救这个孩子。

他这个时候的脑中就只有一个念头：“如果我不救他就会死去，所以我必须救他。”

他不知这个念头缘何而起，只知道它是油然而生却不可寻觅无法溯源的。

树十随手捡起那掉在地上的厚厚的枯叶，约莫捡了二三十片，然后向空中一抛，这二三十片叶子便自半空悬浮，慢慢地变得苍翠欲滴，在银色的月光的照耀下更显得圣洁而透明。

树十伸出食指，指向那一片片悬浮凝滞在空中的璀璨的树叶，划了一个小小的圆圈，然后树叶开始跟着转动，慢慢地朝着圆圈汇集，最后汇成了一个小小的碗的形状缓缓降落在树十伸出的掌心中。

“他需要清除那些可恶的妖怪，否则他就没命了。”树十喃喃说着，就朝食指咬去。

一股股绿色的纯净的液体自树十的食指中流出，缓缓地，尽皆流进那由树叶变成的小碗中。小碗虽然漏洞连连，可是却没有一滴液体从漏洞中滴落，仿佛那漏洞已被神奇的透明胶质弥补得天衣无缝，完美无缺。

可是这样的滴漏速度显得不疾不徐让此刻救人心切的树十颇感烦闷，不住地催促道："流快点！流快点！"

这样连续催促了十几声后，绿色的液体仿佛得到感召，速度陡增，如激流般向外涌喷，瞬间装满了小碗。树十赶忙叫停，于是绿色的液体戛然终止。

端着盛满自己血液的小碗蹲下身来，树十忽然感到小碗的重量增加了不少，急忙一看，原来绿色的血液已不知什么时候变成了固体，与坚冰一般无二，让树十惊诧不已。

"树十你这个笨蛋！真是笨得可以！"树一的声音在树十背后响起，声音中夹杂着无尽的嘲讽和讥诮之情，任谁都听得出来。

"谁叫你普通话不标准，把'停'叫成了'定'。"树一继续说道。嘲讽之情继续蔓延，树十听着，心里感到很不是滋味。

不过他并没有辩驳，而是悄悄念了一句："解！"如坚冰般的绿色固体随着"咕咕"的声音迅速融化，很快又恢复成原先那般纯净的流动的液体。

树十将小碗放在地上，右手食指一扬，碗中便即腾出一股小小的水柱，仔细一瞧，还有着朵朵浪花开放的美丽景观，甚是引人注目，惹人惊奇。如果这个孩子此时是清醒的话，他一定会高兴得拍手称赞，不过此时他却倒在地上昏迷不醒，甚至连梦也没有，只有地狱中那一幅幅永远无法磨灭的惨绝人寰的画面。

"进！"树十又轻声念了一个字，水柱便朝着孩子的嘴唇的方向涌去。可是涌到唇边却忽然转向涌向了鼻孔。

"停！"树十大喝一声，吓出了一身冷汗。水柱也堪堪在此时停在那个孩子鼻孔的外沿，如果再前进一寸，非得提前送这孩子上西天不可。明明是救人，如果反倒由于处理方式不当而莫名其妙地杀了人，那真是百口莫辩，跳进黄河也洗不清了。

树十擦擦额角浸出的冷汗，脑筋急转，思忖着到底是哪一个环节出了问题。

法术来自上天，这是他们在修炼过程中天地灵气在自己头脑中的映射，而绝非自己发明创造，那是绝对不可能出错的。于是这一节的怀疑迅速推翻了。

"树十你这个笨蛋！真是笨得可以！"树二的话响起，声音中依然充满讥诮和嘲讽，与树一相比，他的音色要更加高昂一点。

"你不知道把那小孩的嘴巴掰开吗？"树二继续说道，"他的嘴巴不掰开，液体如何能够进入他的喉咙，所以，那些液体只能朝着有洞的地方钻啰！"

树十羞愧得无地自容，想自己怎么笨到如此地步？都是树，怎么树与树之间的差别就这么大？都是神，怎么神与神之间的水平竟如此参差不齐？真是树比树，气死树，神比神，气死神！

然而最让树十难以接受的还不是自己的智商问题，而是面子问题。众目睽睽之下公开拿自己开涮，不留情面，肆无忌惮地讥诮这是一种什么心态？大家在一起共同生长修炼了两百年怎么会有如此伤人的心思和举措？都说人类的社会卑鄙无耻纷繁复杂,为何神的世界也不见得有怎样的纯真和光明？两百年来，大家为了抓紧时间修炼、稽首倒也默默无闻地坚持了过来，而现在无所事事的时候却开始拿这样的方式来打发他们如今暂且无聊的时间,如果今天忍过去了，以后到了天上会不会天天被他们嘲讽？未来的事谁也无法预料，但无论如何，此时的征兆绝不是一种好的开端。

想到这里，他只觉得自己两百年的修炼变成了一场镜花水月也无法企及的煎熬，曾经那么夜以继日盼望得到的今时今日的功果却忽然变得不那么重要，甚至感到轻微和厌倦了。他不知道自己坚持着这条升天的路到底是对是错，不知道在天界无穷无尽的时光到底有何意义，甚至想象着如果慢慢淡忘了悲伤与快乐的情感究竟会是一种什么样的形态。还会有遒劲的根枝紧紧嵌入地底，牢牢地抓着泥土的那种魂牵梦绕般清新而紧致的感觉吗？他的根生长在土里，从出生到此时就一直牢牢盘踞着，他的思想的灵台里就被一直灌输的是要向着天界和成神的目标前进，然后就是每天一万八千拜的稽首，整整两百年的时光。前一百年他们是自由生长，遂诞生了灵智，后一百年修炼元神，于是他们有了独立自主的身躯，可以钻出厚厚的外壳而自由行走，有了元神，他就可以上天了。可他又想到另外一个问题，他为什么要上天呢？为什么要脱掉厚厚的外壳呢？他本来一直静静地站在这里，与风为裳，与云为伍，与鸟为伴，与虫为友，这是多么欢快而无拘无束的时光啊！虽然那个时候自己没有意识，灵智未开，可是并没有什么不妥当不如意的地方,还不是这样无忧无虑地过来了吗？是啊，这才是真正的无忧无虑，这才是我们本来的生活。这一切又有什么不对呢？可是为什么总有一些莫名其妙的东西来改变他们的生活轨迹？他们是谁？他们是谁？前辈？上天？前辈是谁？上天是谁？树十越想越是一片模糊，一片迷茫，这时月亮已经不再明亮，周围的黑暗更甚，忽然一滴水滴落，掉进了碗中，溅起层层涟漪……

“哎呀，我倒忘了！”树十瞧着碗中涌动的涟漪才从纷繁的思绪当中回过神来，记起了此刻最重要的事情是给这个昏迷的孩子进行救治。于是他摇摇头，定定神，轻轻掰开孩子的嘴巴，左手食指略略一扬，碗中的液体便即涌入了孩子的喉管。

晶莹而圣洁的绿液是蕴含着天地之精华的神力，进入喉管后就自行流动，向着邪恶的地方前进，向着破损的地方修补，向着虚弱的地方增益，向着晦暗的地方驱散阴暗，获取光明。

绿液已经涌完，碗里空空如也，树十将空碗向上一抛，那碗就像散了架似的在下降的那一刹变成了落叶，四散飞舞，纷纷飘落，最后又还原成枯叶。因为神力已经解除，它们自然又变回成最初的模样。

孩子的身体开始呈现淡淡的绿色，然后蒸腾成一缕缕升腾的蒸气从他的胴体中飘了出来，幻化成淡淡的光晕，将孩子笼罩在其中，远远望去，就像中毒的天使静静地瘫倒在落叶纷繁的蓬蒿间被天地所遗弃般可怜。孩子的头部却是黑色和绿色的气体相互交织，那是他们在开战，战况异常激烈，甚至还听得见“乒乒乓乓”兵戎相向的声音，孩子的脸庞如受磔刑的十恶不赦的罪人般痛苦不堪，令人不敢逼视。涔涔汗水自孩子的额角、鬓边不间断地滚落，还淹死了一群又一群无知的小蚂蚁。树十慌忙驱赶意欲靠近拯救同伴的小蚂蚁，以免他们重蹈覆辙，死亡殆尽。

可是驱赶了一阵却发现蚂蚁们依然奋不顾身地勇往直前，抱着死去的同伴在汗水中挣扎了一会儿便即死去。

为什么这孩子的汗水这么轻易就能淹死蚂蚁？因为他的汗水中充斥着毒液和邪力，他们被绿液逐出体外，心中不甘，于是拉着蚂蚁同归于尽作为垫背以让自己心理平衡死得不至于太过窝囊和阘茸。

树十钦佩蚂蚁们这股悍不畏死的力量，虽然他们的方式近乎于白痴而让人喟然长叹嗤之以鼻，但至少他们的精神和品德是超过了作为神的物种的很多倍了。虽然他们的思想单纯到随时随地都会灰飞烟灭，但是至少在灰飞烟灭的前一刻他们依然在辛勤地劳作。它们没有眼泪，没有痛苦，有的只是不知死亡为何物的超级坦然和不以为意。

越高贵的东西越怕死亡，这不正是对自己即将升为神族身份的莫大的嘲讽吗？到底什么才是卑贱什么才是高贵呢？如果当有一天连天地都一起消弭了，那还有什么会残留下来呢？树十摇摇头，苦笑着摇摇头。他不再去阻挠蚂蚁的奋不顾身了，因为这对于它们，无疑是一种巨大的侮辱。

它们不需要救赎。它们是幸福的，而需要救赎的只是救赎者自己。

或者，那个孩子；或者，这个世界。无论是人间还是天上。

“树十你这个笨蛋！赶快进这个孩子的身体，否则，他就要死了！”树三的声音在树十的耳畔响起。

树三的声音比之树一树二要急切得多，可是语言却不怎么委婉，单刀直入，开门见山，刺激着树十的怒火再一次升腾。

树十咬咬牙，将怒火暂压，掰开孩子的嘴巴，化作一道绿光遁入孩子的身体。

树十顺着孩子颈部结构内置的浅静脉系统进入大脑皮质的四个脑叶，发现所有的邪恶力量都汇聚在这里，形成了一个硕大的黑色电离球，远远望去，像一团浓缩的乌云，条条闪电如金蛇般来回穿梭，此起彼伏，层出不穷，气势恢宏，令人瞠目结舌，畏葸不前。

一对对绿色的铠甲战士手持利剑、钺斧向着黑色电离球冲去，可是却被其不断释放的金色闪电给劈得灰飞烟灭，荡然无存。而铠甲战士们悍不畏死，前队倒下了，后队又补了上来，可谓是前仆后继，视死如归。这绿色的铠甲战士正是树十的血液所变幻而成的用于祛除邪力的神力之源，那团黑色电离球正是威胁孩子生命的邪恶灵体，也就是人类口中的癌细胞。

树十的血液有限，虽然看似勇猛异常，但却始终不能对黑色电离球造成丝毫损伤，此消彼长之下，终将是有害无益，挫败无疑。

看着自己的血液一点点消散，树十的心里如何不急？他也来不及细想，手掌一挥，一道汹涌澎湃的绿色神力便朝黑色电离球中心黑云最密集的地方倾射而去。

黑色电离球受到威胁，暂时放弃对绿色铠甲战士的进攻，将所有金色闪电聚合在一处，待到树十的神力即将到来的刹那间陡然而出，两股巨大的能量相撞，整个空间便如天崩地裂般摇晃，碎片飞舞，黑云弥散，雾蒙蒙不见一丝光亮，树十在剧烈的震荡中被强大无匹的冲击力给冲出了大脑皮质系统，跌倒在孩子的舌尖上，要不是孩子的牙关紧闭，树十早已被冲到了九霄云外不知所踪了。

黑色电离球的滚滚黑气在巨大的冲撞中缓缓消弭殆尽，然后慢慢露出一个气喘吁吁的小小的黑色的身影，与树十的身形相比，也是不遑多让。他穿着件黑色的铠甲，头戴一顶黑色的兜鍪，手中握着一柄黑色的断剑，脚踏一双及膝的高筒长靴，发丝紊乱，嘴角黑色的血丝涌动，要不是瞧着他眼中怨毒的神色，决然不会将他和邪恶的侵蚀孩子身体的神灵相提并论。

“你是谁？为什么要不遗余力地破坏我的王国？”黑骑士捂着胸口，眼神冷冽如冰，恨恨地说道。他此时所处的位置已看不到树十，只是对着刚才冲击力产生的轨迹甄别着大致方向。刚才的碰撞使黑骑士受伤不轻，要不是厚如城墙的大脑皮层的拦截，黑骑士只怕也要扶摇直上九万里，展翅翱翔了。他的运气却比树十好上那么一点。大脑皮质再怎么说也是柔软如棉花，随便怎么撞也难以撞得浑身生疼，而牙关的坚硬程度无论如何也不能与之相比，所以树十的疼痛程度也就不言而喻了。

树十的头晕晕乎乎辨不清方向，在突如其来的问候中也只能凭借本能的怨怼勃发而出：“我喜欢，你管得着吗？”在树与树的关系中虽然因愤怒而不得不隐忍不发以求保住面子而不会与大家闹得过于尴尬，但此时此刻却无关紧要，陌生人，没有交集，再不将心中的愤怒发泄出来只怕非得活活憋死不可，于是树十没等黑骑士回话便即滔滔不绝地詈骂起来，言辞之污秽，弄得黑骑士挢舌不下，手足无措，不知如何是好。

也不知骂了多久，树十才感到词穷，想再骂也只是重复先前的词汇，于是挠挠头，让自己冷静下来，再仔细地揣测最初发生的一切，然后思维才渐渐清晰。猛然记起刚才那一场激烈的战况，遂站起身，拍拍身上的黏液，向大脑皮质层遁去。

站在脑神经区域的中心地带，一神一魔面面相觑，二人均知对方是敌人，又棋逢对手，且已战至力竭，此刻体内的力量空空如也，暂时是无法动手的，所以只能依靠眼神的力量进行精神上的博弈。

“唔！你这个黑鬼！快快退出这个地盘，消失在我的眼前，饶你不死！否则，定将你打得尸骨无存，永世不得超生！”树十强自镇定地恐吓道。

“哈哈哈！”黑骑士仰天大笑，不无讥诮地说，“你这绿鬼也不要虚张声势了，你难道不晓得我们此时谁也占不了便宜吗？你想要灭我早就灭了，何用现在站在我面前做一场虚伪的饶舌？你若真还有力气，我们也可以比比拳脚。”

“比拳脚就比拳脚！难道我还怕了你不成？”树十是堂堂正正的树神，拥有天地间最纯正的神力，而绿色也是本源之色，岂能与低贱的魔鬼相提并论，是以黑骑士，骂他绿鬼时才激得他勃然大怒，也顾不得体内神力已尽，只想冲上去与他拼个你死我活。

“慢着！”黑骑士忽然伸出右手做了个暂停的手势，告知这个“绿鬼”不要太过慌张。

“什么！？”树十硬生生地止住了冲动的脚步。

“你能告诉我你为什么要跟我拼命吗？”黑骑士皱着眉头，奇怪地问道。

“那还有什么疑问吗？当然是你歹毒无比，想要毁了这个孩子。所以……”

“所以你就路见不平拔刀相助，是吗？”黑骑士忽然截断树十的话头，不疾不徐地补充道。

“呃……既然你都知道，又何必来问我？”树十愣了愣，坦荡地说道。

“你觉得你做得很对？”黑骑士坐了下来，漫不经心地问道，随手指了指，示意树十也坐下，不要傻愣愣地站着。

“这……这有什么不对吗？”树十从来没有想过这个问题，被“敌人”陡然间问起，不觉愣了半晌，不过时间很短，一闪而逝后又恢复了本来的理直气壮。

“是！”黑骑士点点头表示同意树十的观点。

（二）

“可是……”黑骑士话锋一转，“如果你是我的话，你会怎么办？”

“我……是你？”树十一时没有反应过来。

“你不知道我的出生。”黑骑士望了树十一眼，“你们生来就是树，我们生来就是毒瘤，本能的就具有破坏性。走到哪里就破坏到哪里，而且常常是所向匹敌。尽管有时候也被压制甚至被消灭掉，但我们依然是很强大的群体。你有没有想过，这个世界为什么会有我们的存在？人类对我们始终心生恐惧，这是不可改变的事实。但是如果我们不是邪恶，你们也必然会变成邪恶。”

“胡说八道！我们怎么会变成邪恶？”

树十厉声反驳道。

“你别激动，听我说完。”黑骑士毫不动怒，摆摆手，示意树十冷静下来。

“我从很早就寄居在这里，也不知道是什么时候，反正已经很早了，至少在这个孩子还没有诞生的时候，我就潜藏在他母亲的神经细胞中。”

“好啊！如此可恶！原来你潜藏得这样深啊……”树十咬牙切齿地瞪着黑骑士，甚为此等行为而痛感不耻，恨不得立刻就将其灭掉以绝后患。

黑骑士没有理会他的喧嚣，继续说道：“那个时候我们只是普通的细胞，和其他所有的细胞一样都静静生活在这富饶而舒适的神经系统中彼此和睦相处，一派安宁。那个时候我们都还没有意识，只知道我们应该做些什么。我的工作就是吃掉神经系统分泌的黏液，而其他细胞的工作就是修复被我吃掉的黏液。我不知道我为什么要吃掉它，也无法知晓那些细胞为什么要修补这些黏液，总之，我们是凭着上天赐予我们的使命感在做着我们能够驱使的一切，而绝不会去妄加揣测自己的做法代表的是正义或邪恶。”

“我们可以自诩为机械的修复工和拆卸工，正常细胞负责修复，我则负责拆卸。如果说拆卸是邪恶而必须消灭的话，那么，哼哼！这个世界就不复存焉了！”

“那时的生活非常单调却非常充实，我们自始至终只有一个念头，这念头是时代传递的烙印，我们无法违抗。就像人类要吃饭喝水睡觉一样，殊无二致。这念头就是勤勤恳恳地工作，日复一日，年复一年，直至消亡不复存焉。说到消亡，我真为自己感到庆幸，因为我一直认为，我的寿命跟他们一般无二，是的，我的那些朋友，那些正常神经细胞，我会和他们一起死去，却想不到每当我睁开眼睛的时候，我的那些朋友们早已悄悄进入了坟茔，眼前呈现的是一片陌生的面孔，我必须得适应新的环境，与他们交谈，与他们磨合。可他们也一批又一批地离我而去，将我丢下，将我抛弃在这无尽的深渊里。”

“我渐渐觉得这样活着实是一件无上痛苦的事情，于是我想尝一尝死亡的感觉，看看在死之后能不能遇到我曾经的那些朋友，与他们契阔谈宴，心念旧恩。”

“可是我想错了。”

“你不想死？”树十凝眉问道。

“不。”黑骑士摇摇头，道，“是死不了。”

“为什么死不了？”树十倍感纳闷。因为在树十的思想中，要死是一件多么轻松的事，只须挣断体内的奇经八脉，散掉神力，就尘埃落定了。哪里有“死不了”的说法？只道是黑骑士狡诈诡谲，贪生怕死才如是说，于是越想越愤怒，遂下定决心定要将“黑骑士”变成“灰骑士”才善罢甘休。“灰骑士”的意思就是灰飞烟灭的骑士，简称“灰骑士”，树十的意思就是要弄死黑骑士。

“你这个问题我无法回答。就好像你为什么只有一个头一双手一双脚一对眼睛一副嘴唇一样，你能回答得了这个问题那么我也能，否则，我们根本找不到答案。”

“这……”树十语塞，他确实回答不了这个问题，因为他从来也不曾想过他为什么会长成这副模样，只觉得这一切只是再自然不过的事情，没有必要没有理由也没有任何意义去探究的事情，现在陡然被黑骑士拿出来摆在桌面上，树十想了想就觉得头昏脑涨，凌乱不堪，便忍不住大声吼叫：“这是什么问题？这个问题根本就不是问题！”

“好吧，那就此跳过，继续说说我的事迹。”黑骑士见树十有些抓狂，也没再继续刺激他，而是自顾自地承接刚才的叙述。

“我尝试了很多种方法，无论刀劈斧砍还是自残还是让其他细胞来对我发动进攻结果都是无济于事，我有时可能会昏迷一段时间，陷入一段深沉的梦里，在梦里我会感到一种前所未有的安静。可是当醒来以后，一切又恢复原状。”

“在经过了很长时间的折腾之后，我对自己的死已经无能为力，心灰意懒之下也就无所用心，逐渐放弃。心想既然死不了，那就好好地活着，能活多久是多久，也不枉造物主对我的一番恩赐。”

“恩赐？”树十冷笑，“你认为自己活着挺得意的吗？你压根儿就是一种错误的存在！不该存在！不应存在！”树十的情绪有些激动，在聆听黑骑士叙述的语句中终于找出了他话中的破绽，他怎么能放弃这个绝妙的机会，不大大地折辱他一番？虽不至于立马灭了他，但至少能使其羞惭满面，无地自容。

可是树十想错了，他预料的局面并没有出现。黑骑士微笑着应对他的咆哮，待他停止后缓缓道来：“你是在批判造物主吗？”

“我……”树十愣了愣，眼珠急速转动之后便脱口而出，“造物主也有疏忽的时候。”

“他疏忽的时候,造出来的东西就难免不尽如人意,不尽完美。”树十补充道。

“哈哈哈！”黑骑士听了，笑得前仰后合，险些岔气，树十听了，又想起树一树二树三的讥笑，以为黑骑士也在嘲笑自己，愤怒之中厉声喝道：“你笑什么？难道我说错了吗？”

黑骑士的笑声渐止，抚了抚胸前几已被笑裂的黑色铠甲，从容不迫地说道：“你说造物主在疏忽的时候造的东西不尽如人意，不尽完美，那你告诉我，我哪里不如你了？是我长得没你帅，还是你的法力没我强？”

“你……”树十再次愣住，思维堵塞之际竟似再也找不到语言反驳他，明明觉得蹊跷，确定他是在诡辩，强词夺理，离经叛道，可又偏偏找不到顺理成章的理由与之相对抗，不仅如此，甚至连冠冕堂皇的理由都找不到。因为黑骑士的反问已阻遏了自己所有的退路，看不到希望的捷径，觅不到胜利的源头，唯有横冲直撞不顾一切地勇往直前，来个玉石俱焚，方得解脱。但如此一来，便又显得自己牵强附会、胡搅蛮缠、不可理喻了。当正理变成了歪理，需要用偏激而固执的方式来维护，那寻求真理的道路又该延伸至何处？终点在哪里？树十迷茫了。

“还有你认为不可思议的事情。”黑骑士瞧着已经神情恍惚的树十继续说道，“这个孩子的母亲在怀着他的时候也是一个不自爱的人。抽烟，喝酒，打牌，吃零食，生活没有规律，作息一塌糊涂，哪里是个遵守清规的好女孩。而那个时候，我的意识就已经完全觉醒了。"

"我能感觉到一切对我有利的东西在向我源源不断地涌来，它们像海浪一样一浪接着一浪，此起彼伏，连绵不断，滋润着我的身躯，呵护着我的心田，我感受到了一种从来没有过的舒爽和惬意。"

黑骑士说到这里，缓缓闭上了眼睛，轻轻抬起下颏，深深吸了一口气，似沉浸在无尽舒坦的享受中不可自拔。

"你为什么不拒绝那些东西？"树十瞧着黑骑士贪婪吮吸的模样，心中厌恶至极，遂怒声呵斥道。树十心中明白，那些东西正是为黑骑士的成长壮大提供了力量的源泉，正是因为黑骑士接受了它们，所以才会导致这个无辜的孩子受到生不如死的折磨。这一切都是黑骑士的贪婪造就的，不然，自己对黑骑士的厌恶也不会如此刻骨而决绝。

"你能拒绝阳光吗？"黑骑士睁开眼睛，转过头目不转睛地望着树十，一字一顿地说，气势沉着，不慌不忙，音量虽不强烈，可产生的震慑力却着实不小。

"你能拒绝雨露吗？"黑骑士继续说道，"你能拒绝土壤吗？你能拒绝向上天的顶礼膜拜吗？"

黑骑士的眼中透着浓浓的火焰，伴随着情绪的一次次提升，这火焰燃烧得更加猛烈而炽热，树十透过他的瞳孔，透过他深邃的眸子，他看到的不是愤怒，不是邪恶，不是毁灭，而是一种实事求是的凛然和不羁。而这种凛然和不羁原本应该是在正义的神祇的身上才应该出现的，可是此时此刻，却出现在了邪恶的妖魔鬼怪身上。这真是一件匪夷所思让人哭笑不得的事情，树十不知道这件事情该如何进展，至少现在，他的发言权被剥夺，一句话也说不出来。

"那些正常的细胞开始萎靡，开始蜕变，开始蠹化，慢慢慢慢没有感觉，慢慢慢慢心变成铁，它们变得开始和我一样，和我一样的麻木不仁，和我一样的遍体黝黑，和我一样……啮噬我的同伴……"

"我已经管不住自己了，那种能量太强大了，它们源源不断，让我感到了前所未有的充足和不断蜕变的疯狂，于是我的思维变得更加清晰，力量变得更加精纯，我不可抑制地去杀死白细胞、抗体细胞、分子、原子，越来越疯狂，凡是阻挡我的，我都会毫不留情地将其碾为齑粉，然后大踏步地前进，向各个地方发动进攻！"

“孩子的母亲在生下了这个孩子不久后便即因恶性肿瘤突发而死去。在死之前还道上天不公，斥责上天为什么要如此待她！说什么不公平！她还如此年轻，上天没有理由剥夺她年轻的生命，让上天还给她原本应该拥有的一切！不然就算化作厉鬼也要与天相抗！说罢，手指苍穹，大呼三声而死！”

“你为什么不救她？”树十喃喃道。眼睛一动不动，似乎覆盖着一层水汽，如他此时此刻的思维一般朦胧，辨不清是非恩怨，看不清黑白对错，只能凭借尚未失去的感觉兀自呢喃。

“我救不了她！”黑骑士大声说道，“我到那个时候才发现自己的使命，竟然是毁灭！毁灭！毁灭！你懂吗？”

树十摇摇头，他不懂，他什么都不懂，因为他知道，他天生只知道应该救人。他认为死是一件很残忍的事，他不希望这件事发生在自己的眼前，自己虽然不是救世主，但只要遇到了像这个小孩一样的人，倘若倒在了自己面前，或被自己遇见了，他不会视而不见的。这就是他的信条，这就是他的准则，而此刻这妖怪竟然告诉自己要毁灭一些东西，而毁灭一些东西的指令竟然是造物主下达的，这让树十如何接受？他不相信也不愿相信更不敢相信一件事——天地不仁，以万物为刍狗？天地之间，其犹橐龠乎？

“可是为什么会被毁灭？为什么偏偏选择她？你想过吗？”黑骑士对着树十，反问道。

“自作孽，不可活。”黑骑士没等树十开口又自顾自地接了下去，“是她自己不好好爱惜自己的身体，不好好注重自己的健康，认为自己年轻无极限，就可以随意挥霍，就可以任意妄为，就可以肆无忌惮，就可以胡作非为！哈哈哈哈！太可笑了！太可笑了！”黑骑士纵声大笑。笑声回荡在大脑皮质中的偌大的区域内，忽远忽近，缥缈无踪，树十听着，只觉得这笑声中夹杂着无尽的悲怆和苍凉，还有无能为力的感伤。

“可是你为什么要伤害这个孩子？这个孩子没有罪啊，没有罪啊！”树十没有因为黑骑士无可辩驳无懈可击的话而软倒，他依然抓住了把柄，抓住了漏洞便进行铿锵有力的回击，为严厉斥责黑骑士的暴戾恣睢找到了一个强有力的撒手锏。

“不是我伤害了这个孩子，而是这个孩子本身就是一个被伤害的产物！”黑骑士沉着有力地回答道。

“难道是他的母亲？”树十不假思索地问道。

“你总算，开窍了，那么，一点点。”黑骑士一字一顿地缓缓说道。

树十若有所思地点点头，似对自己的猜测很满意，忽然察觉其后一句话怎么有点刺耳，恍然之中正欲发怒，却听黑骑士的声音继续响起。

“在孩子的母亲生下他之后，我的分身也暗暗附着在孩子的神经细胞中，在孩子日复一日的成长中潜滋暗长，悄然蜕变。”

“我的主体随着孩子母亲的死亡一起死去，就是在她将满腔怒火直指苍穹的那一刻，我才终于明白原来我也一样会死亡。”

“我并不是不可战胜的。造物主早已安排好了一切，在我剥夺一个人类性命的同时，在我的力量达到巅峰的同时，在我最不可一世的同时，就是我，死亡之日。”

“这对我来说且悲且喜，悲的是我日复一日年复一年马不停蹄夜以继日不遗余力所获得的强大的力量在短暂的瞬间便灰飞烟灭、不复存焉，那种巨大的落差感让我无所适从，就像从天堂陡然跌进地狱，让我心中充斥着巨大的遗恨而悻悻不满，至死不甘！为什么这一切如此短暂，在我还没坐稳这个巅峰宝座的时候就将我打进万丈深渊！所以，我恨！恨苍天如此决绝！恨大地如此戏谑！恨苍天如此卑劣！早知如此，为什么又要赋予我这样的力量，让我在称霸短暂的春秋之后将我化为灰烬？我宁可像白细胞一样，是的，那些寿命如此短暂的细胞，那些我曾经的朋友，他们，比我幸福！所幸的是，我现在终于有了死亡的权利，而且就在不远的将来！你说，我又有什么理由不喜呢？哈哈哈哈！”黑骑士说到这里，情绪激动之下便仰天大笑，像一根巨大的鼓槌捶在铜钟之上，震得四壁来回价响，树十静静地坐着，听着他疯狂的笑声，看着他笑得扭曲变形的脸庞，心里纷繁复杂，说不出是什么滋味。他知道，黑骑士的死亡之日定是这个孩子罹难之时，虽然那个时候黑骑士必死无疑，但这个无辜的孩子也一样尸骨无存，不论是牵强附会也好，名正言顺也罢，这个孩子总是无辜的，他的母亲固然是罪魁祸首，但黑骑士也难辞其咎，他无论如何也应该对孩子的死付出代价。这样想着，树十对黑骑士的恨意又在不知不觉间悄然而起。

“无论你怎么说，哪怕你说得天花乱坠，地涌金莲，我也不会放过你的！我要将你，斩尽杀绝，斩草除根，挫骨扬灰，毁尸灭迹，断你奇经八脉，七情六欲，将你剥皮抽骨，洗筋伐髓……”

“我们的决斗待会儿再说。”黑骑士不慌不忙地说道，打断了树十恶毒的咒骂，相比之下，素质的高低优劣彰显得清晰异常明了无误了。树十的素质显然差了一筹，而黑骑士的卓尔不群的儒雅风度反倒占了上风，虽是名正言顺的邪恶之身却也方而不割，廉而不刿，直而不肆，光而不耀，令人微微颔首也不嫌虚伪而阘茸了。

“其实我想告诉你，这个孩子在八岁之前没有任何婴疾征兆，过了八岁以后他的病症才出现，送到医院的时候，医生就已经宣布他凶多吉少，九死一生，劝他放弃治疗。孩子的家人一听，号啕大哭，哪里肯听医生的劝谏，要死要活又是下跪又是磕头请求医院无论如何也要医治他的孩子，他们不能眼睁睁看着他们的孩子死去而束手无策。医院无奈，最终收下了这个孩子。”

“你又想把责任推给医院是吧？你这个狡猾的恶魔！”树十冷笑一声，恨恨地说道。他此时也已肯定黑骑士的做法无疑是在想方设法减轻或开脱自己的罪过，其用心昭然若揭，就是傻子也看得出来，此时不点破不讥讽他一下也难消心头之恨，是以，自己便脱口而出。

“随你怎么认为好了！”黑骑士无所谓地耸耸肩膀，双手一摊道，“我只是在陈述一个事实而已。”

换了口气，黑骑士继续说道：“医院知道孩子的性命危在旦夕，也不考虑孩子的身体承不承受得住，就开始使用自以为聪明的化学武器，也就是人类口中的化疗来进行治疗。”

“人类确实很聪明，但也很愚蠢。化疗的武器确实强悍到无可匹敌，它们被注入孩子的体内，源源不断如洪水与猛兽般朝我的大本营，也就是大脑皮质的四大脑叶之一的脑核中涌来。我躲也躲不及，就被冲了个七零八落，土崩瓦解。”

“我以为这一切已经结束了。可是当我醒来的时候，却发现置身在一片缝隙中，被一些东西紧紧挤压着，我的意识尚未消散，但是身体却已十去其九，我抬头一望，发现周围的一切也空空如也，比之前也更加凋敝和荒凉了。”

“如果化疗仅仅将我杀死，我倒也不会有任何怨言，可是连同着许多本来正常的细胞也一并予以剿除，那些无辜的白细胞，他们莫名其妙地充当我的替罪羊，死于非命，死得不知所措，像是地震，像是洪水，像是天雷，像是冰雹，无论好坏，一并剿灭。这就是人类的治疗方式，这就是人们啧啧称赞的白衣天使！比我还残忍！比我还残忍啊！你说，你说，这不是愚蠢是什么！他们犯下的罪会比我更严重吗？”像是对着天空，黑骑士仰望头顶，却看不到星空，因为头顶，是一层层细密的黏液，那是脑垂体黏液，它们像蜗牛一样蠕动，在孩子的一切器官衰竭之前，它们仍然宵衣旰食、兢兢业业地工作着。

他的声音有些嘶哑，像流浪许久的吟游诗人，在对着星星和太阳歌唱，不知疲惫，昼夜不停，只要身体还有力量，只要意识还未混沌，他就不会停下，哪怕沙哑，哪怕倒下……

他是在唱着自己的歌，讲述着自己的事。与这个世界没有任何关联，也没有对错，没有正邪，没有优劣，只是一个个单纯的音符和遗世而独立的曲调，就那么毫不张扬地从我们身畔划过，像一颗彗星，与地球没有交集，仅仅是擦肩而过，然后苦等七十年后的再次相会。

“人类多么聪明而富有智慧啊，在杀死邪恶力量的同时将正义也一并抹杀，而且还心安理得，顺理成章，并不觉得有丝毫的不妥，也并不觉得这是一种罪愆而心生自责和惭愧！人类不知道用这种自以为聪明的方法提前结束过多少同胞的生命，他们本来可以活得更久，可是那些‘聪明绝顶’的医生将病人当成了小白鼠！小白鼠，你知道吗？那是试验品，人类把自己的同胞当成了试验品！这是一件多么惊天动地让人欲哭无泪的事啊！就连我，邪恶的化身，你们口中所斥责心上所厌恶的恨不得赶尽杀绝的邪灵，都感到悲痛和恻隐！而他们自己，那些医生，在侥幸治好了一些绝症患者的时候笑得欣喜若狂，手舞足蹈，恨不得普天同庆，对酒当歌，这是多么荒谬多么可笑的事啊！”

“你以为那些绝症患者是那些愚蠢的医生治好的吗？呵呵，当然不是。他们是自己，他们是自己治好的。他们能活下来的，都不约而同拥有一颗倔强而永不服输的心！那是造物主赐予人类的最后也是最强大的力量！聪明的人会用它去战胜一切，在濒临死亡的刹那陡然间爆出一蓬金色的火花，那不是殷红的鲜血，而是赤裸裸的最纯正的金黄，那是最独特的金光，它拥有复苏的力量，能照亮一切，让最阴暗的角落也不再晦暗。它们用这颗金光熠熠的心驱散了邪恶，让死去的白细胞复活，让抗体细胞拿起钺斧，身披甲胄威风凛凛气势高昂地去迎战，将黑细胞砍杀，将我辈逐出体外。”

“于是他们胜利了，将我们这些邪灵驱赶了出去。当他们再回到医生的面前，医生们惊诧不已，啧啧称赞这是生命的奇迹。可是在我辈眼中，直笑他们是一群蠢驴，因为他们永远也无法明白更无法领略生命的意义和它所蕴含的潜在的能量，还有，那一颗金色的心，它们深深裹藏在鲜血淋漓的最深处，不到生死关头，它们不会呈现出一点点端倪。如果它有一天金光外泄，我们将不战而屈，缴械投降。”

“这是造物主早已安排好的一枚棋子，当我们胜利的时候，也即是自身死亡的时候，当你们胜利的时候，也即是灾难降临的前兆。谁也逃不出这个规律，除了造物主本身。”

黑骑士说完，瞅了瞅一旁早已呆若木鸡的树十，道：“你现在明白了吗？”

树十深深叹了口气，缓缓说道：“你说得有道理，我虽然无法做出一个客观的判断，但也无可辩驳。但这一切既然已经注定，就无法扭转，也无法调停，注定要拼个你死我活，那也无须多言。动手吧！”

树十说着，右手一晃，手指化为五根藤条，带着幽幽的绿色的光芒，快若疾风地朝黑骑士扑去。

黑骑士一动不动，任由绿色的藤条将自己紧紧捆绑而拖不得身。

“你，为什么不还手？”树十诧异地问道。他原以为黑骑士是个贪生怕死之徒，在自己骤然出手的刹那间一定会迅捷地逃避开去并展开回击，可是没想到他竟然一动不动任由自己出手施威。

“如果我动手，这个孩子会死得更快。”黑骑士淡淡地说道。

“孩子的身体经过化疗以后本就虚弱至极，又被他的后母赶出了家门，受过风寒，但刚才却承受了你血液的滋补，暂时不会有性命之忧。如果我们此刻再在这里动手，他的大脑皮质就变成了你我的竞技场，巨大的震荡冲击之力不啻一场酷刑，你让孩子如何能够忍受？你的本意是救他，可是最终却杀了他，这份罪过，你承担得起吗？”黑骑士怕树十不懂，又详加解释了一遍。

“那应该怎么办？”树十有些焦灼了。

“很简单。”黑骑士淡淡地说道，“你只要退出他的身体，他自然就无事，否则，不管你是杀了我，还是和我同归于尽，对孩子来说都是一场巨大的灾难。他承受不起更无力承担。所以你好好想想，看我说得到底对不对。”

树十紧紧拧着眉头，想了一会儿，望着黑骑士，问道：“如果我退出去了，这个孩子还能活多久？”

“能活多久并不是我说了算，而是他自己的心，说了算。”黑骑士解释道。

“你能不能不要说得那么玄乎，我越听越迷茫。”树十哼哼鼻子，抱怨道。

“我刚才已经给你解释得很清楚了，如果他想活下去，或者他求生的意愿非常强烈，他的心能够给予他巨大的精神力量，其中所蕴含的金色的光芒就是生之希望，它能将一切阴霾驱赶殆尽。那是造物主所赐予的神光，没有任何人可以违逆。当然，还有一点，他必须要放弃化疗，那自诩为聪明的科技，它害死了不少的人。总之，无论如何，他的命运都掌握在他自己的手中，成败与否，就看他如何抉择了。再说了，祸兮福所倚，福兮祸所伏，我和这个孩子本来就处在同一个有机体中相辅相成，不可分割，如果他死了，那我也活不成。我就是再傻，也不可能做这样的亏本买卖。我会尽最大的努力克制自己的欲望，将身形隐匿在最偏僻的角落，争取不阻碍白细胞的复苏和抗体细胞的生长，这样的话，孩子就能活得很久了。”

“那这个孩子的昏倒总是与你有关吧！你让孩子这么痛苦，他如何还能活得更长久？”树十责问道。

“这个孩子的昏倒我虽然有不可推卸的责任，但人类的愚昧疗法又何尝不是另一大主因呢？”

“你能确保这个孩子现在不会死去吗？”树十想了想问道。

“我可以确保他此刻不死，但是你自己死不死我就不能确定了。”黑骑士微笑着说道。

“什么？”树十没反应过来。

“我感到天宫又派了几个天兵下来，目标正是这片森林，如果我猜得不错，你今天会交大运。”黑骑士有条不紊地解释道。

“哎呀！我倒忘了！”树十恍然，被黑骑士一点，才知晓天亮了，要迎接天兵下界，自己还要升天，这么重要的事情险些撇掉酿成大错，急忙向黑骑士拱拱手便朝外疾驰而去。

“树兄弟，不要那么慌张，听我一言。”黑骑士的声音在树十即将纵出孩子身体的前一刻适时响起，树十硬生生顿住了疾驰的身形。

“听我一言，你此刻不要出去。”

“为什么？”树十不解。

“因为你违反了他们颁布的条例，他们不会放过你的。”黑骑士道。

“我虽然违反了他们的条例，但这是情有可原的事情，我并没有觉得这有什么不对。”树十坦然答道。

“呵呵！”黑骑士仿佛听了一个笑话，笑着半晌，才接着说道：“他们可没你这么通达，更没有你那么坦诚，甚至，连那一份最起码的善良都没有。”

“不可能！”树十大声辩驳道，“绝不可能，他们不可能泯灭善良的，他们本就从善良中诞生，怎会颠覆了他们的本质和初衷？”

“唉！所有的东西，无论是光明的还是黑暗的，时间久了，它一样会腐朽。这是定律，谁也无法更改。信不信由你，反正我该说的该做的就只能到这里了，你自便吧。”黑骑士叹了一口气，缓缓闭上了眼睛。

“不行，我不应该忘了我本应该走的路。”树十暗暗说道，脚下再也没有停顿，化作一道流光跃出了孩子的身体，回到树身之中。

此时天已大亮，朝暾悬挂高空，光芒万丈，满满倾泻在树林中，镀上层层金黄。鸟神羽翼轻抚，蟋蟀振翅高昂，彩蝶翩翩起舞，白狐引吭凝望。

这一切盛景与祥和无不昭示着尊贵的天兵即将莅临在这片树林中，下一刻，众神的气势会更加高涨。

“他们来了！你们快跪下！跪下！”年老的树神们低声呵斥道。

十位树神重又回到了匍匐的状态。

不计其数地练习，早已糜烂在心，是的，那是没有任何理由的恭敬与虔诚，放下所有用以迎接天庭的恩赐。

天兵来了三位。在千丝万缕的光线中，在白云悠悠的飘荡中，在下界众神的喑哑无声中踏上了坚实而柔软的土地。他们似乎很久都没有来到地面上了，踩在上面，竟然踏不稳，齐齐摔倒，连银色的头盔都掉在了一边，正好滚到了树十的脚边，树十惊慌无措，他连头都不敢抬，更不知道是捡还是不捡，只能有眼角的余光乜斜着，静观其变。

头盔很精致也很古朴，上面一根彩色的翎毛迎风招展，威风凛凛，神光灼灼，果然是天宫宝贝，即使掉在泥淖中也不失其无上威仪和灿烂光华。

三位天兵的窘态一直持续着，他们刚刚稳住身子，被后面的人一碰便即摔倒，然后又要调整很长时间才慢慢站起。只要有一个人站不稳，冷不防就是齐齐摔倒。所以“哎哟、哎哟”的声音不绝于耳，传遍整个树林，让树神们既感诧异，又觉好笑至极，但是却没有一人敢笑出声。

小动物们忙着各自的事情，它们只知道填饱肚子，寻觅食物，储藏食物，防备天敌，繁衍后代，除此之外，其他的一切便告别在千里之外。它们没有意识，只能凭借自己的本能活着，在每一天，每一年，觉得简单、舒适而并不觉得乏味，然后直到死，它们再悄悄地离开。它们不需要向任何组织匍匐，向任何组织进贡，向任何组织求情，也不需要仰望苍穹，渴求澍雨。所以它们过得很轻松，连灵魂也不用负重。

而有意识的众神，在他们的心上和身上都寄托着一层厚厚的枷锁，它们有两片，一片来自自身，一片来自外界，打破外界的锁，他们将获得彻底的自由，打破自身的锁，他们将彻底失去自由。而没有哪个神祇敢打破外界的锁，甚至连触碰都不敢，因为那是灵魂的惩处，比想象中的刑法还要恐怖而残酷。他们宁可肉体被毁也不愿灵魂受到鞭笞。

“捡起来，捡起来，捡起来我就升职了！”树一在心中默默地念叨着这句话不知有多少遍了，可是他的双手依然牢牢地抓着土地上的泥土没有任何动作。

树二一样，树三也不能例外，树四到树九却古井无波，只求洁身自好，不去理会也不去斟酌应该如何行动。

树十再也按捺不住，他伸手捡了起来，径直走到天兵的面前，小声说道:“天兵大人，您的头盔，掉了。”

此时三个天兵仍然倒在地上“唉哟、唉哟”叫个不停。

他们生长在天上，从来不知道脚下的土地为何物。他们踏惯了飘浮在空中的白云，便忘却了曾经有一种叫作真实的东西。他们从天上来，却永远走不到人间。

“我，扶你们起来！”树十小声说道。

三个天兵没有回应，却双手拍向大地，一道银光闪过，他们便跃上了半空，踏上了白云。那种感觉回来了，他们不再有所顾忌，也不再小心翼翼，身在半空的感觉是那样的随心所欲而满心惬意。

他们接过树十递过来的头盔，在最短的时间内将它们重新系在头上，固定，清了清嗓子，回到最初的威风凛凛。

三个天兵身在半空，为首的一个天兵望着此时站了起来弯着腰的树十问道:“这位小兄弟不错，叫什么名字？”

“树十。”树十答道。

“好，给你记一功！待上了天宫，你的官衔会更加闪耀！”天兵朗声答道。回头望了望后面两个天兵一眼，其中一个天兵会意，忙从盔甲内抽出一根小小的毛笔，在另一个天兵递过来的小册子上笔走龙蛇。

（三）

“天官大人，断断不可，树十已触犯天条，早该投入深牢大狱，怎么还能因祸得福，给他升官晋爵呢？望大人明察。”树一的声音忽然响起，此番话一出口，倒把树十惊了个透心凉，不过只是短短的一瞬，他很快便恢复如常。

再看树二，眉头紧皱，鼻子微微耸动，似有嗔怪之意，树三暗暗摇头，似有无限叹息却无可奈何，树三到树九尽皆无动于衷，仿佛生来便即失去了灵魂，成为被人随意操纵的木偶，连感情也不能自已，甚是悲哀。而剩下的三个天兵却面面相觑，一时抓耳挠腮，不明就里。

为首的天兵望着树一问道：“你说他犯了……天条……是，哪一条啊？”

“回禀天兵大人，是三百六十七条，不得与人类有任何牵扯，而树十，不守戒律，以自身神力拯救一个小孩，亵渎天规，藐视天威，其心之狂，其形之猖，当处以极刑，灵魂打入十八层地狱，永堕畜道，以震我天威，维护我天庭尊严。望大人诚鉴！”树一朗声答道。

“这个树一，怎么如此阴险而狠辣？我跟你无冤无仇，你怎么步步紧逼，欲将我致于死地！真是可恶至极！”树十恨恨地想道。

忽然，树十的脑海中出现了这样一幅画面，那是两百年前的某一天，那个时候他们的意识都未觉醒，都是小树苗，身形瘦小羸弱，又恰遇山洪暴发，将整片树林淹没，很多植物尽被淹死，只有一些幸运的植物侥幸逃过此劫。树一却是这些树中幸运的植物之一，因为它很高大，且所处位置又是一处地势较高的山岩，洪水并没将其覆盖，只是齐腰淌过，树一便活了下来。而在他的旁边，却有一株小树已被完全淹入水中，在浑浊的泥浆中软弱地挣扎，看着就要被淹死了，树一情急之下，伸出一根枝条，将它拽到了自己的旁边，救了他。而他就是树十。因为意识未开，树十也不知道感激为何物。直到意识诞生之后，才依稀出现这幅情节，不过时隔久远，树十记得不甚真切，也没放在心上，安心修炼直到忘了其他，感谢什么的话自是从来不曾说出来。而树一在有了意识之后，对这件事却记忆犹新，时时出现在脑中的就是那一段段洪水肆虐、生灵涂炭的场面，也记得那个羸弱的小树苗，永远不会忘记是自己救了他。所以他需要感谢，只是这两个字，简单的两个字，可是等了很多年，却一直没有等到树十说出口，于是耿耿于怀，对树十心生不满，现在好不容易出现这个千载难逢的机会，他怎么不会好好地折辱树十一番？见树十自献殷勤，讨得天兵好感，获得赞赏进而记功，心中如何不怒？记恨之情犹如黄河之水泛滥成灾，势不可当，秉着一不做二不休三加报仇的原则一股脑就将树十狠狠参了一本，即使不让他断肢残腿，也要让他身陷囹圄，一辈子没得翻身的机会，只有这样，自己觉得才是真正出了一口浊气而不至于长期郁结于心而闷闷不乐坐立不安了。

树十正在回忆之中，突被一声暴喝打断纷繁的思绪。

“他说的是真的吗？”天兵头领凶神恶煞地问道，与刚才的和气和赞赏的语声相比，已宛若云泥之别，大相径庭。

“是。”树十脑中一片空白，只呆呆地记得应该诚实地回答领导的问话。因为坦白从宽，抗拒从严，他难以想象自己撒谎后会出现怎样的后果。

“再说一遍！”三个天兵厉声齐喝道，眼中电光闪烁，脸庞扭曲如地狱判官，嘴唇大张如狻猊之口，直欲将树十嚼成碎片，吞入十二指肠。

“是！”树十没敢抬头，声音分贝频率尽量顺着这极具权威的天兵的要求颤抖得更高了一些，以期让自己的惶恐稍减，让心中正义的天平倾向自己，给自己力量，让自己能够抬起头，面对三位决断者的凶相而不会有丝毫惊慌。哪怕下一刻就死去，神啊！请让我在死之前也要让自己的尊严像烟花般绽放！

树十这样想着，心中便出现了一股热流，它从西面八方而来，向一个地方汇聚，最后变成一个心的形状，再向外散发着能量。

他缓缓抬起头，用聚集的信念迎接未知的境况。

可是却迎来了天兵们疯狂的拳掌。

为首的天兵一个耳光，带着破空的呼啸，闪烁着威严的白光，“啪”的一声清脆的声音响起，树十的身子便向后倒飞，撞在一株年迈的老树树干上，撞得树十晕头转向，嘴角绿色的血液兀自汩汩而下，全身阵痛箕张，不能自已。而那棵老树，被这突如其来的巨力一震，未几，应声而裂，当即死去。可怜此老树，一生与世无争，却在顷刻间却化为南柯一梦，真让人肝肠寸断，徒增悲凉！

“先把这贼小厮给我暴打一顿！再将他抓回天庭，听候裁决！”为首的天兵抽出悬挂在腰间的宝剑，剑尖虚指半昏半醒倒在地上口溢绿血的树十。

“是！”后面两个天兵拱手禀告，然后收好刚才用来记功的纸笔，正了正头盔，系了系下颏的绳索，紧了紧裤腰带，拍了拍铠甲外的灰尘，拴了拴银色长靴上的飘扬的丝绦。

这些事情还没做完，两位天兵的屁股就被重重踹了一脚。

“哎哟！哎哟！”两声杀猪般的呼号陡然响起，转瞬间传遍整个树林。

正在觅食的小白兔听到这阵奇怪的呼号立即竖起了两只尖尖的耳朵；正在喝奶的两只小小的花斑豹听到这阵奇怪的呼号立即停止了吮吸，摇头四望，寻觅着呼号的来源；正在爱不释手啃着松子的松鼠听到这阵奇怪的呼号，一愣神之际便丢掉了硕大的松子，急速蹿向树干的顶端翘首以盼。蝴蝶停止舞蹈，青蛙停止“咕”叫，黄鹂停止鸣啭，狐狸停止奔逃。

这一切的变故都是拜这两位天兵所赐。

其余的生灵只是好奇，或是看他们出丑，自是别有一番乐趣在心头。

“快点！磨磨蹭蹭的！看我回去不炒了你们的鱿鱼！”

二天兵听到“炒鱿鱼”三个字便似被天雷斫击一般，精神高涨，眼中精光暴射，身形化为一道白光，双双朝此时丧失战斗力兀自颓丧在地的树十飞去。

虽然工作艰辛，但应聘到这个岗位也相当的不易，虽然天宫中在众仙的眼里不算什么，但却极具有实权，直接决定着那些修炼了好几千年的生灵能否升天，而那些苦苦修炼了那么长时间的生灵可不想因为得罪了这几个小喽啰升不了天，那可就是“叫天天不应，叫地地不灵”呀。而对这几个小喽啰来说，要是真被炒了鱿鱼，那日子的艰难困苦硬是要逼着他们咬舌自尽方才罢休，遂全力出击，将恐慌全部转化为前进的动力。权威的话毋庸置疑，只有照之实施。

树十的眼前一片朦胧，脑中的晕眩也尚未停止，左脸火辣如碳，耳朵似有重音，他觉得有什么东西在向他飞来，然后下一刻他将徘徊在生死的边缘。如果自己被暴打一顿，侥幸不死，那也罢了，如果被判了罪，锒铛入狱，那可是比死更加痛苦百倍的事，他会彻底失去自由，彻底失去应该追逐的一切，想想都觉得恐怖，还能作何？然而已经到了这个地步，除非有人愿意挺身而出阻挡这种危机来挽救他带他脱离这里，远去，绝不回头。否则，悲剧在下一秒就能够画上圆满的句号。

两声惨叫蓦地响起，那是来自两个天兵的声音，不是树十，树十很安全。两个天兵的胸膛已被一道黑色云朵洞穿，倒地后化为尘埃，消弭于无形。

那是一个孩子，准确地说，是黑骑士操纵着的孩子。因为孩子的身体已被罩上了一层淡淡的黑色的光芒，短发根根直立，随风飘扬，那是愤怒的气息在头顶上空升腾，眼中满是戒备和不屈不挠的神光。

“快走！”黑骑士头也不回地大声喝道，“你已经犯了天条，即使束手就缚也已丧失了自由。更何况，这里还有人想你死！你如果还想保留着自己的灵魂，就让自己的心指引你前进的方向吧！”说完，纵身而上，与天兵头领斗作一团。

天兵头领慌忙抽出悬挂在腰间的宝剑迎战。

剑气纵横，黑光、白光相互交织，不分轩轾，紧密缠斗。

空气似乎变得更加凝滞了，树林中的一切，有生命的一切，均觉此刻的呼吸格外沉重，像吸入了一块块被气化的烙铁，不由自主地跟着下降，下降，仿佛要跌至地心，堕入轮回。

树十茫然了，他呆呆地趴在地上，瞧着空中绚丽缤纷的景象，像是宇宙中的流星在不经意的交错间擦出的巨大的火光在天空的帷幕中上演，表演落幕后，天气如常。是的，天气没有受到任何影响，它像一个旁观者，一个局外人，饶有兴致地瞧着这二人激烈的打斗，殊不知生死为何物，道不明输赢有何用。木叶萧萧，沙沙之声不绝于耳，像无射编钟奏出的曲调，如果摒除杀伐场面，只留存着那一缕不可思议的清幽与旷渺，就会更像无射钟奏出的曲调，当然，还要少了那一声惨叫的搅扰。

天兵头领的咽喉被洞穿，从半空中跌落，尸体一沾大地立即化为烟尘消失不见。

“你怎么还不走？”黑骑士纵身回到树十的身边，拍拍手，疑惑地问道。

“你！你杀了他们？你杀了天兵？”树十惊慌失措地问道。指着黑骑士的面门，颤抖如筛糠。

“树十！邪灵！你！你们？反了天哪！你们完啦！完啦！”树一声嘶力竭地叫嚣着，表情既惊且怒还带着一丝不易觉察的窃笑。

树二叹息，树三皱眉，树四到树九依然无动于衷。

“要我说多少遍你才明白？他们不是天兵，他们只是一群狗腿子！狗腿子！狗腿子！明白吗？明白吗？就是奴才，奴才，奴才！”黑骑士转身，向着天空，虚指苍穹。

“奴隶……狗腿子……奴隶……狗腿子……”树十喃喃道，眼神迷离，顺着黑骑士所指的方向看去，那里，万里无云。

“轰隆！”一道闪电划过天空，顷刻间，千云滚滚，阳光尽敛，大雨不期而至。下界洪水泛滥，不多时将整片森林淹没。

“这是上天的惩罚！”树一惊呼道。

“这是因为你们打死了天兵，我们的家园遭殃了！”树二仓皇说道。

“我们逃吧！”树三在洪水的翻涌中叹息。

“我们与洪水共存亡。”树四到树九轻轻地却是无比坚定地说道。

黑骑士在洪水中岿然不动，虚指苍穹的手没有丝毫退缩。电光霍霍，道道划过，开山裂石，石破天惊，似要将这一切毁灭，毁灭！

“你要这样站着吗？你要这一切如何收场？”树十使了一个抓地法，让自己身躯稳如磐石，与大地融为一体，望着黑骑士的背影，看着洪水与闪电交织中的如疯子般的黑骑士的背影，大声咆哮道。

“是的，我会站着，就这样站着，让天下的万物看看，这是一个什么结果？若我有罪，可尽来杀我，若我有罪，可尽来灭我，若我有罪，可尽来诛我！可是苍生何罪之有？大地何罪之有？万物何罪之有？他们没有任何理由陪我一起受罪！所以我们无罪！罪在哪？罪在那！”

众人随着黑骑士手指虚指的方向望去，看到了一片艳阳，那里没有乌云，万里无云。

众人恍然，原来自己一直生活在一个骗局当中。

原来他们控制着风雨雷电，全是作为自己泄愤的工具，喜则艳阳高照，悲则洪水泛滥，全不顾下界众生的死活，一人有罪，万人皆悲，一人愚昧，万人愚昧，一人清醒，万人嘲讽，一人是人，万人是神，万人是神，神皆无存。

“不能让他活在世上，他的思想太可怕了，他会唤起万物的智慧，他会重造一个王国。不，一定要消灭他！消灭他！”昊天上帝端坐在龙凤椅上，隔着一朵硕大的五彩祥云虚指着下界的某个地方。

十个水神身扛水缸，源源不断地向下倾倒，十个雷神分别拿着两个锣鼓来回敲打，震得人心神不宁，六神无主。

织女在龙凤椅后夜以继日地描绘着彩云最美的样子，她必须一刻也不能停止，否则昊天上帝的云朵的颜色与白云无异，他需要彩色来炫耀，所以织女只能不断地上色。即使她最终累死在龙凤椅旁，也没有人会为她流泪，至少在大家看来，这是因公殉职，纯属正常，毫不夸张。

“千万不能让他们知道，他们与我们并无本质的区别。这是一件很可怕的事情。必须要杜绝它！”昊天上帝开口，摸着下颏，眉头紧皱道。

雷响得愈加巨大，云朵之上，众人身畔，依然是一片晴空，云朵之下，风雨大作，宛似世界末日般一片疮痍。

天园深处，有一块秘密的园林，它们在密密匝匝的宫殿中显得隐晦而不露痕迹，树木林立不绝，直跃天顶，骨灵鸟盘旋在枝丫中鸣叫，叫声泠泠，悦耳动听。

那里没有宫殿，没有天宇，没有豪奢的石凳和桌椅，没有鲜花，没有美酒，没有丝竹悠悠，没有琴瑟和鸣，没有作揖，没有稽首，没有浮夸的托词，没有屈辱的卑躬屈膝。

但他们有欢笑，有泪滴，有真挚的情感，有不变的善良，还有豪放和不羁。

他们从来没有出过这座园林。

因为他们失去了自由。

他们是一群深陷囹圄的神祇。

这座园林就是监狱。他们犯了罪，犯了什么罪，那都不重要了，因为无论什么罪那都是过去的事，时间太久远，记不清了，唯一记得自己还活着，还能尽情欣赏骨灵鸟的鸣叫和婉转歌啼，是的，那是唯一一种能够带给他们精神支柱使之得以活下去的力量。要不然自己什么时候一觉醒来就陷入深深的黑暗之中，而那种黑暗，却是一种无止境的轮回。那是死吗？不知道，谁也说不清，似乎比死更痛苦，至少死了就什么都不知道了，如果死了以后还能有所感应，那与活着又有什么区别？不过是再一次受折磨罢了。

很多年了，他们几乎已经忘记当年争夺一些东西的意义，一些具体法则，如何施行，如何进展，如何递交状纸，如何唇枪舌剑地反驳，如何力排众议固执己见而绝不屈服于任何人之口，如何上诉，如何最终裁决依然被无情地驳回，如何进入这里，再也没有出去。起初还能一点点地去回想，感觉这是永远不会忘记的铭心刻骨的悲歌，悲歌从头唱到尾，再从尾唱到头，也不知道唱了几万几十万遍，直到嗓子嘶哑，直到精疲力竭，然后倒在这里，夜以继日循环往复地度过一天又一天，直到今天，他们依然记得这悲歌的旋律，可是却渐渐淡忘了歌词。这就像一个失忆的人在未失忆之前手中紧紧攥住的东西，在他失忆之后，甚至在他死之后，他的手指没被砍掉，任何人休想从他手中抽出这件东西，如果他将这东西吞入腹中，嚼碎后烙印在五脏六腑或无穷无尽的细胞壁上，眼神放射出倔强的光芒，令众人不敢逼视，不敢靠近，他要独立于众人，他要倔强着冲在最前方，看天罡星在闪耀，看哈雷彗星载着他的愿景陨落在地球的某一个方向。这无异于一种无上的荣光，众人不理解，认为他非疯即痴，要将他诱骗、捆绑，送入精神病院再进行强制性治疗。当他的手臂、双脚被捆绑，他无力挣扎，却依然嘶哑着喉咙歌唱："我是正确的！我没有错！错的是众人的思想，错的是社会的阻力，错的是人们丧失了勇气，错的是人们胆怯的心！啊！天地之飘飘兮，我独猖狂！众人之愚昧兮，我独忧伤！草木之零落兮，满目疮痍！龙翔与凤翥兮，与天同殇！"接着是一声大笑，越来越远，直到再也听不见，永远听不见。

"那一年少主带着我们下界游玩。"一个身形瘦削脸若竹篙身披粗布麻衣的中年人沉声说道。

"这个故事你已经讲了很多遍了。"旁边一个身穿白色衣衫的满脸沧桑的少年人不动声色地说道。说完，就顺手拔起地上一棵草，百无聊赖地咀嚼起来。

这是天草，没有涩味，只有沁人心脾的甜，同时还闪烁着幽幽的白光，吃进嘴中，回味无穷，腹部发凉、发亮，一个时辰后，亮光逝去，一切如常。

"可是我们还能做什么？现在这个样子？"中年人苦笑着，轻轻摇头，继续说道："我们剩下的只是回忆了。"

"倘若在有生之年我们能够获得自由呢？"少年问道。

"不，我们出不去了。除非……"说到这里，中年人突然顿住，竟是再也说不下去了，似乎隐藏在话中的答案只是南柯一梦，如烟如幻，无论如何也不可能变为现实，还是不说的好。

"除非昊天死去，整个天庭化为尘埃！"少年毫不犹豫地接口说道。

"小声一点，别让那些狗腿子听见了。"中年人伸出食指在唇边嘘声说道。

"怕什么？"少年冷笑，"大不了一死！让他们动手啊！动手啊！他们为什么不杀了我们？为什么把我们困在这里让我们承受无穷无尽的折磨？"少年厉声咆哮，声音在园林中荡漾开来，没有回音，却异常清晰。

园林中所有的犯人，心里莫名一紧，仿佛失去了多年的灵魂在此刻复活，蠢蠢欲动，召唤着他们曾经的一切是多么的问心无愧，天经地义而没有一丝一毫的逾越而感不耻和悔恨。他们都违反了天条，被昊天上帝羁押在这里，没有镣铐，心就是枷锁，那失去自由的一刻，就是比死亡更难受的惩罚，这是真真正正的求生不得，求死不能。他们诅咒着昊天上帝，诅咒着天庭，诅咒着天庭的爪牙以及一切将他们戕害的东西，除了骨灵鸟，那是黑暗中唯一的光明和象征着希望的印记。

越来越多的人向少年人这边涌来，多年的羁押让他们的思维都变得有些许迟滞了，然而在这一声咆哮中，他们的眼神再次折射出多年前的那一抹光彩，佝偻的背脊渐渐挺直，胸膛的左侧，闪烁着刺眼的光芒。

他们的心活过来了，他们的灵魂活过来了，他们重新燃起希望，那金色的心脏，那少年愤怒的咆哮，换来了今日的复苏和重生！

“我们一定会出去的！”少年停止咆哮，在大家坚毅的眼神注视中正色道。

“我们一定会出去的。”众人喃喃自语，跟着重复着，一遍又一遍。

“我们没有罪！”少年继续说道。

“我们没有罪！”众人低语。

“看看我们的心，只要它还有温度，我们就不会死去！”少年拍着自己的胸膛，激情澎湃，泪水盈眶。

“只要它还有温度，我们就不会死！”众人专注着凝视着少年，身体因激动而止不住颤抖，泪水跟着流淌，一滴一滴，滴在天草上，晶莹剔透，折射出最纯洁的白光，使得天草更加蓬勃而充满生机。

那是不死的征兆，那是岁月的狂啸，那是特立独行的倔强的天飙！

众神不死，化为歌谣，穿越千年万年仍不寂寥！

我心澎湃，汹涌如涛，伟大的造物主啊！请赐我一朵最纯洁的莲花，让我在纷繁的浊世中守候到老！

笙歌永不尽，箫音阵阵好，一曲终了，化为缥缈！

“大家坐下吧！”少年双手举过头顶，向人群挥动，“听我们讲那过去的故事。那故事永不褪色，永不凋零，永不过时，永不乏味。我们会一遍遍温习，直到有人为之战栗！为之悚惧！为之瘆寒！为之凋敝！为之忏悔！为之崩溃！那我们就赢了！赢得最后的胜利！我们相信！相信……”

“我们相信，我们相信……”众人一遍又一遍低声附和，直到完全消弭。

众人安静地坐在地下，脸上一片祥和，那像是没有被囚禁在这里之前，他们的样子。是的，他们的样子，他们最初的样子，不论多久，不会变，不会变，不论多久，他们的心都是温暖而灼热的，无论多久，他们都是蓬勃而充满生机的，无论多久，他们都将重获自由！

他们是神，被罢黜的神，但同时，也是最脆弱的神！

他们有着最温暖的心，同人一样，同人一样。

他们不会高高在上，是的，同人一样，同人一样。

他们也曾受到伤害，是的，同人一样，同人一样。

他们也曾子散妻离，是的，同人一样，同人一样。

他们也曾失去自由，深陷囹圄，是的，同人一样，同人一样。

他们也曾悲哀绝望，是的，同人一样，同人一样。

他们也曾畏惧，也曾惊惶，是的，同人一样，同人一样。

他们也曾灿烂如光，是的，同人一样，同人一样。

他们也曾泪水如倾，是的，同人一样，同人一样。

他们也曾踯躅，也曾无奈，也曾焦灼，也曾胆怯，也曾阘茸，也曾阋墙，是的，同人一样，同人一样。

而这都成了以往，如今一切都变了，都变了。但无论如何，他们也有希望，也有荣光，只要心不死，念不绝，一切都会妛改，都会沸腾，都会演变，恍若梦一场。是的，同人一样，同人一样。

少年重回中年人身畔坐下，刚才一时被那振奋的情绪所感染，他还未回过神来，这时少年的到来都未曾惊动他。他仿佛化身为一座石雕，凝成了永恒。

“徐大哥，你先讲吧。”少年说道。

“哦。”中年人应了一声，回过神来。

“终于轮到我了吗？”中年人听到自己终于又可以讲故事了，竟有些微微激动，指着自己的鼻尖问道。

“徐大哥每天都是第一个开头的，今天当然也不例外。”少年惬意地说道。

中年人清了清嗓子，叹了口气，道：“你的口号也喊了很多年了，能让我们在这可以使人发疯的山穷水尽与世隔绝处苟延残喘至今，除了骨灵鸟的歌声，就是你的口号了，高欢老弟，真是感谢你……”

“徐大哥千万别这么说！”高欢适时拦截道，“我们这里的每一个人都有权利好好地活着，只要我们一天不获得自由，我们就没有权利死去！徐大哥！所以我们每天都不要让自己不快乐，哪怕天草全部枯萎，星辰全部陨落，天火烧遍我身，也不能阻止我们追寻快乐！徐大哥！你明白吗？”

胸前亮起了金光，那是心已变为希望指引在前方，在最困顿的时刻，它让众人觉悟，脱离寂寞与迷惘的苦海，并不是一件多么复杂而艰难的事。它很简单，简单到只需要一句话的激荡。

“是啊！”中年人的神色不再迷惘，破旧的衣袍被体内的劲风鼓荡，在空中来回摆动，仿佛一面鲜艳的旗帜，倔强地矗立在这禁忌之地的最高处，迎风招展，笑傲群芳。

“我会一直讲下去，让所有的生灵都听到我们的述说，让天庭坍塌，让大地复苏，让春天永驻，让故事永存。他们会听到的，我们的子孙后代不会遗忘！不会遗忘！”

“不会遗忘！不会遗忘！”众人喃喃，跟着附和，轻声低语，一遍一遍，直到消弭。

“无论从什么时候开始叙述，我都不会忘了名字。我叫徐元平，是天宫的天兵监督师。啊，天兵，是天上的兵器，不是士兵。各种兵器都归我监督制造，我熟悉这其中每一个环节，每一个流程。每天从我手中产出的兵器多到无以数计，但是合格的产品却少之又少。这一切都是因为昊天老头乖戾严苛的性格所致。哦，昊天老头，算是最客气的称呼了，我们这里的每一个人都对天界的最高统治者不以为然，心生不满。我们都认为他的统治大限将至，只是没有一人敢提出异议，稍有疏虞，我们都会被投入监狱。”

“嗯，这里就是监狱。囚禁我们的所在，只要被投入在这里，就是被判了无期徒刑，永远也出不去了。然而这只是昊天的一厢情愿，他以为困住了我们的身体，就等于困住了我们的思想，困住了我们的心灵。其实不然，我们虽然暂时失去了自由，但我们追逐自由的心却从来不曾失去过。我们相信，昊天的统治终将分崩离析，化为灰烬。所以等待着，要亲眼看到那一天的到来，我们不会轻易放弃，哪怕信念每天都在流逝，我们也会想尽办法去填补流失的空隙。”

“那一年，记不清是哪一年了，我和少主下界游玩，我们变成凡夫俗子行走在泥泞的田塍上，原意本是观赏风光，其余的一切不去触碰。因为那和我们没有任何关系。昊天的法旨也有令，不得与凡人有任何牵扯，否则结果可想而知，那必是进入深牢大狱无疑。我们随行有五个人，除了我，少主，还有我的五个下属。他们在当时已引颈就戮，把我的所作所为认作不可饶恕的叛逆，因而不耻与我为伍，非得血溅五步以表忠心日月可鉴，不忤于天地之间。我还没来得及解释，他们已然化作了尘土。我并不觉得他们的死有多么可惜，反而觉得可笑。死了倒清净，也省得让我心焦气躁。他们被洗脑多年，思想根深蒂固，愚不可及，认为少主做的一切都是对的，无可挑剔，更不能怀疑，谁要怀疑谁就是叛党，谁就是不忠，谁就是忤逆，谁就该被无偿投进深牢大狱以至于都得不到随处走动的允许。”

“如果少主以身作则，在酿下不可饶恕的罪愆之后也能如那五个天兵一样引颈就戮，那我也不会为之愤慨和义愤填膺。然而事实是，少主觉得无耻的人类应该遭到报应而不管是清白无辜还是恶贯满盈。我那时已觉得不以为然，也颇感厌恶。但是已阻止不了那件惨案的发生。”

“少主想戏弄人类，以解百无聊赖之感而让自己心花怒放乐此不疲，丝毫不顾及昊天的法令，仍然一意孤行，将法令视同儿戏。”

“少主四下寻觅着可供玩乐的物事。在我们走下田畦的时候，便看见一辆货车满载氮气罐迎面驶来，轰鸣声不绝于耳，仿佛地狱鬼魅的嘶吼，令人微微感到厌烦。我想要挥手将它赶出我们的视野，可是却被少主出手止住了。”

“少主摆摆手，满脸微笑，指着田塍的一角，我顺着少主所指的方向，看见了一个身穿红色连衣裙最多不过四五岁的小女孩在那里采摘野花，从她的侧面，我看见了她纯美而娇嫩的脸。在阳光下，在花丛中，她是精灵的化身，是众神歌颂和赞美的宠儿。我想默默许下神的福祉，愿她一生幸福无忧。”

“嘴唇还没张开，我就感到一股阴风嗖嗖从我身边刮过。我不由转头一看，那辆货车的司机眼神变得狰狞可怖，灼灼凶光闪烁不绝，与先前判若两人。我心里大惊，再仔细一瞧，发现司机的身躯已被少主占据，灵魂被排挤出体外，不知飘到了何处。在我惊疑不定间，那货车的速度陡然提高了一倍，疯狂运转之下，目标正是那天真无邪的小女孩。”

“当时情况万分危急，我顾不得考虑应该承担的后果或要担负的责任，只知道无论如何都要救下这个小女孩。于是我不顾一切地扑了上去，以风驰电掣般的速度将小女孩推向了一边，用自己的身体抵住了货车的前行。货车停住了，少主恼羞成怒，随手抓起一个氮气罐朝小女孩扔去。小女孩已经吓得面无人色，惊恐之极地瞧着氮气罐朝她头顶飞来。我大惊之下想要抵挡却已然迟了一步，只得大声疾呼‘少主住手！’”

“少主的神通高我数倍，听到我的疾呼，便住了手。氮气罐在女孩的头顶不足五厘米的地方顿住，停在半空，像陡然忘记运行的轨迹，又像时间在其身上已然冻结。我以为少主良心发现，手下留情，禁不住热泪盈眶，连连叩头，可谁知少主只是冷笑一声，氮气罐如迅雷般劈下，女孩惨叫一声，娇弱的双腿立时被截断，血肉模糊，惨不忍睹，女孩晕了过去，而我却呆若木鸡。”

“少主虽然没有痛下杀手，却毁了一个女孩的一生，让她成了残废，这让她以后如何面对一切？这是比杀了一个人更痛苦百倍的事，比杀了一个人更残忍千倍还有余。想想都让人悲不自胜，更何况一个四五岁的小女孩？我用福祉止住了她双腿喷涌的血浆，却发现她的双腿已被少主的神力所禁制，一辈子都不能解开，也就是说，这个女孩将一辈子成为残废！”

“我只有号啕大哭，也不知流淌的是血还是泪，总之周围的狗尾巴草尽皆被我的眼泪淹死，油菜花枯萎、凋零，蚯蚓暴毙于大地，蜜蜂剖腹自尽，野鸭嘶鸣后跳进陷阱，泥土变得血红血红，入眼尽是一片令人发瘆的触目惊心！”

“五个天兵围在我的身畔，尽皆怒骂，言语悲壮，气势不减，却无一不是指斥我身为天官却如此忤逆而离经叛道，违背天命，罪大恶极云云，然后齐齐刎颈，化为烟云。”

“我笑笑，感到颇为无奈。我忽然觉得自己清醒无比，知道应该做什么，或者已经准备好做什么。我从来没有觉得自己如此刻这般义愤填膺而又云淡风轻。义愤填膺的是对此事的无能为力，云淡风轻的是对自己生死的无所畏惧。”

“少主问我我应该怎么做，我说我应该走正确的司法途径，回天庭去告你，向昊天据实禀明你的罪状，绝不姑息！少主听后，仿佛听了一件最大的笑话一般笑得前仰后合，不能自已，连连挥手，鼓掌，赞扬我的勇气举世无俦，当世无匹！他指着天上最绚丽的那朵云彩，朗声告诉我你就是把天告穿，也没有任何作用，因为天就是我的，我就是天，天就是我！哈哈哈哈，大笑数声后扬长而去！神情举止倨傲至极，完全不把天下神灵放在眼里！”

“从那一刻起，少主这个名字与响屁无异！我也要大笑数声，以排遣我挤压在心中多年未释放的怨气！”说罢，徐元平哈哈大笑，震得园林中每一株植物都瑟瑟发抖，震得众人的耳膜嗡鸣不已，震得骨灵鸟齐声嘶鸣，震得凌霄宝殿上的文武百官心神不宁，头重脚轻。

（四）

笑声在半晌后停止，徐元平继续说道：“我已经做好了与他对抗到底的准备和决心。我再没认为他是什么值得尊重的少主，而只是一个飞扬跋扈刚愎自用目中无人的二世主罢了，如果没有昊天老头那百足之虫般的实力和位高权重在其背后作为长时间的支撑，他连屁都不是！上梁不正下梁歪，可想而知，昊天也不是什么好东西！”

众人听他骂得如此酣畅和爽快，都感到一阵难以言说的舒爽和淋漓，纷纷拍手叫好或高声呼喝，气势在陡然间掀起了一个小小的高潮。

徐元平满脸微笑，一手抚摩下颏的髭须，一手向众人缓缓摆动，示意大家安静下来。

众人的情绪慢慢平定下来便正襟危坐，继续凝神细听。

他们听过不下万次，可是每一次聆听都像第一次一样狂热而认真，他们要将这种认真和狂热作为一种持之以恒的战斗武器，作为他们精神得以持续高亢而不衰的催化剂，作为与强权和压制周旋的用之不竭的神器，然后等到出狱的那一天，禁制化为灰烬，自由重降我身，然后携手狂欢，直至永恒。

“回到天庭以后，我向有司递交刑事诉讼状，一共递交了整整八十一回，哈哈，刚好完成一个大周天的运转，有司终于有了回应，说此事非同小可，需要假以时日详细整理，不可轻举妄动，不可操之过急，他们需要时间进行审查和翔实的佐证，在他们审查和佐证期间，不可再行递交诉讼状，否则按‘扰乱公堂罪’处理。”

“我看后只是冷笑，谁不知道这其中的猫腻？跟我玩这个？当真是愚不可及，合当该诛！他以为群众的眼睛都是瞎的！他以为百姓都是文盲！他们一天到晚花天酒地，醉生梦死，贪赃枉法，徇私舞弊，巧取豪夺，沽名钓誉，阿谀奉承，阳奉阴违，怙恶不悛，暴戾恣睢，眼高于顶，妒贤嫉能，口蜜腹剑，指鹿为马，横征暴敛，尸位素餐，其罪当真是擢发难数，罄竹难书，人神共愤，人人得而诛之，当打入拔舌地狱、剪刀地狱、铁树地狱、孽镜地狱、蒸笼地狱、铜柱地狱、刀山地狱、冰山地狱、油锅地狱、牛坑地狱、石压地狱、舂臼地狱、血池地狱、枉死地狱、磔刑地狱、火山地狱、石墨地狱、刀锯地狱都不为过！”

“好！”众人齐声大喝，随即响起一阵雷鸣般的掌声，声音排山倒海，石破天惊，气冲斗牛，振聋发聩，久久不绝于耳。

待得声音止歇，徐元平继续道：“果不其然，那些厮们一直拖延，如销声匿迹般，再也没有音信。我一怒之下，拿起两根天铁所铸的鼓槌在南天门的铜门上奋勇敲击，我将我所有的恚怒和不满尽数倾泻在鼓槌上，金光四散，震得整个天宫摇摇欲坠，人心惶惶。天兵近不得我身，我越发高亢，越发激昂，全身充满斗志，只觉这真是造物主所赐予的最强大的力量，它代表正义，代表公平，代表希望，我忘记了时间，忘记了身在何方，眼前只有鼓槌，只有铜墙，还有那一个念头，永不能忘！”

“我就这样不遗余力地捶打，最后终于因气力不支晕了过去，待得醒转来时，我已被押入审讯宫。昊天亲审，高坐堂中，手捻髭须，一派正气凛然的样子，我冷笑一声，一口浓痰夹着神力呼啸着攻向他的面门，我知道，这一击根本伤不了他，只是气愤不过他的虚伪狡诈，遂以浓痰骤然发难，打不到他至少也要让他当场出丑才能稍稍平复我心中的恶气。果不其然，屹立在两侧的哼哈二将早已出手，各吐一口浓痰，也是一样的夹着神力呼啸而来，与我的浓痰一撞，能量相抵，寂然无声之下，消弭于无形。哼哈二将怒形于色，虎口翕张，企图再次发痰，可昊天却呵呵一笑，摆摆手止住了他们躁动的情绪，大声说道：‘有趣，有趣。’然后问我为什么要告他儿子，我直言陈述他儿子为富不仁的恶形和飞扬跋扈的不可一世的草菅人命的劣状，昊天一听，冷笑数声，大赞他儿子的光明磊落与聪颖绝伦，指斥我愚不可及，冥顽不灵，说人类劣迹斑斑，早该毁灭才是，今我儿子代表上天旨意略施惩戒于人间，大该普天同庆，昼夜狂欢才是，怎么是草菅人命，为富不仁？你自己忤逆犯上，不好好遵从少主的命令，不自量力，鬼迷心窍，竟然放出豪言要告倒我昊天之子，要不是念在你这些年为天宫做过贡献的情分上特对你宽宥处理，你此刻早已身首异处，形神俱灭了，哪还有嘴巴还有脑袋在这里跟我抬杠！真是不知天高地厚，狂妄自大的竖子！来人啊！将徐元平打入反省园，剥夺自由，终身监禁！”

“我还没有来得及破口大骂，就被哼哈二将给丢到这里来了。一待就是若干年。昊天想尽办法想将我等众人杀死，可是却始终不能得手。多年以前我一直想不透这个缘故，现在我终于了悟。原来，我们拥有金色的心脏，那不再是殷红的血液，而是金色的希望，太阳的力量，造物主所给予的恩赐，正义，公平，善良，上善若水，大爱无疆。这是神的最高境界，拥有这种境界的神，才是不死的存在！才是代表崭新纪元的开创！”

“对！不死的存在！崭新纪元的开创！”众人情不自禁地高举右臂，激动地齐声附和。

“我们应该微笑，应该大笑，应该狂欢！不应该愁眉苦脸郁郁寡欢！不应该丧失了勇气和骄傲！大家跟着我一起笑吧！”少年适时高声大喝道，然后仰天大笑，笑声震动寰宇，仿佛穿越过亿万年的星空去寻觅最敻远的呼啸。

众人齐声大笑，盖过骨灵鸟的鸣叫，将所有的恚怒和怨怼扔进地窖，再也无处寻找。

“我现在还是要说一说那个小女孩。因为，我知道，她还活着。”

说到这里，徐元平的神情有些激动，待得平复后，顿了顿，便继续说道：“我听千里眼和顺风耳告诉我，那个小女孩还活着。她在被那狗杂种截断双腿后那鲜血淋漓的画面兀自让我悲愤难耐了很多年，只可惜我上天无门，下地无路，无法令元凶授首，才仍使元凶逍遥法外直到现在，这乃是一件切肤之痛之事，如千万只蚤蛇啮噬着我的肌肤，让我每日每夜都备受煎熬，痛楚无法摆脱，梦魇无法摆脱，鲜血兀自流淌，若千年后都不会枯竭。世间最残忍的画面还有比此犹有过之的吗？时间磨灭不了的是无可奈何的悲怆，然而当我得知小女孩仍然天真无邪快乐无比地活在阳光下的时候，我激动得热泪盈眶。我看到了人类的坚强和乐观，鲜活心脏绽放出来的最绚丽的光芒，这种光芒何其伟大，造物主啊！请让我们一起歌唱！一起疯狂！”

徐元平双手高举，像捧着一件神圣至极的圣器，迎着风，向着宇宙之极的尽头，喃喃梵唱。

谁也不知道他在叽里咕噜唱些什么，连顺风耳都听不懂，那似乎不是人的声音，也非神的声音，更非兽语、鸟语、虫鸣，但仔细一听，却发现此声音在很多年前的某一天似曾相识，众人只记得曾经的点点滴滴的模糊的片段，这片段一点也不陌生，相反却让人倍感熟悉，熟悉到令人挢舌不下，惊诧不已。慢慢地，画面变得清晰无比，没有瑕疵，没有阻隔，没有窗棂，就那么赤裸裸地与众人坦陈相见，一览无余。像一幅卷轴，缓缓向中间包裹，在浼瀁的思维的领域里振翮高飞，扶摇万里，这里是一个回忆新世界，它不是梦，却比梦更加真实而没有疑虑，众人会在这里找到自己的出发点，在最初的梦里，他们柔弱得没有缚鸡之力，但是精神却冲破云霄九万里，照亮寰宇，无人能够与其并肩，与其分庭抗礼。啊！众人恍然大悟，他们看到的这个回忆的新世界正是万物初生的卷轴，在流动的星辰中，媲媥得令人灵魂巨震，不能自已。他们看到了初生的自己，万物在这里涌动，声震屋瓦，响彻寰宇。蜂虿虺蛇弗螫，攫鸟猛兽弗搏。骨弱筋柔而握固，未知牝牡之会而朘作，精之至也。这样的柔弱能淹没天地，洗刷一切邪恶，至圣至大，溶于太苍，坠入玄黄，万物归一，一切重新开始。

“她在这十多年的时间里练习行走，风雨无阻，凭借着心之所向的不屈不挠将被无情剥夺的行走硬给夺了回来。”徐元平不知何时已停止了梵唱，将众人陷入断想的思绪拉回了现实。

众人恍然，犹如南柯一梦，摇头理清思绪，继续凝望着徐元平，聆听他的演说。

“小女孩从来没有哭泣过，相反地，她的内心坚强，脸上绽放着和其她孩子同样的笑容，美丽得令人心醉，善良得使人落泪。爷爷给她的下半身装上了一个破旧的篮球。她将篮球垫在残废了的下体上，一步一步地挪着前行，直到娴熟无比，习以为常。”

泪水，不可抑制的汩汩流淌，结成冰霜，或化为雾霾，飘向远方。骨灵鸟的歌唱，附和着悲鸣，阵阵不绝，如惚如恍，如籁如殇，永无止歇，至亘古不僵。

“她也许不知道悲伤为何物？只知道刹那芳华，明天依然是碧空万里，阳光普照。常常在夜里想着的美好希望和梦想，想着想着便微笑着入眠，在梦里，自己变成了一个张着翅膀的小精灵，在无拘无束地四处徜徉，而醒来后一切却是原样，可旁人却难以想象。她现在已长大成人，可以接受医院为她制定的假肢，那是人类的科技，智慧的结晶，定能让她站起来，获得新生，走向阳光。”

众人呼喝声高涨，达到高潮，纷纷举起双手，将神力掷向半空，缓缓汇聚成一个巨大的花苞。众人拾柴火焰高，只见花苞慢慢绽放，五色光芒从花蕊中四散开来，变成朵朵花瓣，撒向徐元平的身畔，恭贺他的演讲，将最高的褒扬尽情赠予。

良久，良久，掌声不绝，花瓣不歇，整个枯槁的园林在此刻倍增光亮，五彩花瓣不断堆叠，将天草掩盖，整个园林俨然一片花的海洋，美丽无双。

天南地北，千里之遥，一隅，一角。

窗神瞧着跳下窗棂的孩子，却无能为力。

窗神不知道自己是怎么成为神的，如果有可能了解来龙去脉，他宁愿与普通窗子为伍，没有意识，什么都不知道，也至少强过此时此刻的心如刀绞。

窗神是瞧着这个小男孩的成长的，在他诞生的那一天，窗神的意识也不约而同地诞生了，几乎不分轩轾，堪比伯仲。

窗神记得这个孩子拥有过的短暂的快乐，那是在他很小的时候。然而却在某一年的一个夜晚渐渐破灭变成黄粱一梦消逝无影。

孩子的父亲拈花惹草，花天酒地，结识了一个年轻漂亮的新欢，为色所迷，将结发妻子的恩情抛诸九霄云外，母亲忍无可忍，终于在一个雷雨交加的夜里大吵一架后痛哭着离去。他们离婚以后，孩子被判给了父亲抚养，原因显而易见，父亲的家底殷实，抚养孩子绰绰有余，而母亲，却一贫如洗，身无长物，只得四处漂流，靠打工为生。

翌年，孩子的父亲就将新欢娶进家门，并将新欢的孩子接到家里同住。

孩子被冷落了，自从母亲被迫离开后。窗神时时瞧着孩子郁郁的眸子，才知道什么叫做忧伤。

父亲从来不带孩子出去玩，仿佛他只是一个被领养又被抛弃的怪物任尔呼之即来在兴致锐减之后便可以随时随地挥手让其离开。

但是父亲又不让孩子离开。

起初窗神也不知道这中间的原因，然而再一次无意间的谈话中，他听出了些许端倪。

“你既然不喜欢这个孩子，何以还要把他拴在身边不让其离开？”新欢问道。

“他是我的孩子，我为什么不喜欢他？”父亲不动声色地答道。

“那你为什么剥夺他的自由，将他牢牢锁在家里，从不允许他踏出家门一步，也不带他出去玩，连他的生母也不让进这个屋子，这是什么道理？”新欢疑惑地问道。

父亲一愣，想了想说：“我当然是为他的安全考虑，这房子这么高，一不小心就弄出个什么事儿来，你让我这心里怎么平静？”

“好，你还不说实话，那你看看这是什么？”新欢伸手从兜掏出一份白色的 A4 纸，在男人的面前晃了两晃，讪笑着说：“这就是你爱孩子的表现？真是伟大的父亲啊！”

说罢，咯咯娇笑起来。

男人看罢，大惊失色，一抹惭愧浮上脸颊，不过转瞬即逝，倏忽间便恢复了平静，佯装愤怒道：“好啊！你这小蹄子！竟敢偷看我的隐私！看我不好好收拾你！”说罢，一把搂住新欢的纤腰，伸出双手在她纤柔酥滑的背部肆意游走，嘴上也没闲着，舌头如滑腻的泥鳅般轻而易举地撬开了新欢的樱桃小口，肆无忌惮地搜寻着她的五彩香舌。

新欢欲拒还迎，一边虚张声势地躲闪着男人的攻势，一边有气无力地嗔怒道：“你……你这个没心肝的……就知道……这么粗暴……啊！……”

在新欢的惊声尖叫中，伴着阵阵刺激和狂欢，男人已把新欢扔在了床上，然后趁势拉开了她的衬衣，展开了猛烈的攻势……良久方才止息，室内已一片狼藉。

新欢手中的那种白色的 A4 纸已不知何时悄然飘落到地下，昭示着男人无毒不丈夫的狠戾和阴森。

这一切窗神都看在眼里，他虽然发现自己的身躯不能移动，但是神识却覆盖了房间的每一个角落。

他在看到那张 A4 纸上所镌写的内容后心里莫名涌起阵阵悲伤，他知道，这悲伤无法阻挡。

那张 A4 上的内容是男人的父母留下的遗嘱，其中表明他们死后将资产尽数留给自己的孙子，也就是那个孩子，关于男人，却只字未提。

男人恼恨父母的所作所为，在大吵大闹之后却无能为力。万般无奈之下，恶念陡升，便将魔爪伸向了孩子，企图用控制孩子来达到让自己控制财产的目的。他将孩子锁在家里，不许他的生母来见他，怕孩子的生母将孩子抱走，最后什么也得不到，自己又没个一技之长，流落街头潦倒不堪甚至活活饿死倒也不是什么危言耸听的事。想到这里，男人的邪念便更加坚定，即使牺牲了孩子，也不能牺牲了自己。人不为己，天诛地灭！如此，也算顺应了古人之言，何错之有？

这份遗嘱锁在父母老宅的书桌上的第二个抽屉，钥匙在第三个抽屉。男人趁父母不在意，溜进去偷了出来，后来又怕事情泄露，便悄悄复印了一份备用遗嘱，将原本遗嘱仍在不知不觉间放回了抽屉。男人将这份遗嘱放在随身所穿的衬衣的口袋里，晚上和新欢亲热的时候掉了出来，因为喝了酒，男人没在意，可这女人心眼多，眼又尖，立马偷偷拾了起来看了一遍，心下了然，正准备放回他的衣衫，忽然又想到这男的当真可恶，怎么这么重大的财产问题竟然不告诉自己，敢情是压根儿就没把自己放在心上？越想越气，便将遗嘱收进了自己的包里。心想男人见遗嘱不见了肯定要问自己，到时候先卖个关子，不怕他不和盘托出！想到这里，又不自禁暗自得意，小声喝彩道："男人啊，男人，终究还是斗不过女人！"

"什么女人？"男人忽然开口道。

新欢吓了一跳，心脏跳到嗓子眼儿，以为行动败露，功亏一篑，熟料男人翻了一个身，重新嘀咕了一句"什么女人"，咂咂嘴后，继续沉睡，新欢方才松了口气，将包挪到了一个在自己看来相对安全的地方。但是手还是可以触摸得到。她缓缓摩挲着皮包的边沿，想来想去还是觉得不妥，就把拉链拉开，抽出遗嘱，双手捧在胸前，在这时，纸张的边沿轻轻龇着皮肤，竟然产生了一种异样的安全感和惬意感。于是干脆将遗嘱塞进了胸罩中，方觉万无一失，稳妥无误。可是男人并没有着急遗嘱的失落，反倒是自己开始不安。于是乘着有暇之时率先发难，将此事与其挑明。现在事情已安全挑明，男人将自己的计划尽数告诉了新欢，新欢虽觉有些歹毒，但想又不是自己的孩子，操那份闲心干什么？还不如攫取点实惠的东西，遂在短暂失神后点头答应，同时发誓保密。

孩子就这样沦为了这一对男女的工具。他不仅丧失了自由，也丧失了亲情和快乐。他每天被锁在这不大的房间中，望着远方的虚空，一点一点变得晦暗、深邃、沉静，他希望有个天使从天而降，伸出双臂，带他飞出这狭小的囚笼，飞到妈妈的身边，寻找幸福和失散的自由。

孩子的泪从来没有断过，一天一天，一个个黑夜，伴着无尽的虚空，无尽的寂寞，眼看着梦想一个个幻灭。自己无能为力，窗神也束手无策。

窗神会暗暗质疑自己：我当神到底是为了什么？他一遍一遍地问，只有他自己听得到，所以没有人回答他。

他像一个被遗弃的孤儿，周围都是冰冷的了无生机的苍凉，与孩子一样，可怜又无望。

笼罩在窗神心头的那一抹不祥的征兆越来越近，几乎压得他意识模糊，眼前一片虚晃，他想声嘶力竭地叫喊出声，告诉孩子自己愿意带他飞翔，不管多远，不管多渺茫。

新年越来越近，爆竹声毕毕剥剥从四面八方传入孩子的耳蜗，天空五颜六色、光怪陆离，如梦似幻，萦绕在孩子孤独寂寞的心坎上。

“我要出去。”孩子轻轻地说道。

“我不要待在这里！”孩子大声说道。

他下定了决心，要逃离樊笼，要冲出亚马孙，要寻找自由，要振翅高飞。

他看到了窗子与楼道的距离并不远，又没有防护栏遮挡，只要连接一个绳索，顺着绳索滑到窗下的顶棚，再走过顶棚，翻过楼道的围栏，就能重获自由。

他翻箱倒柜地找着剪刀，将床单剪成一块块一条条参差不齐的长条，再将他们绑在一起，拴在窗角。

试了试，没有断裂，应该无碍，也顾不了什么生命诚可贵的古老的信条，只是为了自由的缘故，已将一切视作渺小。

孩子的脸上出现了一抹激动和抑制不住的微笑，在拿着布条的手，已瑟缩得不可抑止。

他翻过了窗户，从窗神的身畔滑过，向着楼道的围栏缓缓移动。

窗神心里异常焦灼，他深切地察觉到布条已开始出现了动摇，在窗角的底端，它随时都会断裂，那将葬灭他的自由，他的欢笑。

“快停下！快停下！不要再向前了！前方是无尽的深渊，前方是地狱的岗哨，前方是魔鬼，前方是鸱鸮！停下！停下啊！”窗神大叫，歇斯底里地大叫，可是谁也听不见，天空还是一样的深沉，漆黑如墨，孩子还是一样沉浸在幸福的憧憬里，察觉不到劫难的降临。

没有任何声息的，布条滑落，仿佛万马齐喑，整个世界都安静了，时间在这一刻凝固，将那坠落的小小的身影凝结为永恒。

新年的时钟终于敲响，万千爆竹齐鸣，黑夜变为白昼，一片灿烂无垠。

所有的悲哀在此刻尽皆掩埋于泥土深处，人们将无尽的祝福和欢欣禳向天罡，直至天明。

谁也没有听到窗神破裂的声音，他的意识涣散，在孩子坠落的那一刻，他的灵魂就已经飞升，落下空空的躯壳，爆裂在空气里。无人注意。

铅云笼罩在这里，竭尽全力地低垂却终将不能垂向大地。该来的总会来，该去的总会去，冥冥中谁也无法更改既定的轨迹。眼泪流向何方，再也找不到踪影，幸福是什么东西，为什么总是虚无缥缈？

（五）

赑屃觉醒于一场嬉闹声中，那是一间陈旧的瓦房，一片不大的操场，一个没有篮筐的篮球架和一只半死不活的老狗。这里是一个小学，而自己就坐落在瓦房一根粗壮的木柱边，紧紧挨着，不知已有多少年。

小孩子们非常喜欢他，不会像对待神一样顶礼膜拜歌功颂德兀自念着谁也听不懂的禳词，他们只是喜欢他，单纯的喜欢，像一个老朋友，像一个好朋友，像一个小朋友，不分彼此，就那么天真地、兴高采烈地、自由自在地、随心所欲地站在自己的面前絮絮叨叨地说着每一天发生的人和事的点点滴滴或添油加醋的融合与升华。无论是男孩子还是女孩子都是如此，天天如此，年年如此，风雨不变。

赑屃的心中自会感觉到一种说不出的温暖和惬意，他虽不知应该如何与人相处，但至少这种形式的交往方式让他觉得倍加亲切和幸福。当然前提是赑屃得变成人的样子和孩子们一起玩耍才能算是真正意义上的名副其实的交往，然而赑屃的神力不够，意识只能覆盖这片小学加之不远的区域，他能听、能看、能感受到这个区域内的所有，除此之外，便再无其他。

他觉得孩子们的生活应该更好一点，而不是让这些花一样的天使忍饥挨饿在常常、在间或、在飘忽不定的每一天。他觉得这一切难以想象，不知道为什么会有这样一种让人匪夷所思的现象出现在他的面前。

赑屃不明白这所小学的领导为什么能站在台上讲起话来慷慨激昂声如洪钟，而此时却漠然地站在不远处看着这些孩子因为地处偏僻因为贫困原因而养成的所谓“习惯”无动于衷。

孩子们无知无欲无求，只能在听领导的讲话时茫然而懵懂地点点头，除此之外别无他求。实际上孩子们除了点头或摇头之外也做不了其他的事情，因为一切的安排不是以他们的意志为转移，他们的老师，还有学校的领导的领导统筹规划着这一切，他们看不到也不能理解更不能提出争辩或异议。

他们对知识的欠缺程度匮乏到令城里的孩子也挢舌不下，目瞪口呆。他们单纯到几近空白，天真到近乎痴傻，让人心疼到泪如雨下的同时又长吁短叹，不能自已。

而赑屃也和普通大众一样，在看到了那让人愤慨而心痛的一幕后，终于下定决心要不顾一切舍弃一切做出一件惊天动地泣血玄黄的事。而这件事，必将在亘古不变的岁月中凝固成永恒。

那是一个炎热的夏季，天地同气连枝一脉相承同处在一个无穷无尽的熔炉中承载着锻造的苦与乐，大地冒出缕缕热气，在没有丝毫微风的搅扰下平静地升上天际。食堂和往常一样，菜蔬缺席，质量低下的劣米理所当然地出现在每一个孩子们的碗里。孩子们睁着懵懂的大眼睛，无奈中透着若有若无的沉思，似要将碗中的白饭变成一盘丰富的菜肴。

孩子们没有这个本事，除了妙趣横生天马行空的奇思妙想之外，再没有什么办法能让梦想成真。可是学校只有这个，一碗劣质的白米饭，没有任何菜肴，孩子们吃不下，那些天使般的孩子们吃不下，鹰隼也不食，硕鼠也不抢，公鸡更是昂扬着头，不屑一顾。

孩子们总要想办法吃下去，不然他们就会忍饥挨饿，颓然倒地，再也不能和赑屃玩了。他们看见前面不远处有一根水管，在凋敝的偌大的院坝中，显得愕然而突兀，像一条冻僵的蛇，在烈日的笼罩下无可奈何地吐着红芯，但却不论如何也不能挪动分毫。

水龙头关不紧，侧漏的水一滴一滴无声地滴下，消融在地上，倏忽间蒸发得无踪无影。

“我们去倒点水！把水泡在饭中，我们就能吃下去！”一个孩子兴高采烈地说道。

“对，我们去加点水，我们混合着水吃下去，那样一定很不错！”

“走，我们排好队，一个一个拉着彼此的衣角过去加水。”

“哈，我们有秩序地去加水。”

孩子们点点头，捧着碗，有条不紊地排好队，蜿蜒到水管旁。为首的一个女孩站上水管的台阶，认真扭开开关，水花四溅，端着的饭碗几乎被淹没，眼看即将溢出，后面一个男孩眼疾手快地跳上台阶，关掉水管。

“谢谢你！”小女孩不好意思地小声说道，脸颊滚红似烙铁。

“没什么。”小男孩摇摇头，不以为意地擦擦淋漓的汗水，扯开稚嫩的嗓音朗声说道：“我来给大家开水龙吧！你们慢慢来！”

约莫半个时辰，所有的孩子饭碗中都灌完了水，他们的脸上溢满了笑容，即使他们吃得艰难无比，比喝药还难受，他们也感觉到格外快乐。他们的碗中是浑浊的泥沙，将原本的白米饭也染成了一片浑黄，他们此时才发现原来用水泡饭也并不如想象中的那般味美，只是不想将忧伤挂在脸上。况且，老师告诉过他们，生命诞生于水中，由单细胞到草履虫到生物，一切源自于水中。上善如水，水善利万物而不争，居众人之所恶，故几于道。既然如此，水中的泥沙也是水神馈赠的至宝，没有理由厌恶和抛却。应该吃下去，哪怕再难吃也不能吐出来。

赑屃再也忍耐不住此时此刻如烈焰般升腾不息的血液和灵魂了，他似乎泪流满面，但是谁也无法瞅见。因为他的身躯已被一层金色的光芒所包裹，然后将小小的学校笼罩在其中，所有的孩子炎热尽退，瓷碗化作泥土，飘散于风中。

孩子们惊愕地睁着眼睛，满脸的不可思议。

金光四散处，枯树逢春，结出红彤彤的果实，田里长出金黄的麦穗，泥土芬芳，肥沃如初。

鸟雀纷飞如雨，在不断流转的光的阴影里，孩子们的欢呼响彻田畦，水槽迸出洁净的水花，涌向麦地。

希望在勃发，绝望和阴霾溃不成军，赑屃的声音在天地间来回逡巡：“孩子们啊，这是我能为你们做的最后一件事了，我施放全部神力，铸造梦想的家园，那里没有饥饿，没有贫瘠，你们将在此无忧无虑地成长，歹念无法驻足，邪恶解散袭击，天堂的倒影会庇佑你们，伴你们灵魂永生！永别了，我亲爱的孩子们！”

赑屃的身影终于消弭在一片灿烂的金光里，当孩子们明白一切的时候，他们驻足的地方早已变成一片崭新的天地。

孩子们会有更多的时间去陪伴赑屃了，因为赑屃就在他们的身旁，从未离去。

她从来没有想过自己将会成为一个比废物还不如的累赘缠绵在轮椅上而再也不会看到任何奇迹和希望，哪怕丝毫阳光在她身畔的停留都不言而喻地成了一种铺张和奢侈，不过她自己却不能感受和觉察到分毫。

她像活在一种深沉的梦中，四周全是阴霾，萦绕在她的周围，还有一些细小的浮沉眚了她的双眼，她便失去了前进的航向，跌跌撞撞漫无目的地蹒跚了二十多年。

而周围的人却看不到她梦中的迷途，因为在真实的世界里，她是那样可怜又那样可惜，长吁短叹的同时直将矛头指向一切罪魁祸首的源头和若干年来无法澄清无法见天日的真相。

二十年多年前，她曾是天之骄子、全家的希望、冉冉上升的明珠、社会不朽的栋梁、长相姣好、身材亭亭玉立、心地善良、人见人爱、十全十美的摽梅少女。

然而现在，她只是一个神志不清、反应迟钝、形貌走样，早已无法与昔日相比的残疾。

终结这一切的是她的同窗，时间的悲剧定格在雷声飑飑的夏季那骤然而落的倾盆大雨。

表神见证了这一切，在伤心欲绝呼天抢地的一败涂地的关头也没有放弃对罪恶的通缉和审判。

表神不会放弃，在太阳未落幕之前，在太阳鸟的翅膀未折翼之前，他会至死不渝地坚守着最初的信念。

表神是她手腕上的一块腕表，是她父亲的父亲留给她的，在她考上最高学府引得高朋满座赞不绝口恨不得将人间所有的赞誉尽数吟咏在她的身上方才罢休的时候，她得到了这块表。

没有什么特别的含义，只是一种时间的久远的沉淀和一种约定俗成的传递。

她满面春风地戴上了这块表，拖着行李，挥别家乡和亲人，踏上至高的顶点。

表神在那一刻还没有觉醒，他还在孕育着的胚胎状态，安静如亘古的岩石，静静地等待着神光的照耀，灵魂的蜕变。

表神不明白自己清醒的意义在哪里。当他眼睁睁地瞧着她濒临危险的血盆大口时却无能为力洒泪如雨。他唯有破碎，然后进入永久性沉寂，从此以后再也不会睡醒。

然而他做不到，他痛恨那个刽子手，那个心如蛇蝎的女孩的同窗，可怜女孩，觉得一切都超乎想象绝难接受，对善良者的打击简直是毁灭到无以复加。太残忍了，太不公平了，若好人无好报，苍天无眼，人间与地狱又有何异？不，其残酷和丑恶甚至有过之而无不及。

所以表神决定活下来，以自己微弱的神力为女孩做一件事，让凶手伏法，让罪恶伏诛。

女孩的优越感在于资质甚佳，旁人难以超越，如果在遇到心胸狭窄、小肚鸡肠、眦睚必报、目不容物、猖狂乖戾、心如蛇蝎的竞争对手时，那就俨然成了一种巨大的威胁和劫难。而女孩自己，却丝毫没能觉察出这危险和劫难步步逼近的端倪和蛛丝马迹。

同窗的资质稍逊于女孩。所以在学校的各个方面都被女孩毫无悬念地稳稳压制。压得她怒火中烧，压得她心怀叵测，压得她咬牙切齿，压得她恶念陡升，恨不得将女孩碎尸万段、挫骨扬灰方才解恨。

同窗生长在富裕之家，在金色如绸缎般的襁褓中长大，周围掌声不绝，鲜花不萎，深秋的肃杀不知为何物，暮冬的荒芜从来就徘徊在自己的思想之外，因为在她的花园中，白雪皑皑堆积的地方都被看不见的热气所融化，又一个小小的春天在这里永恒不灭，那是她的家庭为她编织的幻梦，而她却觉得这样的幻梦能够紧紧捂住而不会稍纵即逝在指尖滑落，它们在无数的岁月里，累积而成长为一颗眼高于顶目中无人的骄傲而放肆的心。

如果同窗的资质低靡而羸弱，那也不会铸造出一桩骇人听闻、惊心动魄的悲剧？

如果上天收回一些东西，也可以让人不至于扼腕叹息、为伊泪落。

同窗取得的成绩在她的家族中也同样是骄人而可喜可贺的，要不然她也不会踏进人生的至高点，在学业的最高学府中种下这样一段不可原宥不可饶恕的苦果。

同窗在二十多年的岁月中没有遇到过失败的失魂落魄和心烦气躁，凡是与她切磋的对手都清一色被其踩在了脚下，她顺理成章地享受着自己无与伦比的意气风发和笑傲天下。

然而这一切的好运和骄傲的战绩以及与生俱来的骄傲都终结在女孩出现的那一天。

学生会主席的位置顺理成章地被女孩拿下，而同窗，只得了一个副主席；广播站站长的位置轻而易举被女孩夺得，而同窗又只能退而求其次，得了个副站长；文化社社长，名正言顺是女孩，同窗，又是副社长；古典音乐大赛，女孩得了冠军，风头最高，一切名誉涌向了她，而同窗的亚军却冷落、凄清又彷徨，彷徨在寂寥的雨巷，仿佛一只被遗弃的羔羊。女孩就是一朵盛开在春天的最灿烂的鲜花，同窗与之相比，就是天与地、云与泥的区别，相去甚远，不在同一水平线上，因而无法相提并论。

同窗无论如何努力都无法超越女孩，挣脱压在自己身上的无形枷锁，无论如何拼搏总是屈居在后，难以寸进。仿佛一切早已注定，女孩就是自己永远的克星，她会一点点撕碎自己的骄傲，直到将自己打得体无完肤，无所遁形。

同窗接受不了自己的失败和将自己撂倒的障碍像一条壕沟一样横亘在自己的面前，再加上重重荆棘遮蔽了她的双眼，让她看不见太阳看不见希望。她骄傲的心在一次又一次的挫败中开始变色变质，一个个阴暗狠戾歹毒的念头如食物腐烂后密密匝匝的蛆虫般接二连三地蹒跚而出，缓缓蠕动，将她的心啮噬得千疮百孔，蠹化不堪。她不顾一切地下定决心要将自己累积的变态的报复尽数加诸女孩的身上，即使无法将她从这个世界上除名，也要想方设法使其再也不能荣光灿烂，风采斐然。

女孩端着自己从食堂打来的饭回到了寝室，正准备一边复习功课一边吃饭的时候，她的上铺忽然拍了拍她的肩膀，小声在她耳边说着悄悄话。女孩没有听清楚，上铺笑着从她身边跑开挥挥手示意女孩出去。

寝室中只剩下同窗了。

一切都显得安静了下来。

同窗紧紧握着从实验室偷来的白色粉末，浑身不由自主地颤抖不停，双脚像绑上了一块大石头，向前挪动都要耗费巨大的力气。

同窗的心犹豫着、彷徨着、迟疑着，踯躅着，冷汗顺着鬓发滑落，她在与魔鬼作着剧烈的斗争，双眼神光牢牢锁定着女孩的饭碗。

最终魔鬼占据了上风，将同窗最后的理智和良善踏入尘渊。

她再也没有丝毫犹豫，拆开纸包，将一小撮白色的粉末尽数掺入了女孩的饭碗中，又拿起勺子搅了搅，最后放回原位。

同窗清楚地知道此药对女孩的伤害和具体发作的时间，她感到有恃无恐，便回到床上闭目养神，静待自己报复的结果。

一道紫色闪电如巨大的虺蛇般划破午后的晴空，顷刻间彤云密布，蚕豆似的雨点如浓缩的冰雹般毕毕剥剥击打在无人修理早已关不上的锈蚀的窗棂上，女孩倒在地上，痛苦呻吟不止，同窗假装惊慌无措，冲出寝室，大声疾呼；一道电光摄入女孩的左腕，表神的意识觉醒了……

两个月的时间，女孩都处在半梦半醒之间，时而清醒，时而糊涂，时而呢喃，时而歇斯底里，医院用遍了各种方法都不能查出女孩的病因究系何故，表神大声咒骂医院的医生真是废物，几十年的积累到头来毫无用处，救死扶伤的口号大街小巷漫天飞舞，真到了迫在眉睫刻不容缓千钧一发的那一刻，也只能与虫鱼鸟兽为伍。

同窗被传讯，在审讯室中羁押了仅八个小时后就被遣散回家，相关机构给出的回答是“证据不足，还需时间，竭尽全力，请大家予以配合，予以谅解”。

女孩在医院待了四个月，毒虽尽，身已损，智商受到严重侵蚀，与五岁孩童无异，视力几近瞽人，在茫茫黑暗中只能瞥见一线光明。

这一拖就是二十多年。

春去冬来，依然如故。一切都没有变。

变的只是两个人的命运，两个家庭的命运。

同窗过上了人上人的生活，她受到了魔鬼的庇佑，每天每夜，笑声猖狂而惊悚，没有任何力量来审判她，制裁她，她在地狱的深处悠然自得，乐不思蜀。

女孩的家庭以泪洗面，悲怆没有一刻停止流动，表神竭尽全力，将正义的能量渐次扩散开去，让更多人的心灵得到感应，形成一个无形的强大的离心力，越聚越多，最后再无穷无尽地辐散开去，直到邪灵被摧毁殆尽，凶手绳之以法，朝暾洒满大地，那时，表神才会含笑而去。

表神相信会有这一天，一定会的。

红绳觉醒于一片朦胧的温暖的爱恋中，最后却消逝于绝望的阵痛，伴随着一个摽梅少女，在一个阳光灿烂的日子里。

这也许只是一次偶然的邂逅、持续、升级、碰撞，然后新鲜感逝去，留下的苦果却无力偿还。

面纱被撕碎后，一切的景致一览无余，美丽变成毫无生气的石头，在那一瞬间，所有的语言失去了生机。

那是在一所如世间无数个普通学校中的普通的教室，然后是普通的人，最后上演一出普通的小清新，前奏衎乐无比，美丽如斯，美轮美奂，令人歆羡不已。

结果却苦不堪言，血流如注，令人掩面抽泣，扼腕叹息，伤心不已。

他是班长，职务高，长得帅，讨人喜欢，成绩好，为人不骄，人缘也自然顺理成章地源源不断汹涌澎湃地萦绕在他的周围。

她是文艺委员，文艺好自不消说，长得漂亮，脸子讨喜，成绩不错，为人也不错，人缘就要打个问号，其中原因究竟若何，明眼人一看就知道。不外乎自惭形秽的无盐嫫母般的同窗们愤世嫉俗羡慕嫉妒等多种因素在作祟，倒也并非是她的主观原因所致。

不过这并不是导致悲剧发生的导火线。

悲剧的诞生需要一定程度的累积，再加以恰逢其时的机缘巧合，在剧中人神采奕奕、容光焕发、喜不自禁的一刹那间陡然出现，像飑飑惊雷般，将一切劈得粉碎，再也无法复原。

他和她的情愫在悄然不觉间潜滋暗长，如水泥墙夹缝间无意中撒下的种子，只要有一丝阳光和雨露它也能不可思议地成长，但最后的结局如何，是否开花结果，倒不被人热衷，也不被人问津。

群众的眼睛雪亮，即使消息深埋在老鼠洞中，也会在百密一疏中被一只调皮的老鼠拖着到处飞奔，这就叫不胫而走。很快，班上的人除了老师之外，所有人尽皆知晓，茶余饭后的谈资也因此而丰富多彩、其乐无穷了不少。

当事人双方绝口不提或矢口否认，头摇得跟缩小版的摩天轮似的，殊不知这样，反倒让众人的兴致越来越高涨。

明面上虽没有大张旗鼓地修筑栈道，可在瓜田李下的暗地中总是难以控制这种好奇而猛烈的刺激，当欲望直冲云霄，血脉贲张之际，惊魂剧烈颤动，伴随着无尽的紧张、激动、惶恐，终究会在新一轮的朝暾东升之际化为幻梦随风逝去。

初时不会察觉有什么异样，但随着时间的推移，这种异样感就会渐次浮出水面，直到再也保不住，暴露在众目睽睽之下。

她并不知晓自己已经怀孕，只是在种种不适应的感觉出现在生活中的各个方面时才会略略惊讶和不安，但这种不安和不适并没有格外影响她的生活和学习，她仍然像往常一样过着无忧无虑自得其乐无拘无束的日子，并且暗暗祈祷自己所拥有的小小的幸福能够永远驻留在身边，不会离去。

直到一个午夜梦回的夜晚，在如此静谧而恬淡的时刻，她被腹中阵阵剧痛惊醒，然后下身的鲜血如坏掉的泄洪闸的阀门般如注如泉。

她声嘶力竭地喊叫，声音向窗外扩散。

父亲、母亲惊醒了，冲入她的房间，扭开电灯，惨白的灯光下，一摊鲜血触目惊心，再看她，因极度痛苦剧烈痉挛在角落中，身躯扭成了虾米，表情可怖至极又可怜至极，几已丧失原貌，令人不忍逼视。

母亲歇斯底里，号啕大哭，扑倒在女儿身边，不知所措，父亲稍稍镇定，拨打了紧急号码，将女儿送入了医院急救。

红绳被紧紧地系在女孩的右腕上，那是他们恋情的见证，情系今生，心系彼此，不离不弃，直至永恒。

然后在城市的另一边，他却沉浸在深沉而甜美的梦里，与她无关。他什么都不知道。

红绳在看到女孩血流如注的那一刻，也着实惊慌无助，它如果再强大一点，便能帮助女孩减轻痛苦，至少也能止住她的伤口不至于让殷红的鲜血肆无忌惮地奔流，然而现在，红绳只能无声地呢喃，祈祷女孩救治得法，转危为安。

夜阑人静，医院那一扇扇雪白的墙和一盏盏晟亮的白炽灯灼烧得人眼睛发眚，心内发瘆，皮肉发颤，脚底发凉。

女孩被戴上呼吸机面罩、抬上手术车、推入手术室的时候是囫囵不缺的，连一根发丝都不差毫厘。

所以，他们相信，过程有惊无险，女儿会平安出来，不会罩上阴霾，噩耗不会如此巧合，浩劫会辨别是非，甄别善恶，只是不小心踩在了泥塘中，弄脏了脚，没关系，只要踏出泥塘，再冲洗干净，远离它，就不会再有污浊和伤害了。

他们是这样想的。

红绳也是这样想的。

可是当一切已尘埃落定，漫天鸡毛已化为肥料不再扬起的时候，星辰开始陨落，流星不再与地球擦肩而过，悲歌从遥远的地方传来，善良的灵魂在亲人的周遭徘徊。

女孩死在了手术台上。

医生尽量委婉而平静地宣布了这个结果，然后取下口罩，快步离开。这种事情早已司空见惯，不论医生还是护士，都只是例行公事，他们像宣布一条新闻一样平静，而此新闻与自己没有任何干系，他们想装悲痛而不得，想要安慰更觉是一种讽刺，心脏早已在若干年前就以装上防火墙，刀枪不入，水火不侵了，还有什么能使他们泪流满面、痛彻心房？

女孩的父母险些哭死在冰凉而陌生的地板上，然而当一个全副武装的清洁工心烦气躁凶神恶煞地告诉他们不要睡在这里的时候他们才恍然原来悲伤的自由也不属于自己，权利被剥夺得太多，反倒暂时压制住了他们丧女的悲怆。

他们清楚地记得刚才医生告知他们女儿死亡的原因：宫外孕，输卵管破裂，失血过多，抢救无效，回天乏力。

“宫外孕”三个字如晴天霹雳般一斧一斧毫不留情地斫击在二老的心坎上，他们无论如何也不能接受自己的女孩在及笄之年、在笑容满面、在风华正茂、在乖巧懂事的层层外表的包装下会做出这种让他们的思想观、价值观土崩瓦解分崩离析也难以接受的事情。按正常程序他们此刻应该勃然大怒，拿着笤帚或戒尺之类的传统武器狠狠鞭笞女儿一顿，然后严刑逼供出“奸夫”的生辰八字、天干地支、甲乙丙丁戊己庚辛壬癸等一系列来龙去脉，最后义愤填膺气冲斗牛大步流星冲向“奸夫”家中石破天惊翻江倒海地大闹一番，至于如何收场，倒也未曾考虑。

既定程序被打破，想象中的一切代替不了现实中的种种后果，女孩已死，男孩的责任脱不了恢恢天网，连带着他的家人，这一生，这一世，都将为此承受悲剧发生后永远无法愈合的创痛以及良心在夜以继日中苦不堪言的煎熬和折磨。

红绳在悲痛中崩裂，化为凌乱的丝线，最后又被天火烧成灰烬。

破灭了，逝去了，那甜蜜而苦涩的青春，掩埋在泥土中，归窆在萋萋芳草的深处，偶有百灵鸟栖落，唱着谁也听不懂的歌谣，随着风，寂灭在时光的阴影中。

（六）

灶神受了他们的香火，便在某一天月上柳梢的时刻觉醒了。灶神不同于其他的神，他是被昊天上帝敕封的神祇，专管饮食，保证食物的健康和该户人家饮食的健康，除此之外，便再无权力，不能逾矩。

他亲眼目睹了一位铁骨铮铮的汉子自行截肢的过程，然后泪流满面，悲痛不已。

那位汉子不用截肢也大可不必被人称之为汉子。因为在他的心中，他仅仅是在截断两条无用的残废的双腿，然后希望得到好心人的帮助，在他废掉的双腿上装上假肢，以期能够重新站起，投入永无止境的农作与自强不息、自行其力的生活当中。

汉子并从没有想过用这种骇人听闻的方式来截断自己的双腿，将自己变成一个生活难以自理的残废。只是因为现实的残酷和医疗体制的不公正不健全待遇，导致了汉子在万般无奈走投无路的情况下再也顾不得其他，只能冒险一试看能不能在生死搏斗的瞬间，留下自己这副尚能劳作的残躯供给家庭微薄的开支和平凡的生活的继续。

汉子一年到头扎根在田畦上劳作，顶着杲杲烈日，挥着锄头，伴着铮铮不绝和呼哧呼哧的喘气声，汗如雨下。

稻草人在风中衣冠楚楚地微笑，毡帽在风霜雨雪的侵蚀中破败，麻雀成群结队憩息在稻草人的肩膀，叽叽喳喳地鸣啭，打着招呼，又如流矢一般急急掠入稻田中在汉子不经意间偷食着麦穗。

汉子顾不上其他，只要不将麦穗啄食干净，断了自己一家的口粮，那也就不必大动干戈、兵戎相向将其驱散。

日薄西山之后，汉子扛着锄头回家，吃了晚饭也并不闲着，他会去附近的一个小小的瓦罐厂做些零工，当夜阑人静的时候，方拖着疲惫的身子回家去宿歇。

这是汉子一天至晚劳作的时间和安排。

这是汉子一年到头劳作的时间和安排。

灶神看在眼里，记在心中。

他以为汉子的一生是朴实而恬淡的，即使清苦了一些，只要一家人健康平安，这样的生活在芸芸众生中又何尝不是一种幸福？

然而事实上汉子的浩劫在不经意的那一点一滴的累积中逐渐彰显，到后来，已完全如滔滔江河般不可遏止。那是灶神无论如何也难以接受的事实。

汉子在一次从瓦罐厂的劳作中回来之后发现双腿肿胀，一连若干个星期都没有好转的迹象。于是他来到医院做了一个腿部检查，结果显示汉子的双腿血管呈现大面积淤塞，需要立即进行手术，否则后果不堪设想。

手术的费用需要数十万，这对于一个普通的庄稼汉子来说无异于晴天霹雳，当头棒喝。汉子一听，望而却步，在这个关头悄然退避。回到家中，买最廉价的草药再加以保守治疗以期待病患能够延缓不至于如洪水与猛兽般汹涌而泛滥。

保守治疗无济于事，汉子的双腿开始恶化，皮肤开始溃烂，脓血开始毫无间歇地溢出，直到被褥狼藉一片，直到汉子再也下不了床。

灶神在暗中静静地看着一切，泪流满面。

每天，每夜，汉子惨痛的嘶鸣都在圹埌的田间、山谷间回荡，伴着鸱鸮的低低的“咕咕”声，更显得凄惨而令人发瘆。

汉子的双腿恶化得更加严重，皮肤已经完全溃烂发黑发臭脓水不断流淌，一只只乳白色的蛆虫更是肆无忌惮随心所欲在其腐烂的经脉中来回穿梭。汉子颤抖着拿着镊子将蛆虫一只只挑出，然后用力夹死，扔向墙角，在不断摇曳的烛火和惨白的墙壁的阴影的掩映下，汉子做出了一个惊天动地的举动！

用锯子锯掉自己的双腿！

“你疯了！”汉子的妻子哭喊着，大声吼道。

“这里没有你的事，你给我出去！”汉子背转身子，沉声命令道。

妻子出去了，在另一间房中抽泣不已。

汉子拿着放着床头的毛巾，紧紧塞在口中，然后拿出用乙醇淋湿的锯子从膝盖处缓缓开始。

像在锯一块顽固的椋木，“咯吱咯吱”声不绝于耳。

像在绷子床上绷一床再普通不过的棉花，“吱嘎吱嘎”，过路人却并不知晓这一栋简陋的屋中上演的触目惊心的惊魂事件。

整整十五分钟，汉子的“手术”结束。两条已经完全腐烂的腿被扔在了床下，然后大声呼唤妻子的名字，之后，便晕了过去。

妻子在目瞪口呆的那一瞬间，险些魂飞魄散，在紧要当头，听到了汉子在昏迷前最后一句话：“给我缠上绷带……”

妻子哆嗦着颤抖的手在泪水如倾中将所有的绷带尽数牢牢缠在汉子的断掉的骱骨上，然后静静守着汉子，直到他悠然醒来。

血，终于凝固在绷带紧紧缠绕的那一刻，长满蛆虫、污秽不堪的脓血终于流尽在烂腿被锯掉的那一刻。汉子活了下来，在妻子泪眼迷蒙的深情款款的注视中，在与牛头马面激烈的搏斗中，活了下来。

还有，灶神的那一丝眷顾。

灶神用自己的神力护住了汉子的心脉，使其贮藏在身体中基本的供血机能不至于在因为血流如注的情况下急速衰竭，继而保住了他的五脏六腑和精气神的本元之力。

而灶神却违背了天条，他微笑着看着汉子苏醒过来之后，便脚踏青云，须臾直上九霄，径奔三十三重天，领罪去了。

于是，汉子理所当然地成了汉子。

在这个称谓背后，滴淌着的是汉子看不见的辛酸和凄凉。

又是一个阳光灿烂的下午，汉子兀自推着轮椅来到了院子里，抽着叶子烟，在淡蓝色的袅袅烟雾中，他凝视着远方那太阳即将要滑落的轨道，想象着明天或者未来的某一天，他依然能够站起来，在被炙烤得滚烫如烙铁的田畦中挥着铮铮有声的锄头，汗如雨下，朴实无华。

井神在一个别院中已呆了很多很多年了，他没有受过任何敕封，纯粹是自行觉醒、自由修炼。

他已经可以完全离开那个地方了，在所有人的眼中荒凉而没有生机甚至腐败不堪的地方。

他有这个能力，也有这个念头，不过在离开之前他却要将一出悲剧看到最后，当尾声落幕，道德已彻底腐朽之后那仅有的忏悔在彼时闪光的那一刻，对井神来说，才是最好最有意义的选择。

她是该村的一个寡妇。似乎凡是沾上了这个词汇背上了这个身份的女人都免不了跟寂寞、无聊、饥渴难耐挂上一个鲜红的大钩。她们很清楚自己最需要的是什么，所以对于那些俗不可耐或者自制力不强的一些男性朋友来说自是产生了一种难以抗拒的吸引力，于是一个个宽衣解带、奋不顾身、前赴后继、舍生忘死，让寡妇们获得了前所未有的满足和醉生梦死的快感。

当然，不是每个寡妇都寂寞难耐到无以复加非得寻求这种死去活来的刺激，如果真是这样，那已离禽兽不远矣！

寡妇为了那在一次又一次痉挛中获得彗星与地球擦肩而过的那一丝巨大的极乐巅峰，或者是灵魂出窍、扶摇直上九万里的腾飞的快感，将道德伦常践踏得灰飞烟灭，投掷于千里之外。她投身于这种刺激不顾一切，疯狂到令人咋舌，以至于同村年高德劭的老人都找不到词汇对她进行声讨和斥责，最多只是摇头不语或转移话题。

于是寡妇就更加肆无忌惮和随心所欲，每天每夜，在那一帘幽梦的蓝色帷幕的背后都是一个个来自五湖四海参差不齐长短不一大相径庭的汉子和粗重低沉的喘息声掩饰不住的淫声艳语，穿过一栋栋灰色的女墙，一排排长满蒺藜的栅栏，一道道铺满青苔的沟壑，一方方被风沙堆积的土丘，扩散到声音的尽头，就再也无法向前传递。

同村人厌恶至极，诅咒之声从未断绝，恨不得拿起棍棒将此等衣冠禽兽、下流胚子、礼义廉耻尽丧的无良娼妇剁成肉泥，挫骨扬灰最后抛尸于荒甸。任鸱鸮、鹞鹰、秃鹫之类的恶鸟尽情啄食方才解恨。

然而这一切都是村民们的臆想和脑海中殊途同归的主观审判，没有一个人愿意付出实践去管这一档闲事，他们依然只是在嘴上和夕阳西下的茶余饭后愤愤不平、呶呶不休中度过每一个黄昏，然后关上房门，奏着耳朵在漫漫长夜中去迎接新的朝暾。

他们希望时间快一点，再快一点，好早点看到寡妇最后的结局是怎样的画卷，到那时，他们一定会拊掌大笑说：“哈！终于等到今天！”

他们料定寡妇的结局是惨不忍睹没有任何转圜余地的，这点毋庸置疑。因为先祖的智慧和结晶如擀面棒一样时时敲打着他们的背脊：“万恶淫为首”、“三精成一毒，专伤不洁女”、“奸近杀”、“奸近盗”、“奸近妄”……历历在目，历久弥新，永不能忘。

各家各户的小孩子们，为着好奇心会偷偷翻过寡妇的篱笆，循着引诱的声音偷偷掀开他们的帘子去窥探其中的隐秘，长辈得知后气得七窍生烟，脸色发紫，操起“七种武器”就朝小孩子们的屁股打去，直到皮开肉绽、脓血如注，昏死过去，方才罢手。

长辈们会后悔得长吁短叹，以手抚膺，却又实在想不出一个恰当而妥当的办法去给小孩讲述这种事情的子丑寅卯、来龙去脉。

因为小孩子没有耐心且根本没有兴趣听长辈们的专业术语和理论分析，即使认真听了，也不一定听得懂，即使听懂了，也不一定放在心上，即使放在心上了，在关键时刻也难以奏效，所以，在一个没有办法的情况下毫不犹豫地运用“铁血手腕”也不失为一种传统而有效的手段来阻止小孩误入歧途、贻害终身。

“哇哇”大哭的声音在全村中此起彼伏，一波高过一波，前赴后继，势头正旺，轻而易举地盖过了寡妇闺阃中蛊惑人心勾引人魂、挖骨吸髓的蝶声浪语，如此，环境清幽了几许，小孩子的好奇心也在这般高压政策下如干瘪的蹴鞠般偃旗息鼓，充耳不闻，非礼勿视，专心致志淫浸在《弟子规》中废寝忘食，不可自拔。

寡妇的欲望泛滥成灾，开始升级蜕变，在一个清风明月的晚上，开出了第一朵罪恶之花，接着，愈来愈猛，愈来愈严重。当痛楚席卷全身的时候，寡妇的欲望逃之夭夭，再也无处寻找。

鲜血开始从寡妇的下体没有任征兆地倾泻而出，染红了被褥，在夜半时分，凄厉而可怖。但可怖的是她的嘶喊。那如被万千钢针来回狠搠透体而过的感觉让寡妇无论白天还是黑夜都歇斯底里地鬼哭狼嚎。最初是尖锐而高亢，到得后来，完全沙哑，失去了人声，像一头奄奄一息的饿狼在临死之前回光返照之际做着最后的挣扎，没有人再敢到她的屋子去了。那种情境，即使闭着眼睛，也会让人不寒而栗，畏葸不已。

村里的人纷纷传言，得出的结论惊人的一致，不约而同地认定寡妇得了“产回头”，那是不治之症，必死无疑，死状极其凄惨，死后灵魂也难安。

人心不是坚硬的鹅暖石，它会开出花朵，在清风吹拂的午后洋溢着若有若无的馨香，扩散开来，滋润着更多人的心房。

同村人在寡妇如此凄惨一日不如一日的境况下对其的恼恨和不齿在逐渐减弱，对她的同情和叹息之情越来越强，不时有人将熬好的热气腾腾的草药摆放在寡妇的床头，瞧了早已不成人形的她一眼后叹息着走向远方。

寡妇忍着剧痛喝下草药，望着一些善良的人们远去的背影，在飕飕的微风中，号啕大哭。

月亮穿越过马不停蹄地向着一个方向整齐划一而不失韵律和节奏飞驰的重重黑云，轻盈地驻留在一株白桦树树梢的顶端，无所用心地俯瞰着下方的一切，山岚在鬼斧神工的裁剪下没有逾越出任何可以放肆和胡作非为的方式和场地，鸱鸮漫不经心的“咕咕”低吟，却别有用心地在狡诈的田鼠窜出田垄的刹那间如疾风迅雷般抓住其柔软的皮毛将其衔进洞中大快朵颐乐此不疲，而丝毫不会顾忌这些被捕的倒霉蛋早已吓得心肝俱碎，奄奄一息。人们在一阵凄厉无俦的死亡般的喊叫声中惊醒，点亮了蜡烛，朝着寡妇的院中奔去。

“老天！让我死了吧！……”

这是同村人来到寡妇的院中听到的最后一句话，之后，寡妇再也没有醒来。

自古以来，妓女死亡之后不能立碑也不能进有声望人家哪怕是普通人家的祖宗坟茔，怕侮辱了祖先的声誉和后世子孙的荣昌和高洁的志趣，往往用一床破碎的草席一裹，在荒郊野岭找上一个坑，就地掩埋，就此了事。千百年来亦是如此，根深蒂固，难以变更。特别是在穷乡僻壤中人，更是深深铭记谨记在心不会忘却。寡妇虽然不是妓女，但所作所为与妓女相比也是不遑多让，她唯一的儿子远遁他乡，发誓再也不在这片肮脏的土地上驻足，若干年前离开后，踪迹渺茫。同村人的恻隐之心也无法战胜他们根深蒂固的传统观念，只能隔着距离静静伫立在窗外围观，眼睁睁地看着寡妇鲜血流尽尸体逐渐腐烂发臭面目全非也只是紧紧攫着鼻子摇首叹息而没有任何作为。

同村人是决计不会有人安葬寡妇了，井神看到这里，觉得是时候行动了。他的元神从井里出现，在金色的光芒中在人们的视线都集中在寡妇屋内的时候缓缓幻化为一位中年汉子，剥开人墙，一步步踱进寡妇死亡的地方。

井神所幻化的汉子正是昔日寡妇寻欢作乐的众多相好之一，其余的相好早已消弭在九霄云外，如果寡妇在死之前能够看到他，枯槁已死寂的双眸中是否会泛起汹涌澎湃的泪花？井神不知道，他只是有着太多的感喟无以复加，无形地支配着他幻化成一个有良知的堂客，在既定悲剧的最后小心翼翼地画上一个转折，留下一抹真诚的情愫，挟裹着无形的风的声响飘散在天涯。

井神收敛了寡妇的尸体，将她葬在淙淙流水声清越的河畔，愿水的圣洁和上善洗涤她肉体的污浊和尘垢，还原她的灵魂，在下一世中，能够获得新生……

芦苇在众多的兄弟姐妹中脱颖而出，摇头晃脑地在五光十色的、变幻多姿的美丽的江水边轻轻地摇曳，他可以思考很多问题，在神识覆盖的这片区域内，一段江水、一片芦苇群内。

他欢快了很久却发现在众多的芦苇丛中自己竟然是最孤单的一棵，没有一棵芦苇能够与他搭讪，因为除他之外，其余的芦苇尽皆处在一片混沌中还未醒来。这种欢乐渐渐低靡最后变得无精打采闷闷不乐，只能靠夜幕中的数不尽的璀璨的星辰的光芒和阳光的温暖的照耀来获得慰藉，或者静静地遥看着奔流不止的江水和偶尔跃出水面的调皮的鲈鱼和小虾，他突然觉得如果自己能动一动也是一件具有跨世纪意义的里程碑似的快乐。然而他不能，在他的意识觉醒之后，他发现自己除了思想能够随心所欲地行动之外，整个身躯都丝毫不能据为己有，他仍然会和千千万万的普通芦苇一样，被风吹得东倒西歪也无能为力。他知道，他应该继续修炼，向着一种未知的叫作神的境界默默无闻地攀登以飞升到另一个天地。

然而他却再也静不下来了。在一个永久无法释怀的催人泪下的故事中，芦苇发现，他的身躯在慢慢升腾……

这是一片很少有人驻足的地方，所以芳草萋萋，芦苇深深，能够淹没很多人，很多事，甚至在躺下的那一瞬间，半边天空都会在参差不齐长短不一甚至无法挺直身姿随波逐流却又始终不离他们根基的圈定的范围内被杂乱无章地涂抹和改写，那是主观的意志在特定的区域内描摹的一种具有浪漫主义情调的渲染和自得其乐不可言喻的美妙的幻梦，能让人浮想联翩，不知疲倦。

那一天来了几个小孩，在他们嬉笑打闹声中，芦苇的注意力被吸引，他从修炼的冥想境界中醒转过来，饶有兴致地瞧着这几个不知从何处来的小孩子。

他们在没过头顶的芦苇丛中奔跑，相互闹腾着、追逐着，挥舞着小小的双手无所用心地拨开层层犬牙交互着的苇叶和秸秆，全副心思放在小小的、只有自己才会开怀大笑的世界中忘记了那锋利的苇叶割破了他们娇嫩的肌肤所导致的疼痛感，向前奔跑，似乎在寻找一个滉瀁的新世界。

他们很快奔到芦苇的尽头，被江水的浩渺和粼粼的波光还有升腾的仙气般的氤氲给深深迷住了，他们小小的眼睛里满是惊讶和歆羡，特别是在看到一条硕大的鲤鱼因为炎热或者调皮甚至是显摆所导致的无人能够揣摩的心思跃出水面溅起的点点珍珠般的水花中齐声发出了不可思议的尖叫，他们的好奇心被勾起，如燃烧的野草般越燃越旺，不可抑制，他们从来没有想过原来水里的世界竟会美丽到让人目眩神迷，忘乎一切，甚至生命。

他们一步一步朝水里挪去，眼睛一瞬也不眨，因为激动和惊讶而张大的嘴迟迟未能合上。如中了魔咒，受了蛊惑，再也顾不得其他，只听“噗通、哗啦”几声不分轩轾的响声，几个孩子怀揣着对水晶世界的梦想如老鹰捉小鸡般跃入了水中。芦苇想要阻止，才发现自己没有任何能力去阻止他们跃入水中。

当孩子们跃入水中后被呛得眉头紧皱、面部痉挛、咳嗽不止、手忙脚乱、痛苦不堪、岌岌可危的时刻，才恍然原来水里竟然是个要命的地方而非神话中水晶宫不可言喻的富丽堂皇和宏伟壮观。

孩子们在水里扑腾着，竭尽全力大喊大叫，在生命本能的支撑下，他们虽然如落水的小鸡乱扑乱搅，毫无规章，但因为本身的重量占有轻巧的优势加之胡乱的乱拍乱打歪打正着顺应了浮力原理，使得水势虽已没过他们的胸膛，但在短时间内，他们还能勉力支撑不至于立刻沉入水底葬身鱼腹。

可是此处人烟稀少，他们竭力的呼叫越来越弱，又被不断涌来的阵阵浪花呛得头昏脑涨，咳嗽不止，加上水压毫不留情地从四面八方包围他们娇小而羸弱的身躯，压得他们呼吸困难，痛苦不堪，连挣扎也显得越来越勉强，越来越力不从心了。

芦苇感到灵魂深处有一种东西在破裂，自己的思维在淡化……

然而就在这千钧一发的时刻，一道白色的人影如脱离弓弦的流矢般“哗啦”一声跃入水中，在强烈的阳光的照射下，如蹿入水中捕鱼的朱鹮，朝其中一个孩子游去。

当那个人抓着一个已经身体灌满水眼珠泛白像趵突泉似的有一搭没一搭喷着水花的孩子跃出水面浑身湿透狼狈不堪又被闲得百无聊赖的江风间或戏谑着浑身瑟瑟发抖的时候，芦苇才看清了这位在万分危急时刻从芦苇滩不顾一切跳进滚滚江流中救人的少年的相貌和他那一双清澈如水晶般的瞳仁中那闪耀着人世间最纯洁的光芒和因万分焦灼而纠结在一处的眉眼。

他还没来得及换一口气，又折回了水中去救助另外两个孩子。水流的冲击不断加大，少年避开一个猛烈的浪花，潜入水底，双臂如芭蕉扇般前后挥动，抓住一个孩子的衣襟，急转方向游向岸边。

第一个孩子腹中的水已然吐得差不多了，意识清醒了不少，看着这个陌生的少年，心里充满无尽的感激和祝福。待第二个孩子被救上岸后，他就在一旁看守他的同伴，并笨拙地伸出双手学着电视上的救人画面依样画葫芦地挤压第二个孩子的胸膛。然后瞧着他的嘴里不断喷射的小小的水柱而禁不住欢欣鼓舞劲头更足。

少年一句话没说，又朝第三个孩子落水的方向游去。因为江水毫不怜悯地推波助澜，第三个孩子被水花的冲击力推到了江心且已被完全覆盖在水底紧紧屏住呼吸，水下映射的小小的脸庞也因为极度痛苦开始变形而扭曲，几已丧失人样，与注水猪肉无异，存亡只在旦夕间，片刻也难以停留。

危急关头总能激发出平时难以估量的能量，一旦爆发出来，实力惊人，不可小觑。仿佛水中的梭鱼，少年在眨眼之间就蹿到了孩子的身旁，抓住他的衣襟将他的头拖出水面。这一幕真是快得不可思议，连近似于神的芦苇也看得目瞪口呆，钦佩不已。

孩子的头重新获得陆地的光明和空气，积水如打破的水缸般从孩子小小的嘴里激烈地涌出，少年为了孩子能更加舒服一些，将孩子的身子托举得更高。

原以为一切只是有惊无险的感人肺腑并终以合家欢乐的结局作为闭幕的片尾曲令人啧啧称赞讴歌不已，然而就在少年即将游到岸边的时候，却发现自己游不动了。

因为芦苇清楚地看到在水下一条满是尖刺的藤蔓伴随着一道小小的漩涡已如蛆附骨般紧紧缠绕上少年的左腿，且随着漩涡越来越强，吸力也越来越大，少年无论用出多少力气挣扎不仅无济于事而且还越陷越深甚至连带着被救的孩子也终将一起葬身于江底成为鱼、鼋、虾、龟的腹中餐而永生永世不见天日！

“不！”一个声音在少年的心中呐喊。

“不！”一个声音在芦苇的心中呐喊。

“不！”一个声音在孩子的心中呐喊。

不分轩轾，同在心底响起，如惊雷般，电闪雷鸣后，孩子被少年抛向了岸边……

太阳的光芒越来越亮也越来越灼热，奔腾的江水在这一刻忽然变得无比沉静无比温柔，只有浅浅的波纹勾勒的小小的褶皱缓缓向着东方的归宿流去，在目之所及的地方化为一道白线，分开了天地，泛着慈爱和柔和的光……

然而，少年，却再也看不见了，如果不是那三个孩子泪如泉涌，声嘶力竭地呼号，如果不是大片大片的乌鸦在飞过芦苇群的上空莫名地凄厉地鸣叫，如果不是芦苇见证了这一刻，自己的灵魂在一点一点在分崩离析，那谁还会记得那个善良的、质朴的、英勇的少年曾在这里点亮了生命不朽不竭不死的光芒？谁还会记得泪水的滚烫？谁还会记得什么叫天堂？

“伟大的造物主啊！如果你能听见，就让江心绽放出一朵莲花吧！我愿意用我微不足道的灵魂换取少年的重生！如果万物有灵，请让我的意识升腾！”芦苇仰望着金色的穹苍，在心底默默地呐喊着。

金光越来越亮，拨开层层叠叠的浮云，照射在芦苇的身上，仿佛亿万年前被温暖的时光，芦苇感到自己的身体在缓缓升腾，竟产生了一种说不出的圣洁和舒畅，包罗万象，天地似在心中又似在无穷无尽的远方。

孩子们看得呆了，不知何时，江心中升起一蓬金光，一朵白色的睡莲缓缓绽放，白得洁净无瑕，碧叶缀着水珠晶莹剔透映射着世间最纯美的光华，少年在花瓣中沉睡，全身上下没有一点水渍，仿佛只是陷入贪婪的梦中，不愿醒来。

芦苇化为一道白光摄入少年的体内，倏忽间，少年苏醒，缓缓站了起来，向着穹苍，顶礼膜拜，然后他听到了岸上三个孩子的欢呼声，微笑着，踏着浪花，走了过来……

火魔感到自己做了一件非常愚蠢的事，这是他堕入魔道以来第一次备受良心的谴责和感到不安，当然，更多的是，在那生死存亡的一瞬间被感动得热泪盈眶。

这让火魔在很长一段时间内百思不得其解，是什么原因让自己发誓从此以后再也不滥杀一人再也不放浪形骸为虎作伥胡作非为而遁迹于荒山野岭静心打禅，火魔只是隐隐约约觉得应该是一种叫作眼泪的东西。

他的杀伤力很强，而且无声无影，就那么在不经意的刹那间奔涌而出，不管是什么人，即使不是人也无法抵挡，无力抗拒。在心被紧紧攫住的一瞬间，搅得自己也想放声大哭，在那一刻，火神彻底明白了一样东西。

有一天，一位中年男子在百货商场的一楼的一家快餐店里吸烟，烟雾缭绕中，他飘飘欲仙，烟雾散尽后又被贬谪人间。

只是在随手间，未熄灭的烟头被遗弃在塑料的垃圾桶内，星星之火，渐渐蜕变成燎原之势，而该男子却丝毫不觉。

掰开水龙头，银色的金属材质上反射着亮堂堂的光芒，映着男子不修边幅放浪形骸艺术家般的脸。在“哗哗”的流水声中，在漫无目的随心所欲的低声吟唱中踏着轻快的脚步离开了快餐店。

“我从黑暗中醒来，踏着尘埃，漫卷人间事，不留空白……”一阵悠扬而深沉的低吟自塑料垃圾桶中缓缓传出，像来自复远的传说中神秘的苍梧之渊的呼唤，听不出悲喜，辨不出善恶，回音连着回音，穿透了一切阻碍，重重叠叠，似真似幻。

人们还没有反应过来，一道火舌就从垃圾桶中席卷而来，带着破空的呼啸，带着张牙舞爪的肆无忌惮飞扬跋扈得意忘形的戏谑和狰狞，穿过桌椅，掠过板凳，舔过窗帘，在惊慌失措、尖叫连连、魂不守舍的杂沓中，人们再也顾不得昔日的形象和出入公共场合做作般的举手投足的从容不迫和悠然自得，纷纷如受惊的鸟雀般急不可待地挤到逃生的门口，想要在第一时间逃出生天，也不管自己会不会被挤成肉饼或丧失生机，或对落在后面无力逃生的老弱妇孺将会出现如何惨不忍睹的结局也不管不顾，统统抛诸脑后了，只是凭借着兽性的本能向前冲击，向安全地带逃离。

火魔的肆虐更加猖獗而无所忌惮了，他狂笑着、飞舞着，变换着身姿和攻击方式朝逃生者聚集的地方奔涌而来，眼看这一伙人的性命即将消殒，却不知谁突然大喝一声，然后便爆发出了几声“哐啷、哐啷”清脆的响声，就看见挡在众人身前的几扇玻璃门应声破裂，如爆炒的爆米花般四散飞溅，不少人的脸上遭到余殃，划破了几道口子，点点鲜血在风中飞扬，不过却逃得了性命，人们纷纷跑到了街上，火舌的席卷霸道的攻势到了门口就已然式微。大家以手抚膺，长吁短叹，过了良久，方才惊魂甫定，狂跳的心脏才稍稍平复了些。须臾之后，又迫不及待地将视线聚焦在大火不断升腾的楼上的商场中。

火魔正为刚才的疏心大意而使这伙玩物逃出生天兀自懊恼不已，咬牙切齿间怒火更上层楼，掉头就往楼上席卷而上。

所有易燃物遇火即着，加上风势的推波助澜，助纣为虐，倏忽间整个商店便被熊熊大火包围。

浓烟滚滚，四处弥漫，看不见东西，分不清南北，似黑云压城，魔星降世，被困的人们被浓烟呛得涕泗横流，咳嗽不止，伴随着求救声、哭喊声、呼天抢地声、呼儿唤娘声、觅子寻爷声、杂物破裂声、火焰呼呼声、毕毕剥剥燃烧声、救火车悠长而紧急的铃声、楼下群众惊叫声、叹息声、起哄声……混杂在一起，不绝于耳，热闹而岌岌，凄厉而惨绝，焦灼而揪心，众人生死迫在眉睫。

火势越来越猛烈，浓烟越来越浓密，天空几已黯然失色，光明退避三舍，畏葸不前，于是人们的头顶笼罩在一片浓重的、黢黑的愁云中。

此时，救火车一辆接一辆涌来，整个主干道密密匝匝却毫不紊乱地被安排得井然有序。

各种救火车在群众眼前呈现：泵浦消防车、水罐消防车、高倍泡沫消防车、二氧化碳消防车、举高喷射消防车、登高平台消防车、云梯消防车、通信指挥消防车、抢险救援消防车、勘察消防车、排烟消防车、供水消防车、供液消防车、器材消防车、救护消防车……种类繁多，气势恢宏，场面蔚为壮观。

消防指挥车的车门打开，一个队长模样的戴着白色头盔身穿防火服脚套防火靴的身材高大的中年人拿着对讲机大声下达指令："各消防小组注意，各消防小组注意，听我命令，架起云梯，打通安全出口，拿上气化切割机、呼吸机，全力以赴，救人！外围小组，继续以高压水枪大力喷射，排烟机，全速启动！开始！执行命令！"说罢，将对讲机扔回车里，戴上呼吸面罩，就以疾风般的速度从堪堪架好的云梯中冲进了滚滚浓烟笼罩着的熊熊火焰里。

后续队伍紧跟队长的脚步鱼贯而入。

站在指挥车旁的另一位面容清癯眼神坚毅的约莫是副队长的青年人瞧了瞧冲进去的同事，向周遭的几个随行指挥员吩咐了几句要旨，便戴着呼吸面罩，手拿灭火器，也踏着云梯进入了火场。

高压水枪的喷射从八辆救火车的水泵中喷射而出，像在地底深处挤压多年的石油般早已不耐烦了，好不容易重见光明，底气十足，精力充沛，速度极快，还带着摩擦空气的"刺刺"声，外围不断吞吐的火舌被十多把水枪围歼，被打了个措手不及，才知晓众志成城的力量确实无法小觑，所以胆怯之中便收敛了不少，火势也就渐渐小了，不过弥散的浓烟却依然没有减弱的迹象。

旁边的排烟救火车已经启动了三台，源源不断抽出的浓烟向另一个方向排遣，很快消弭在淡蓝色的天空中，偶尔因为好奇飞过来俯瞰的小鸟不小心吸入了过量的浓烟，呛死在这里，后面争相涌上的鸟儿见此情景，吓得连忙扑腾着翅膀像避瘟神似的朝空气清新的地方遁去。鸟儿是逃脱了，另一方的住户们受了一些无法避免的灾难，纷纷紧闭门窗，打开风扇，排烟。

火魔受到围攻，起先嚣张和不可一世的气焰削减了不少，开始借着风的掩护在躲避水的攻击的同时，撒泼怨气，趁势想烧伤几个人。然而高压水枪的水势太过猛烈，火魔一时半会也被压制得手忙脚乱，又要躲避水的攻击又要趁势伤人可不是一件容易的事，只能在变化无常的穿梭中去寻找落单或待在高压水枪喷射不到的地方的倒霉鬼。

群众的惊呼声渐渐弱了，开始报以热烈的掌声，因为那些被困的群众被救火员接二连三被救了出来，并及时配上了呼吸机，所幸大多所吸浓烟不多，意识清醒，死里逃生后便喜极而泣，热泪盈眶，对消防员感激不尽。外围的群众见到这一幕，自是长舒口气，暗暗念叨“阿弥陀佛，上天保佑”之类的禳词，或真心实意地拍手叫好，为逃出生天的人们，为英勇救人的消防队员们。

火势越来越小，浓烟却越来越密，商场的内部已完全被浓烟包围，像被邪魔外道布下的迷魂阵鬼打墙般，睁眼闭眼都没有任何区别。消防队人员虽然带着防火罩和呼吸机，但在这个时刻也束手无策。

被烧毁的吊灯和顶棚在不断剥落，砸在地上，爆裂开来，“砰砰”之声不绝，激荡而起的废屑烟尘混合着灰黑的浓烟像黝黑的蛟龙在狂风暴雨的云层中不遗余力尽情倾吐一样，整个空间被搅得支离破碎，几乎要承受不住这种摧残而爆裂开来。

队长在这完全失了方向的世界中凭借着一种微妙的生之信念向前摸索前进，因为他听到了一声微弱而坚强的呼唤。

“那是一个孩子！”队长在心里默默地说。“他还活着！”队长坚定地说。

然后声音越来越清晰，似乎近在咫尺，队长能感到那孩子生命的力量就在他的身旁，然而在此刻灾难来临的瞬间，他的气息正逐渐减弱。

“孩子！别怕！叔叔来救你！告诉我你的位置！在哪里？”队长全神贯注，气沉丹田，大声吼道，眼睛一眨不眨向四面八方搜索不停。

“四面都是墙，四周都是火，我被包围在这里，火焰灼烧得我肌肤滚烫如烙铁，浓烟呛得我如深埋在塌方的煤窑中，我听见魔鬼放肆地嘲笑，他要将我带走，变成如他一般的媸陋、残酷、无情、狠毒，可是我不答应，他就将我困在这里！用火烧我的头发，灼我的肌肤！我好害怕！我好痛苦！我是不是快要死了！叔叔，你会来救我吗？我不想死！我还没活够呢？”孩子的声音从四面八方涌来，队长闭上眼睛，判断着孩子被困的具体方位。

“这孩子被吓得产生了幻觉。”队长想着，在睁开眼之后就朝一个方向冲去。

然后碰到了一块沉重的木板，见木板已完全被熏黑，失去了本色，他听到了孩子战栗的声音正是从木板后面传来。

他急速摸出挂在腰间的钳子，奋力砸开木板，将哭泣的孩子抱在了怀中，孩子已处于半昏迷状态，似乎随时都会死去。队长来不及细想，径直取下呼吸面罩，套在了孩子的面上，然后抱着孩子向前跑去。

没跑几步，孩子醒了过来，而队长倒在了地上。

“叔叔！你怎么了？”孩子惊慌失措地问道。

“我快不行了，你穿上我的衣服，一直往前走……”队长喃喃说着，滚滚浓烟加上数不尽的有毒气体在他取下面罩的一瞬间争先恐后地涌入了他的肺部，然后由肺部进入了他的五脏六腑，继而控制了他的神经中枢。

“我让你们一个也跑不了！”火魔愤怒地说着，从滚滚浓烟中冒出，龇牙咧嘴如地狱的鬼卒，踏着浓墨的云，张开虚拟的血盆大口，燃烧着火焰，朝二人的身体席卷而来。

“快走！”队长看到一团火舌涌向近旁，危急关头大喝一声，猛地推开孩子，自己与火魔撞了个满怀，转瞬间，被烧得灰飞烟灭。

“叔叔！……”孩子抹着泪，哽咽着，再也说不出话来，他抬起头，看见了浓浓黑云中，出现了一点亮光，越来越亮，没有烟，没有雾，正在一点一点地扩散开来，像一只无形的巨手在为孩子拨开重重阻碍，给他引路。

孩子相信，那是叔叔的灵魂在保佑着他。于是他站了起来，带着悲怆后获得的重生的力量，向着希望的出口奔去。

“他会为了救孩子而死。”火魔喃喃低语，像丧失了魂魄，又同时觉得不可思议不能相信眼前所见到的事实。

“我看到了什么？那是一种什么力量？我竟然毁灭了一个让我为之疯狂的东西！这是我从来不曾感受过的，他使我的灵魂巨震，使我失魂落魄，使我不安，使我沮丧，使我溃不成军，使我无地自容！这是什么？这是什么！哈哈哈哈哈……”火魔仰天大笑，笑声激荡着层层叠叠翻腾的浓浓黑烟席卷的风，又一块顶板掉了下来，化为齑粉。

“我从黑暗中醒来，踏着尘埃，漫卷人间事，不留空白，妄想将神州掩盖，孰料身已破碎，心已成衰。霸气随风逝，野心不复来，悔不当初觉醒前，不思亦不爱！哈哈哈哈！我已了悟！愿君安息，来世托生净土！”火魔双手合十，对着英雄那早已不复存在的尸身鞠躬，一滴泪缓缓滑落，于是浓烟在转瞬间消弭殆尽，火焰熄灭在无形的风中……

（七）

一幅油画静静地悬挂在宽敞的、窗明几净、地板纤尘不染、壁橱时髦而崭新的客厅的雪白的墙壁上，从头至尾瞧见了一出让人啼笑皆非喟然长叹不知该如何评判的闹剧。

油画觉得自己的思维很慢很慢，在无论哪一个时间段，总是如下午的阳光一样静谧而悠然，如果有飞蛾和蜘蛛之类的朋友在他那华丽的外衣上毫不客气地走来走去，哪怕一句话也不说，他也会非常高兴而深感欣慰的。不过他却不知道该如何开口，准确地说，他是开不了口，因为他没有嘴巴，只有意识，仿佛在另一个空间，俯瞰着另一个空间的一切，只能看和听，却不能发表任何议论。不然的话，油画的生活绝不会如现在这般枯燥乏味无所事事。

她在这个家里生活，强大的性格不屈的精神知难而上的勇气越败越勇的魄力让她在残酷的现实世界中独树一帜硬生生披荆斩棘铸造了一种在同龄同行中鲜有企及让人歆羡不已的生活的光荣。无形的荣耀更让她觉得自己的地位优越高人一等，日久天长之下这种高贵的气质和每一个细节的把控都在不经意间流露出了一种踏上云层的与众不同，似乎处处闪着光，晃得周遭的人睁不开眼，开不了腔。

她握着优势的权杖在一方领土中过着随心所欲的生活，单调却不乏味，清净而悠然自得，抛却爱情与婚姻的枷锁，特立独行于当下的每一个阳光灿烂或风雨如晦的日子。是的，她不相信爱情也不相信婚姻，只相信自己的心，她永远坚守着自己的灵魂，直到生命的尽头也不会背叛灵魂，背叛自己的心，背叛最初的选择。她不会感到孤独和寂寞，因为天下之大，名山大川任尔游览，风景毓秀之处，自有朋友畅所欲言，夕阳西下，自有斜晖脉脉水悠悠，清风徐来，自然生出一种说不出的恬淡和惬意。

然而有一种东西却会在不经意间刺痛她的心扉，扰乱她的思绪，打破这种日复一日的既定的常规的生活。那是出现在梦里的啼哭，划破她的梦境，划破夜的深沉，宛如擦过大气层的陨星撞破地表的声音所产生的巨大冲击力，她也被这种无形的冲击力激荡得辗转反侧，夜不能寐。晚风透过精致的百叶窗的檀香木的罅隙，送来幽幽夜色中的不知名的花草的芬芳，然后漫不经心地卷着绣着牡丹花的百褶窗帘的一角，撩起阵阵婴儿的啼哭的声响，传入她的耳畔，竟然与梦中的场景不谋而合。她会陡然坐起，如被鬼魅附身般神经质地寻觅着啼哭的来源，眼睛里流露出一种莫名的焦灼和担忧。当孩子的哭声沉寂以后，当夜的宁静重又包裹整个城市以后，她才会恢复平静，闭上眼睛，陷入梦的故乡直到天明。

这件事情没法解释，她感到一种不可思议的惊惶和手足无措，她记得自己是很害怕在深更夤夜时分听到婴儿的啼哭的，并一直认为这是一种不祥的征兆和灾难来临前的预警，从前的自己每到这时都会紧紧蒙着头皱紧耳蜗暗暗祈祷这令人毛骨悚然的叫嚣快快停止。或喃喃念诵《大悲咒》、《金刚经》之类的佛教典藏以求身心安好，吉人天相，使鬼魅退避三舍，让邪魔不攻自破。然而现在一切都在悄然转变，也不知从哪一天起，自己竟然不再害怕在夜半陡然响起的婴儿的啼鸣，也不再觉得这是不祥的预兆和灾难的预警。她竟然隐隐有一种期待，期待每天晚上都能听到婴儿的啼鸣，而且时间能长一点最好一刻不停直到天亮，那似乎胜过了世间一切的美丽的鸟儿的啼鸣，也胜过山泉的淙淙，雨水的淅淅。她渴望着这种声音越来越近，最好就在她的身边，贴在她的胸口，与她的“咚咚”的心跳的频率合二为一。或者伸出柔软的手，缓缓拂过比自己的手更加柔软百倍千倍的婴儿的肌肤和脸蛋，再小心翼翼地倾听着他们均匀的呼吸，感受他们与星辰的闪烁、夜风吹拂的柔软的力不可思议地融合在一起的乳臭的气息，像一双无形的手奏着从天而降的早已排好曲谱排好节奏的神曲，昭示着人间的和煦和温馨。

而到了朝暾初生，橘色光芒遍洒城市的每一个角落的时刻，也是她的心思最细腻最温软也最怃然的时刻。穿过一条条平整的塞满石子的道路的人行道，总会有婴儿在襁褓的庇护下或在父亲宽阔的胸膛中、母亲柔情似水的注视中发出最美最纯真的笑，痴痴不绝，她的表情也因此不由自主地变得痴痴傻傻。风会带动灰尘带动无法与它抗拒的一切的力量戗向远方，从熙熙攘攘的热闹的人群到疏星零落偶尔的脚步声响起，她到此刻才恍然，原来自己竟被这个世界遗弃了整整一天。然后长叹一声，在向晚的街道的落叶漫不经心凋零的时光中，走向自己“尊贵”的生活。当然，如果这种生活可以被自己理直气壮地标榜为“尊贵”的话，那也别有一番风味。然而她的尊贵的心已经被这种骤然来袭却缓缓侵蚀的攻击挖掘得越来越空洞，越来越溃不成军。

是的，她想要孩子了。然而现在却出现了一个巨大的阻碍，摆在眼前，让她踯躅不前，逡巡不定，这就是婚姻和爱情。她不需要爱情更不需要婚姻，只是想要个孩子，填补自己心里的空白和每天每夜的怃然和惶惑不安。她不敢将这个想法告诸任何人，连父母也不敢告诉，没人能接受，太匪夷所思了，正常人都不会有这种疯狂的想法，虽然她高傲得可以给很多人以不同形式的白眼和嘲讽，然而在这件事上，在与整个社会道德截然相反的逆向行驶中，她可没有足够的勇气和自尊心来捍卫自己这种单纯、天真又荒谬的想法。

可是这种想法一天比一天强烈了，在种下种子的那一刻，就已经牢牢扎住了根，并且在时间的洪流的浇灌下，日积月累的沉淀下，终于长成了扶疏之树，紧紧攫住了她的心扉，搅得她终于下定决心就算牺牲一切也要换得自己生命的孕育。

油画静静地瞧着，如局外人般，不置一言。

她在网上发现了一夜情网站，本着一夜的刺激和不用负任何责任的原则注册成了其中的会员，并放上了自己的照片，在千挑万选之中，她选择了一个相貌端庄，又有儒雅气质的男子，她觉得这种人能够让自己的孩子更加俊秀、可爱、温柔，如春日的阳光无论如何都不会给身边的人带来任何伤害，这就是她想要的、憧憬的生活。

于是她向他发送了“一夜情”的请求，没有说明任何理由，不需要，在这虚拟的世界，除了性的交易和生理的快感，其他的一切都是虚妄，话语越简单越能表现出彼此的坦率和洒脱。她觉得没有必要在这个浮华迷乱的世界中说出自己内心渴求的隐秘，这只是一场交易，各取所需罢了，事实掩盖在重重包裹着的厚茧中，除了自己，断不能有第二人知道，否则一见阳光，便立即暴尸于荒野，同时还伴随着无穷无尽的麻烦和社会舆论的千夫所指。既如此，在自己，缄默便是最好的选择。

男人欣然同意，在某一个浮华掠影纸醉金迷的夜里，红酒酝酿在晚风中，带着蛐蛐的啼鸣，发酵在干草的清芬和湿润的空气里。她盛装出席，心怀着不能说出的秘密，摇曳的舞姿，只为生命的孕育来填补寂寞的空虚，其余华丽的装裱不过是一场仲夏夜之梦，留在男人的印象中久久不能散去。

按照“一夜情”的潜规则，在一夜之后，双方断然离去，彼此删去所有信息，代表交易结束，从此以后形同陌路，再也不会联系，这也是网站的协议。大家心知肚明约定俗成后不会逾越的底线，如果不遵守，必然会出现很多纠葛和纠纷。她在此之前，为了以防后患，与那个男子签订了一份协议，表明双方不用负任何责任，此事之后，老死不相往来，随即按了手印，签了字，作为凭据，她以为这样就可以高枕无忧，可以悠然自得地“坐享其成”了。然而这，恰恰是麻烦和灾难的开端。

两个月后的一个惠风和畅的下午，她如愿以偿地怀了孕，满心欢喜地过着期待着幸福的未来日子，思绪穿越时空，越过梦境，想象着有孩子诞生后的日子是怎样的欢声笑语。和梦境相呼应，夜半时分的自己再也不用无所倚靠诚惶诚恐怅然若失地挺直背脊，去苦苦寻觅那来自渺远天边的如梵歌般的低吟的久久不绝萦绕的回音。然后等到孩子降生的那一刻，这个城市会变得格外宁静，噪声会消失不见，取而代之的是一曲和谐的、令人百听不厌的飘飘仙律，百转千回，引出七彩的霞光缓缓降临大地。

可是随着一阵不疾不徐的敲门声，她的渺远的神思被硬生生地拉回了现实。她皱着眉头，趿着拖鞋，凭着惯性打开了门锁，一张本应彻底消失的面孔陡然出现在她的面前，嬉笑着、玩世不恭的、带着三分痞气的神色出现在她的面前，那个一夜情的男子，没有任何征兆地出现了。

她的心骤然一紧，万料不到他为什么会突然出现，一时猜不透他的用意。她只想他赶紧消失，不要在自己构筑的美丽的田园中留下无法薅除的稗草，不想让自己的水晶般的花圃中留下泔水恶心的刺鼻的气息。即使她并不十分憎恶他，即使她腹中的孩子也是他的孩子，但是在她的思想中，这一切都是自己的事，与任何人无关，她不需要对任何人负责，也不需要任何人对她负责。然而危及腹中的孩子或与孩子有任何关联的风吹草动，她就会不顾一切也要护得他的周全。

虽然此刻如此心慌和警觉，但必须仍要打起十分的精神来应对一切，每一步如履薄冰，如临深渊，万不得已，铤而走险也要踏过每一座岌岌可危的浮桥，抵达平安的彼岸。

“你来干什么？”她冷冷地问。

男子笑笑，漫不经心地耸了耸肩膀，随心所欲地走进客厅，带上门，毫不拘束地坐倒在宽敞的沙发上，跷着二郎腿，似笑非笑地盯着她的眼睛，半晌，点上一支烟，嘴唇翕动，正准备抽烟，却被她喝止住了。

“不许抽烟！”她以命令的口吻说道。

男子愣了愣，随即醒悟过来，“呵呵”讪笑着一边抿灭烟火，一边说道：“好好好，不抽，不抽，我灭了啊！灭了！”

男子举起双手，向她微笑着示意，表示自己烟已灭掉，随即无所用心地拍拍身上似乎沾上灰尘的领口，眼光逡巡的睃视间，瞧见了摆在自己面前的淡蓝色的透明的精致镂花的无机玻璃的茶几上有一小碟瓜子，便好像发现了新大陆似的伸手抓去。

“你今天来到底有什么目的？”她看得不耐烦，心急火燎，忍不住插口冷冷问道。

男子留在瓜子群中的手指忽然变得温柔起来，三根指头仿佛失去了控制力似的向外缓缓抻开，如加速盛开的昙花的花瓣在极端的时间内在目之所视的范围内绽开。然后只留拇指和食指凑合在一处，用力却又恰到好处不至于将瓜壳捏碎地拈起了一粒色泽饱满的瓜子，再以绅士作风优雅地送入唇边，随着龃龉不平的脆响，瓜壳破碎，敢情瓜仁已进入了他的口中。

“问你到底来干吗？”女子见男子始终未能开口，心下越来越不安，只得提高音调为自己壮胆，让自己能够更加理直气壮而不至于惶惑不安。

她的心里一直在揣测男子今日到此的目的究系为何，如果是为了孩子，那不必客气，当初签订的契约字字句句清清楚楚，画押签字一应俱全，即使闹上法庭自己也是有理有据，无论何说也是有恃无惧。这样一想，底气陡然间便增加了许多，同时放松了心情，挨在男子一边坐了下来。

男子立马伸出双手，抱住她的纤腰，她一惊之下，陡然站起，用力推开男子，大声呵斥道：“你干什么？”

男子猝不及防之下被推了个四脚朝天，狼狈不堪，不过所幸是在宽敞的沙发上，柔软程度也在可承受范围之内。沙发在很不情愿承受了男子体重的挤压之后便以凹下去的痕迹抗议如此粗暴的方式是自己所不能容忍的。然而男子却不管沙发的感受如何，在重新坐正之后，仔细审视着怒容满面的她问道：“你今天到底是怎么回事？难道那一晚的事儿你全忘了？”

“你先回答我今天来这里的目的？说啊，你到底来干什么？”

“我就是想来看看你，没别的意思。”男子双手一摊，道，“自从那一晚之后，我就陷入了对你……”

“住口！”她厉声喝道，心里已完全知晓他今天来此的目的了。这个男人敢情是看上了自己，想从性的幻境逐渐转移到现实感情中来并发展为一段长期存在的关系，如果这样，问题就相当棘手而不容忽视了，必须以冷静的头脑缜密的思绪和刻不容缓的态度用乱刀斩乱麻的手段将一切劈得灰飞烟灭，斩草除根，不能留下一点后患，免得春风吹又生，滋生出无数的稗草来扰乱自己宁静的生活，那是自己断然不能容忍和承受的。如果迫不得已，就只有和盘托出，一字一顿说个清楚透彻，与男子彻底摊牌，断了其所有的妄想和觊觎之心。

果然和预想出乎意料的一致，只听男子说道：“我也不知道从什么开始，像着了魔似的，心里就莫名其妙地驻扎着你的影子，无论白天黑夜，在任何时候都会没有任何预兆地钻将出来，扰乱我的思绪，和那一天我永远也忘不掉的美丽的倩影。然后看着身边的妻子，我竟似乎从来也不认识似的，那么陌生而遥远，包括那所房子，虽然是以我的名义买的，可我却从来没有一刻感到这是真真正正属于我的温暖的家，阳光照不进去，温度总在零点之下，我感到压抑感到惶惑感到冰冷无助，我瑟瑟发抖，不敢触摸这个丧失了热度的房间里的每一件器皿。我想要抱头鼠窜，可是茫茫人海却不知将要去向何处。于是怳然若失的我就一头扎进了滉瀁无垠的虚拟世界中，漫无目的如无头苍蝇一般去寻求安慰，诚然，安慰只是暂时的，那些用欲望换取的慰藉只是刹那芳华的美丽的云烟，云过天空之后，朝暾初生之后，我在浓浓的叆叇的云层中又重新堕入了无尽的空虚和焦灼，仿佛是一个湿滑的陷阱，我拼命地挣扎想要跳出被束缚的包围和桎梏，可是当右脚刚刚踏出陷阱边缘的第一步，左脚却不受控制地又被牢牢钳制住，滑了进去，循环往复，我终是逃不出来，绝望之际，只觉得这就是自己最终的归宿。然而天无绝人之路，就在我放弃挣扎放弃求生之念决定就此浑浑噩噩随波逐流醉生梦死无所顾忌地自生自灭之时，我无意间遇到了你。你仿佛是从天而降的天使，轻轻翕动着闪着世间最纯美光芒的圣洁的羽翼，在五彩祥光的簇拥下缓缓翩跹着落在了陷阱的边沿，向绝望中的我轻轻抛下一条比蚕丝柔软千百倍的温暖的缎子，我握着缎子，热泪盈眶……是你将我救出了绝境，所以，我要报答你，而报答的最好的方式，就是滴水之恩所汇聚的涌泉，源源不断地馈赠给你！希望你能答应，我以最真挚的热情来表述我内心的执著和狂热，虽然来得有点孟浪，但却是肺腑之言，皇天后土实所共鉴，可表日月！”

她不知道自己是怎样用表面的形式配合着演完这出荒诞不经的闹剧的，大概由于耳朵虽然没曾堵上，但是心上的门闩却实实在在扣了个水泄不通，五音隔绝，以至于自己虽近在咫尺但所受到的骚扰却微乎其微几乎可以忽略不计。伤害是没有，可对方的一字一句却是听了个明明白白，这所有的可作为铺垫的令人极端反感的辞藻。即使辞藻本身不令人反感，但是在不太正确的时刻不太正确的地点说将出来，尤其是另一个人还是嫌恶至极地站立在一旁听着的时候，就不免显得极端矫情，极端恶心了。她必须要在这种关头抖搂出一切实情，免得拖得越久越会出现一些不可思议甚至光怪陆离的情景，到了不可把控的时候，那才真是欲哭无泪、进退无门了。

“实话告诉你吧。”她冷冷地说道，“我们之间本没有任何关系，今后也不可能有任何关系。这一切只是一场各取所需的交易罢了，本着自由自愿的原则履行既定步骤，完事了，你得到了满足，我也得到了自己想要的东西，现在一切都已经结束了，我们只是陌生人而已，我不认识你，你也不认识我。今天开门只是一场偶然，所以，好了，现在请你离开我的屋子，否则我立刻报警！”

“你这是在下逐客令吗？”男子忽然平静了，因为他发现这间宽敞的房间中并没有男人驻足的痕迹，由此增加了他的疑虑和好奇，他想要弄清楚这个中缘由究竟为何，遂让自己慢慢冷静以伺机全面进攻，拨开层层迷雾窥得全豹，揭取答案。

“就算是。”她随口答道。

“理由。”

“因为我们没有关系了。”

“这不是理由。”男子摇摇头，显然不相信，“关系可以建立也可以改善，就算没有关系也可以建立关系，关系断了也可以修复，再说了，我们已经有过……”

“住口！”她冷冷地打断了那呼之欲出难以启齿却又是事实的话语，内心着实不愿再次提及也不希望今后有任何人提及，所以她继续说道：“这件事应该烂在你肚子里，它不是一件……光彩的事，更不是一件值得你念念不忘的事……”

“为什么？”男子皱皱眉头，适时插入自己的疑问。

“如果你要忘不了那随你的便，不过与我没有关系，现在请你，立刻、马上消失！”她匆匆走到门边，就欲拉开门闩。

“我就不明白了！”男子站了起来，双手掖入裤兜，偏着头，嘴唇翕动，问道：“你能告诉我你为什么要这么着急地赶我走吗？别说你讨厌我这种人之类的话，我打死也不会相信的，因为如果你真讨厌我，也不会……总之，你只要给我一个能够说服我的理由，我立马就走！不然，我就一直坐在这里，坐到天长地久，海枯石烂！”说罢，男子又悠然自得地坐回了宽厚的沙发上，恢复了最初的二郎腿的姿势，偏着头，望向窗外的红樱绿柳，神情惬意之至。

“好，你想要理由，我给你理由就是了。我一直奉行的都是单身主义原则，这辈子不结婚，也不会恋爱，我很早就认清了婚姻的本质就是画地为牢的束缚，它会囚禁两个人的一生，尤其是女人，那种曾经的自由和无拘无束在这层美丽的光环的包裹中渐渐隐匿直至荡然无存，这并不是我想要的生活。婚姻如此，恋爱也是如此，为了追寻短暂的快乐却要用一生的时间去填满遗留下来的感情悲怆和无法挽回的锥心刺骨的结局，如此看来，这跟傻子又有何区别？早点选好道路，早一点规避可能出现的不必要的麻烦岂不是一种明智的选择？而我并不想当傻子，也不想被囚禁，所以绕道而行，避开众人，独善其身，自乐乐以享天年，这又有什么不对呢？”她娓娓说完，淡淡地看着坐在沙发上眼光睃视着她的似乎在专心致志一字不漏听她“演讲”的男子。

她觉得自己说得很有道理，自忖刚才这番话虽然有些惊世骇俗但有理有据字字铿锵，没有纰缪和瑕疵，男子应该无话可说无言可辩，长叹一口气以后缓缓说出一句话“我尊重你的选择”，然后便像斗败的公鸡一样垂头丧气、怃然若失地离去，随着防盗门“哐啷”的响声在伴着一阵颤音震荡并逐渐消弭在空气中之后，就能彻底结束这段有些荒唐的闹剧，只要他一离去，消失在人海茫茫，哪怕死在其间，在自己看来也是一件让人满心欢喜手舞足蹈兴高采烈的事，哪怕这种感情并没有掺杂丝毫落井下石或幸灾乐祸的成分在里面。但是她却忽略了一个问题，就是孩子的问题，因不可能凭空而来，在孩子诞生之后，总要有一个合理的身份证明才是，要不然就成了黑户。而旁人的质疑目光也会更加炽烈，即使自己不在乎，那孩子在成长期间所受到的、所经历的各种可能出现的不顺和磕磕碰碰的旅途或多或少也都必然与男子有关，幸与不幸都与孩子藕断丝连，剪不断，理还乱，这就是不可必避免的事，终究要牵扯一辈子。然而要自己与男子在一起共度一生则更不可能，这是自己的性格和原则使然，与旁人无尤，多想也是无益。再者，自己可以远走高飞，孩子在未来的某一天终将受到无辜的连累，在孩子渐渐长大意识逐渐完善童心逐渐收敛之后关于“父亲”的问题也依然无法逃避，该如何作答，又是一个烫手的山芋。照实说了吧，孩子如何能够接受？甚至还会觉得自己精神有问题而因此怀恨在心说不定一辈子都无法释怀，要是这样，那真是一件让自己肝肠寸断愁肠百结的事情了。自己在对幸福的理解和诠释中竟没有想到这一系列后续问题可能产生的不可估量的化学反应，如果思及于此，陡然觉察到此中蕴含的严重性，那么在一定程度上，或许，她会做出一定的让步和改变，退一万步讲，她就算依然不想让婚姻的枷锁牵绊自己自由的生活，至少孩子也可以不必再要了。但事实上，怀孕的喜悦冲淡了一切大脑思考和判断的能力。大脑的质检关把控不严，不法分子混入其间，它们轻而易举地穿过屹立在思维岗哨上原本威风凛凛而此时却喝得酩酊大醉瘫倒在地混乱不堪丑态百出的守卫者们，然后躲在暗处讪笑着种下一粒粒闪着黑色光芒罪恶的种子，于是这些安全隐患便有恃无恐地掩盖在富丽堂皇完好无损的外表之下。这个时候，只需要导火线在有意或无意间被触动，整座城池便会化成灰烬，任谁也无力回天，这就是悲剧诞生的过程——不留意细节和可能出现的隐患，被表象迷惑，沉迷其间不可自拔则是主因。

男子并没有被她看似天衣无缝无可辩驳的话堵得舌挢不下，哑口无言，而是在敏捷的思维的高速运转中嘴角微微上扬，狡黠地问道：“你既然说是不相信婚姻和爱情，终生奉行单身自由主义，那为什么又要登录‘一夜情’交友网站注册成为其中的会员且无所顾忌地寻求刺激和安慰呢？很明显，你刚才的理由站不住脚，既然站不住脚，就无法说服我，既然无法说服我，那我也就没有离去的必要。”男子换了一种跷二郎腿的姿势，鼻翼微微耸动，眼光虽已离开她的脸上，但其中潜藏的笑意却无法掩盖，像一所曝露在烈日下的瓦房，即使其中遮蔽得严严实实，但哪怕有半丝芝麻大小的罅隙，也无法阻挡如芒刺般的光线势如破竹地穿梭其间照射到地上的趋势。

女子听完，头皮发麻，心乱如麻，像专心致志全神贯注织毛衣的时候不小心挑错了线的路径而导致功亏一篑，前功尽弃一般，恨不得将眼前乱成一团的残余付之一炬并发誓今生今世再也不做这件惹人心烦的玩意儿，然而此刻的情境却比织毛衣挑错线崩盘更加惊心动魄。稍有不慎，虽不至于粉骨碎身，万劫不复，但也是矛盾重重后果难以逆料。到了此刻，再不托出事情的子丑寅卯已是不能善罢甘休了，从这些反问如此一针见血戳中要害的迅疾手段和方式就可看出男子必然是情场中的老手和经验丰富的前辈高手，自己的话就算是百分之百真实也无济于事，隐藏部分不抖搂出来，他的好奇心终究不会满足，就像一个追寻探险的勇士，已深入腹地，获得了数目不少的宝藏，而探险的旅程却并没有结束，他会兴致盎然大步流星地迈向传说中的“禁地”，哪怕真是死亡也不会退缩。

“因为我想要孩子。”她紧咬着嘴唇，臼齿犀利的齿轮和不堪负荷的重压不费吹灰之力就碾碎了下唇顽强的防御工事，鲜血滑出嘴角却又被一阵巨大的吸力给吸进了咽喉，与胃液合二为一。“我之所以要上‘一夜情’网站，就是因为我想要孩子，除此之外别无他求。我知道，这件事在外人的眼里确实不可思议，他们可能没法容忍我这样的行为，但在我却不在意，我可以不在乎别人的眼光和闲言碎语，我只要渴望一个鲜活的、幼小的生命在陪在我的身边，我就无怨无悔，无欲无求了。现在我的愿望即将实现，我怀孕了，我有了孩子……”

“什么？你怀孕了！有了孩子？我的孩子？”男子一听这话，在陡然了解了真相的刹那已是再也无法淡定自如了。他像青蛙一样从沙发上跳了起来，皮肉颤动，目瞪口呆，舌挢不下，伸出右臂，虚空点出右指，对着兀自站立着的她的面门，震惊不已。

“是你的孩子。”她让自己的表情尽量表现得从容而不慌不忙，以期让自己能够在不管是论据还是论证上都能站稳脚跟，趋于上风，不至于因为落败的可能而诚惶诚恐。

“但跟你没有关系。”她继续淡淡地说着，“游戏的规则，我们都应该自觉遵守，不然，就没人敢玩这个游戏。况且，白纸黑字的协议写得清清楚楚，当初也是自愿签的，双方都同意，绝无反悔之意，就算反悔了，你在法律上也站不住脚，与其如此，倒不如省点精力，不管不顾，不闻不问的好。”

“荒唐！荒唐！……”男子重重地甩了甩右臂，侧着头，因为怒气填膺，按捺不住其一阵阵汹涌澎湃的上飙趋势，鼻翼起伏不定，“你怎么能怀孩子？怎么能怀孩子？……”男子边说边咬牙切齿，眼睛里闪着凶光，不断睃视着她的腹部，在那微微隆起的地方，他看到的不是一个孕育着生命胚胎的幸福所在，而是一条吐着红信发出嘶嘶声张着尖锐毒牙的蟒蛇，他恨不得掣出斩妖剑，将怒火化为白光凝聚于剑尖，疯狂地砍向那个令他深恶痛绝的地方。假如结果是斩得七零八落，寸草不生，他或许还不解恨，还要放一把火，将一切烧成灰烬，再被风一吹，什么都看不见了的时候，才可以长吁一口气，不慌不忙地离去。

男子如此痛恨她怀孕的缘由不是因为他本身对孩子厌恶或她不该怀孕之类的让人摸不着头脑的光怪陆离的念头，而是因为男子警觉到自身家境的优渥导致了一些外来的、不必要的、偶然的、不可抗拒的因素可能会构成一种让自己并不愿意承担的负累和麻烦，或者更严重一些，他认为女子会以孩子为把柄千方百计、无所不用其极地去制造一些天花乱坠、匪夷所思、啼笑皆非的闹剧来讹诈自己的钱财，让自己不由自主地被长期圈定在她的蛇蝎计划中不可自拔，简直与豢养牲畜无异。这是男子无论如何也无法接受和忍受的结果，他绝不容许她荒诞而可耻的念头开花结果梦想成真，所以他要想尽一切办法来阻止这类情况的发生，迫不得已，他也会不择手段……

“我为什么不能怀孩子？”她疑惑不解。在她看来，他没有任何权力干涉她的行动，他们不是夫妻，没有任何关系，甚至连姘头都不是，他们只是陌生人，他只是她为了得到孩子的一种“生育工具”，而自己只是利用了他一晚上而已。

“你怀孩子的目的是什么？别告诉我什么孩子就是你的全部，就是你的幸福之类的话，我打死都不信。你们这些女的，编借口一套一套的，我见多了，还不是为了诓骗几个钱，想不劳而获，坐享其成，告诉你，门儿都没有！”男子直截了当地道出了心中愤愤不平的源头，没有拐弯抹角，像一支伴着风呼啸着平射而出正中靶心的流矢，高傲而跋扈。

她总算明白了男子如此敏感而神经质爆裂开来的异状的缘由，竟然是为了怕自己讹诈他的财产！这在她看来着实是一件不可容忍又有些让人啼笑皆非的事情，甚至还带着点说不出的轻辱和蔑视，对于拥有女强人性格的自己来说很难忍气吞声心平气和地去辩解自己的清白，还原事情的真相，只能换种方针和政策来部署接下来即将展开的工作。

于是她冷笑一声道：“我说你这人真是杞人忧天！你以为我会拿着自己的孩子作为向你讹钱的借口？你也不看看！”说着，她傲然地指了指客厅的四周，道：“这就是我的条件，我还有什么缺的？钱？我数得手都发麻了，太多了，都挥霍不过来了！别说这辈子，就是下辈子，下下辈子都用不完，我讹你的钱？我脑子进水了啊？我就是缺个孩子，只是单纯得想要个孩子而已，没别的任何原因，更没你想得那么复杂和恶心！如果你还不相信，我可以把自己的银行卡给你看看，不过你得做好心理准备，不要到时候心脏承受不了负荷而突发心肌梗死……总之，你的担心纯属无稽之谈。”

男子抬头仔细观察客厅的布置，刚才因为匆忙和被欲望迷住了眼睛，视周围的一切如无物，而现在经她一说，才回过神来，开始细细打量：宽敞的客厅即使超过十人在此驻足也不会给人一种拥挤的气氛和呼吸凝重的感觉，坐北朝南的朝向喜气而吉祥，在伴着光线充足的视野开阔的制高点的位置，俯瞰下方的一切，便会不自禁油然而生一种大气磅礴的感觉；茶几精致而透亮，再镶以翡翠色的花边，即使外行也不会产生一种将之归属为低劣或不上档次的行列的念头；吊灯华丽而豪奢，点缀着五光十色光怪陆离的叫不出名字的装潢；顶板四周粉饰以雪白的馨香的毫不刺激的材料作为房屋整体颜色的主色调，犄角处又不遗余力地雕绘出具有欧洲风格的浮雕和图纹；再看脚下的地砖，却是看不出任何拼接痕迹，几乎可以说是无缝对接，以目下最时兴也较昂贵材料的毫不悭吝地铺就……不用说了，男子的疑惑消了大半，已然接受眼前的女人怀孕的目的确确实实只是为了要一个孩子同时又不想结婚来束缚自己，这种单纯的不被世人所赞成的想法诚然是与自己的财产挂不上钩，沾不上边，那自己心中悬着的石头也可不用紧紧勒在半空惴惴不安了。男子长舒一口气，像从高耸的烟囱中排放出废气那样，带着点歉疚的情调说：“看来我是以小人之心度君子之腹了，全不曾想到你竟然拥有如此雄厚的财力而仅仅只是为了一个孩子，这确实是一件让人不敢想象的事。不过我也能够理解现在一些比较时兴和前卫的想法，至于对与不对，就不在我评论的范畴了。好了，既然这样，那我也不再打扰你了，孩子是你的，也就永远是你的，我不图孩子，这你放心，我可以发誓！就像你不想结婚一样，我也对孩子有相当的畏惧和不适，嗯，那就这样吧，有什么需要……”

“谢谢，不过，我最后再说一次，我们真的以后没有任何形式的联系的话，我才是真正地打心眼里对你感激涕零。”她适时打断了他的话，逐客之意一览无余。

男子也没再说什么，瞟了她一眼，疾行离去。

她慢慢软倒在沙发上，闭上眼睛，手抚胸口，似乎刚才的一切谈话已耗掉了她所有的生命力而只剩下奄奄一息的微弱的喘息。

她以为这所有的麻烦和顾虑在自己矢志不渝的坚持之下已被清扫得干干净净，再也不会留下什么残渣来污染和妨害自己的眼睛，然后便再不用为任何有可能出现的麻烦而忧心忡忡、寝食难安了，心情可以彻底地平复，接下来的所有的时间都可以在阳光明媚的窗台下静静地坐着以享受迎接一个新生命诞生的幸福。

好了，可以完全放松下来了，让所有的筋骨、所有的神经细胞都处于自由奔放的状态吧，像冰融化成水再气化游离在空中无拘无束漫无目的地徜徉在任意一个角落，那将是多么惬意和妙不可言的事情啊！

如果一切都按照既定预想的进程有条不紊地前行而不会受到任何偶然或必然的干扰的话，那这个世界会多么的安宁而祥和。

但敲门声又在没有任何预兆的情况下响了起来，和上次一样，但在她的思想中也惯性的将来人圈定为别人，以全然放松的状态中坐了起来，趿着拖鞋去扭开了门锁，但随即惊骇不已。

男子又折了回来，在她还没有开口询问原因之前，率先发难，气势汹汹地呵斥道："好啊！差点上了你的当！原来这房子根本就不是你的！你装模作样、装腔作势虚伪得可以！以为出色的演技可以掩饰自己的一切罪恶和可耻的勾当而不被人察觉吗？幸亏我反应迅速才没有掉入你设好的陷阱中！"

女子一听，怒火也随着男子莫名其妙不分青红皂白的胡言乱语的斥骂而升腾起来，暂时抛却一直秉持在脑海中的不能动怒以免影响胎气的教诲，以其人之道还治其人之身，厉声詈骂道："你这个人真是不可理喻！什么叫装腔作势？什么叫装模作样？我装什么腔了？我作什么势了？你说啊！还有什么更恼人的，这房子不是我的，不是我的，还是谁的啊？你凭什么说不是我啊？你有什么证据啊？什么勾当啊？我可耻吗？可耻在哪啊？难道我为了想要一个孩子这个愿望就可以构成可耻形成的条件吗？什么叫怕人察觉啊？我怕谁人察觉啊？我告诉你，我有理有据，我什么都不怕？什么人愿意查谁就来好啦！大不了闹得天下皆知！谁怕谁啊！我设陷阱啦？我设的是什么陷阱啊？你说啊！我骗了你什么啊？这都是当初本着自愿原则干的事儿！你现在反悔啦？反悔啦也晚啦！……"

“哎哟！”女子在凭借着本能反应御辱于敌的最激烈的交锋阶段，忽然被一阵剧痛偷袭得逞，气势顿消，双手捂着腹部缓缓蹲到地上，额上冷汗涔涔而下，敢情是刚才的怒火攻心动了胎气，要赶快顺气才是，否则有流产危险！

“快！快扶我……上沙发！”女子艰难地伸出瑟缩的手臂，颤巍巍地对呆立不动的男子说道。

男子仿佛是刚从入定状态中回过神来似的猛然答应一声，然后快步走上前，小心翼翼地将女子扶上沙发坐好。女子深吸口气，一点一点平静自己惊慌失措的心率，以求达到自然状态的韵律。她一面深深地缓缓地吐纳从窗外传来的阵阵清新宜人的空气，一面用右手以最温软最平和的程度徐徐拂过微微隆起的划出最美的弧线的腹部，然后在静静的时钟的嘀嗒声中恢复到之前的饱和而满足的状态。

“我去给你倒点热水吧。”男子见女子的喘息渐渐趋于平静，脸上的表情也失去了原先的惊惶和焦灼，于是关切似的柔声说道。

女子什么都没想，下意识地点点头，道：“好。”她又回到当时刚刚得知怀孕喜讯的那种状态，不是一种手舞足蹈的喜不自胜，更多的是一种恬淡和温馨，因为激动过度也是对胎儿的一种无意识的伤害，她现在会为了以后有一个健康而满面红光的小天使，绝不会让他被任何疾病任何厄运所觊觎，她所能想到的最安全的保护措施，就是一心一意抛却杂念以此生命的价值为最高准则。对男子忽然出现的殷勤根本没有任何怀疑和丝毫犹豫，在他递过来的那杯水的时候，还心怀感激地微笑着说了声“谢谢”，然后轻轻呷了一口就放下了杯子。

还没等下一句话从声带中冒出来，又一阵剧痛从子宫壁中升腾而起，仿佛一座堆积万年不化的冰山忽然被一阵天外陨石所击中，碎成齑粉，四散飞扬，又像是一块已经快冻得爆裂开来的冰块突然被一股巨大的力道扔进滚沸的开水中突然爆裂开来一般，比因为怒火而不小心动了胎气的后果更严重，更加炽烈而不可收拾，仿佛狂飙无情将粗壮的洋槐卷得连根拔起支离破碎，仿佛一颗颗呼啸着的榴霰弹势如破竹地刮过早已吓得面无人色的士兵的头顶最后落在他们的阵地中轰然爆炸，尘土飞扬中，一切灰飞烟灭。

她陡然间明白了造成此时的痛苦的根源，在剧烈的无法抑制的绞痛中、在用尽全身的力气与这股绞痛相抗衡的搏斗中、在自己的牙齿都快要因为发痛而将苍白的嘴唇快要咬掉的情状中，她声嘶力竭地讨伐道：“你……好卑鄙！”

“我送你到医院！”男子也有些慌了，没有做任何争辩，将女子抱起，当机立断，以最快的速度冲下了楼，拦了辆车，驶向医院……

刚才的一切，男子在厨房中打开水时所做的一切，那幅挂在客厅中的古老的油画全都瞧得一清二楚，可是他什么都不能说，连叹气都不行，只能在超脱空间之外的另一种世界里扼腕叹息而无能为力。

男子在第一次离开的时候虽然对女子的戒心已经消除了大半，但是却终究不放心女子的话中究竟有几分真实可信度。那幢看似豪华的房子究竟是不是女子所有？还是仅仅只是一种攫取钱财的障眼法？男子心里是越想越迷惑，虽然在女子的一连串信誓旦旦的话中所呈递出来的内容不会让人产生丝毫怀疑，但从另一个角度来分析这又何尝不是女子施展手段的高明之处？如果看不出一丝端倪查不出一丝蛛丝马迹这并不能证明女子的清白也并不能使自己的心和思想归于平静而无所畏惧，相反，这种想法会让自己变得更加难以自持，更加难以从容应对本来正常生活所要进行的节奏和既定程序的实施，就像关在猪圈中的最肥最壮的、吃得最欢、蹦得最欢的那头猪决然不会想到自己第二天的命运就是与这个美丽世界永诀。虽然自己不是猪也不会送上被宰杀的屠场中，但从某些方面来看，却暗合了一些影子似的逻辑：至少，有一个人知道自己的死穴在哪里，自己以后的命运会怎样，还不是等同于被一种看不见的力量所束缚着？这样一来，男子在惴惴不安之际为了以绝后患只能往另一条不太明朗的岔路上走了，就是要斩草除根，除掉她腹中的婴儿，才能使自己今后的处境不再拥有任何安全隐患。

于是他在附近的一家药品店中买了一瓶堕胎药，为了达到最佳效果，他又在其他几家药店买了若干种不同的堕胎药，将它们混合在一起。然后就径直折回，一进门就用气势汹汹的态度和恶毒的语言狂轰滥炸，待她反应过来并以其人之道还治其人之身，大动干戈，动了胎气，这一切都在男子的预料之中。他故意等着她叫出了救助的信息，等到她的情绪稍微稳定以后，就恰到好处分秒不差地献上了这点微不足道的殷勤，在这种情况下，在作为情场老手的经验丰富的累积下，他料定女子决然不会拒绝喝一点热水的要求，就在走进厨房的那一刻阴阴一笑，将早已调制好的“混合堕胎水”送到了女子的面前，女子虽只是轻轻呷了一口，但是混合药性的作用却是呈几何倍数增长，别说一口，只要一沾舌头，那也是立见奇效，威猛绝伦，不可小觑。

伴着一阵又一阵此起彼伏如岩浆冲刷濡湿的大地发出的激烈交战的“嘶嘶”的声音，女子在一种神秘的力量的控制下进入虚空，丧失一切知觉，最后缓缓清醒于一片晨光熹微的清晨，伴着还未散去的氤氲的薄雾，有些冰凉，刺骨。

在得知诊断结果的那一刻，她的泪已然流干，没有任何东西哪怕是死亡也绝然不会使自己陷入万念俱灰的境地。她再也怀不了孩子了，在这个孩子失去以后，就永远地失去了。所有的希望和幸福都化为了灰烬或窒于尘土或消逝于风中。该怨谁呢？男子固然是罪魁，但绝非祸首，因为在很久之前那一个已经与社会道德背道而驰几乎是冒天下之大不韪的念头的种子悄然萌发的时候，就开始昭示着未来的某一天那没有一个合理的理由出生的孩子会难以在这个社会驻足，只是这一天提前到了。所憧憬着的美好未来的画卷只存在于臆想中，与生活脱节得太远，没有任何东西能够与之衔接……

（八）

她在得到这把梳子的时候，父亲已经在轮椅上瘫痪了很多年。发生事故那年她还小，令人惊恐的画面在她小小的思想的存储卡中只留下一个模糊的影子。只觉得在那一天，送父亲进手术室的时候是那么从容不慌不忙而不会想到会有什么风险降临到自己的身上。就像喝水会呛死，吃鱼会被卡死，这样的事发生的概率微乎其微完全就像是一个笑话一样让人捧腹，然后号啕大哭。他们无论如何也不会想到一个简单的阑尾炎手术因为医生的疏忽用错了麻醉剂而造成了不可挽回的错误和悲剧。父亲醒过来后就半身不遂永远与轮椅为伍，母亲悲痛之余狠下决定抛夫弃女远走他乡从此音信杳无。那一年，她才十二岁，留在她身边的只有一个残废的父亲和一把仅有的母亲未带走的翡翠色梳子。她将梳子放在抽屉中，在一个人静静坐在镶着檀香木的镜子前梳理自己的头发，其余的时间，就是无微不至地照顾父亲的全部生活。

梳子在她的眼泪中觉醒，仅仅那一次那一滴眼泪，唤醒了梳子的意识，从此之后，再也没有看到她的眼睛里涌出的泪光，再也没有看到她因为生活的残酷而宣泄自己满目凄凉。梳子总在她的脸上和眼睛里看到闪光的让人不会颓唐的力量，虽然疲惫之色会占去她一天中的大部分时光，但在父亲面前，这种疲惫之色都会大打折扣甚至冷场。父亲很少说话，在记不清日子的光阴中他有太多的难过都无法用语言来描述，他觉得自己的歉疚太多了，拖累太大了，对女儿太不公平了，这一切都不该是像女儿一样年纪的同龄人应该承受的。灾厄不会让人更加坚强只会让人更加麻木，没有一个人会笑着说我缺了一条胳膊一条腿多么高兴，在看不见的地方，他们早已将眼泪流干而只剩下不痛不痒得过且过的时光。女儿的生命已进入麻木不仁枝叶繁茂的岔道，她背负着孝道的名义一步一步走到现在早已形成习惯无所谓明天怎样纷繁复杂，变幻莫测。因为父亲早已料到他明天的明天依旧如故：喂饭，换衣服，擦拭身体，洗澡，挤出脓疮破裂的毒液，擦拭消毒水，背自己上轮椅，推着自己散步……

她感动了世界，在这个浮华而污浊的世界中她的行径让铁石心肠的人泪如雨下，纷纷送上最真诚的祝愿和祈祷，有给父亲的也有给她的，捐款的人也不计其数，这是发自内心的爱心的流露和扩散，她谢绝了这许多的帮助，认为自己现在力量虽然微小但仍然不会让父亲的生活太过窘迫。大家的好意她心领了，只希望将这些帮助送给更需要帮助的人，他们分散在世界各处，太多太多，无以计数……

在微笑的时候，她会用那把翡翠色梳子梳头，阳光照射在她浓密如墨的秀发上闪着点点温暖的柔和的光，像天使降临凡尘，带来爱与希望和幸福的霓裳……这时的她是最美最纯洁无瑕的。她理应得到幸福，可是幸福什么时候才会真正降临到她的身上？这个问题她曾在午夜梦回时悄悄地憧憬过，渴盼过，然而沆瀣的城市中这种幸福却太过渺茫太过微不足道而且充斥着与人伦道德相去甚远的自然属性的芥蒂像天堑一样难以逾越。

父亲想悄然离开他，但终究无力自行了断，也害怕被她发现这种极端行为后肝肠寸断。活着感受不到幸福，死了也依然会酿成不可设想的悲剧，这种生活让父亲心如刀绞，比之酷刑还要犹有过之。女儿是不会让父亲以这种方式离开尘寰而了无牵挂的，她会守着父亲，直到他寿终正寝平安去世自己的使命才会圆满结束，才能真正去追求属于自己的生活。

梳子看着女孩的一切，感动于女孩日复一日矢志不渝的孝道而热泪盈眶，但另一个问题却接踵而至，那就是其实自己并不需要这样的感动来让自己的眼泪不断流淌。流过泪的人只能送上祝愿却并不能缔造实际的幸福让女孩接受，也不能治愈父亲的瘫痪而让父亲脱胎换骨而重获新生。也就是说，这种现状在这一世这一代已经注定，父亲会心怀歉疚过一辈子而女儿会照顾父亲一辈子在人们的眼中还要坚强不屈以微笑收场。无论什么样的祝福和愿景都不可能改变这一切，而女孩的心里是否会获得真正的宽慰和释怀旁人也终究难以揣测。如果因为长期的练习而变得习以为常麻木不仁，那么这种坚强非但不是一种最初人们所受到感动的坚强而仅仅只是一种不得已而为之的生活方式，人们会更加扼腕于女孩今后的生活而不再会因为感动而落泪。女孩应该有正常的家庭生活而不是因为照顾父亲而要承担一辈子的孤苦伶仃。如果感动世界的人所获结局与恶贯满盈之徒的穷途日暮何其相似那又有什么人还敢将自己真诚而善良的心曝露在温暖的阳光下接受幸福的列车驶过然后载上他奔向彼岸花开四季如春的天堂？抛开缥缈的来世的问题暂且不谈，为何今生的苦难连绵不断？女孩会在黢黑的夜里扪心自问：是不是我上辈子造孽太多，所以注定这一世得不到幸福？辛酸紧遏咽喉，她不能将痛苦昭告天下，在翌日的阳光铺陈大地时分，她要将微笑和坚强的面具戴上，遮住浮肿的脸颊和憔悴的神情不让任何人瞧见其中的端倪，以免横生枝节，徒增悲怆。

无论自己的命运怎样变迁都不再重要，只要父亲老有所终那就是最大的幸福，自己偶尔的失落和寂寞的苦楚与之相比算不了什么，自己如若不管不顾，还有何面目立足于天地之间？想到这里，女儿释然一笑，只觉得挤压在心中的久久不能排遣的隐秘的寂寥在这一刻荡然无存，随风逝去了……

梳子下定了决心，以自己现在的神力完全有能力变成一颗心，悄无声息地植入某一个善良的青年的心中。在偶然的刹那间，见到这个美丽的女孩，一面之缘便注定幸福在未来的某一天会如期而至，以天作之合的名义酝酿一场一生一世矢志不渝永不落幕的氍毹，台下人满为患，掌声不断，像那太阳，此起彼落，实际上却从来不曾离开……

一块头皮在一位中年妇女的头顶被剪下，她却不会因疼痛而心颤，或许是溢满对爱的释放，在爱的无形的光环的萦绕中，她的脸上洋溢着最美的笑容。

头皮在觉醒的时候心如刀绞，因为一把明晃晃的手术刀将自己紧紧钳住然后毫不留情地将自己从前的领土捣毁，自己与身体分离，被强行迁移到另一个孩子的头上定居。在此后，头皮并未感到任何痛苦和不适，甚至在知晓这个中滋味的来龙去脉子丑寅卯后百感交集，热泪盈眶，难以自禁。在那一刻，突然为自己的无知而自责，为自己的自私而惭愧，为自己的心怀不满而无地自容。他要敞开心扉，轰然洞开于尘寰，让每一个人流连忘返，使他们铭记着震颤人心的一幕，像不朽的花瓣的芬芳，代代流传……

她从来不知晓自己的身世与遗弃和收养紧密相连，只因这一秘密在两个人的心中紧闭，唇上守口如瓶，为了营造一个和谐的温馨的家庭，使之延续到寿终正寝，直到天伦终止进程停止运转。这两个人要将这个秘密烂在五脏六腑，带入坟墓，不是因为欺骗和私心从中作梗，而是为了守护一个希望，能让幸福绵延，永不破碎。因为这幸福是实实在在的，从外而内，由表及里，全是最真诚的爱与呵护，没有水分的掺杂，没有虚无的潜伏，只是换了一个标签，而那个标签早在八百年前就腐蚀得体无完肤，不可辨别。

这两个人就是她的养父和养母，而那个标签就是抛弃了她的狠心的生母。

如果不是因为一场谁也无法预料的大火，如果她有幸躲过了这场大火的侵袭，也许生活永远也不会发生改变，还是和以前一样古井无波得过且过与普通家庭无任何区别：摩擦此起彼伏，时断时续，青春的烦恼，孩童的顽劣，让人忧心如焚火冒三丈的大小二三事，出其不意的跌倒，偶尔不如意的考试成绩，不言不语的伤心的煎熬……直到自己长大，往事如烟如雾，再送上一个含泪的温暖的笑投入父母的怀抱，挥手拭泪，送上祝福：一生安好！

然而此间事绝不是一帆风顺直达早已预计好的目标，一场大火因为插座漏电带动易燃物品的燃烧，强烈的火舌肆无忌惮地吞噬了她的身躯，她被包围在浓浓火焰中，险些化为灰烬，可在最后关头却逃出了生天，在医院的奋力抢救下，与死神博弈成功，捡回了一条命，却几乎成了火炭，烧伤面积凄惨得令人不忍直视，触目惊心之下，所见之人均是摇首扼腕，抚膺长叹不迭。

不计其数的手术，堆积如山的病危通知书，养父养母忧心如焚，如坐针毡，在医院苍白的长廊上暗暗祈祷，望眼欲穿，不眠不休七八天之后终于换来了小女孩转危为安的消息。

本以为可以如释重负，静静疗养一段时间就可恢复如初，但是医生却告诉他们因为烧伤程度的太过严重必须要进行植皮，否则，女孩身上被摧毁殆尽的皮肤将成为其一生无法释怀的痛楚。

养父沉默无语，养母暗暗焦急。也许是一种神秘的既定的程序算好早就有这一天的光顾，所以秘密再也无法进行到底，必须要做出一个决断，找出女孩的生身父母，他们的皮肤才是女孩最好的选择。

亲生父母的寻找过程并没有耗费养母太多的时间和精力，因为当年领养的时候，女孩所有的信息尽皆附着在一张清单上出生地、住址、籍贯、血型……记载详细。他们当年之所以抛弃女孩完全是重男轻女封建思想的根深蒂固和家庭经济负担的不堪重负。这么多年来，生母也是以泪洗面，悔不当初，在听完养母的叙述后哽咽着说道：“这么多年来，我每天都处在痛不欲生的愧疚之中，对孩子思念日复一日，从来没有一天断过。我真不配做她的母亲，我好恨自己，连动物都比我强……我对她亏欠得太多了，就是用一辈了的时间也无法弥补，当然,对你们的亏欠就更多……我,别说捐皮,就是我有的东西,我都会捐的……”说罢，生母号啕大哭。

千辛万苦的奔波终于有了结果，却孰料其中的曲折离奇的变化简直让人叹为观止，啧啧称奇。在医院的检查下，生母的皮肤质量因为自身行为的不检点造成了污染，无法达到捐献的标准，生父的皮肤与生母的一样受到污染，无以为用。在医院的反复斟酌和养母的反复恳求中，绕了一大圈的弯子又回到了原点，养母决定献出自己的头皮移植在女孩的身上，然后静静等待着这新生命的萌芽……

（九）

笔神被一股温暖的力量孕育着诞生在一片春风和煦的阳光熠熠生辉的木桌上，在一双微微颤抖不受控制的手里，他竟然感到一种无法言喻的欣喜和激动在这里扩展开来。

笔神仔细瞧着眼前的画面，泪水汍澜而下，像溦雨轻洒脸颊，不过却并不冰凉，而是温热的暖人心房。

在一间不大不小的卧室中，在一只喜鹊叽叽喳喳满不在乎地翘着尾巴迈着蹀躞的步伐沿着窗棂上的边框悠然自得的无限惬意中，在一对中年夫妇激动得热泪纵横泪湿春衫袖的百感交集中，他们的孩子——先天性脑瘫的孩子，在经过夜以继日的引导和不断的练习、持之以恒的信念的支撑下，他们创造了一个奇迹——孩子恢复了与常人一般无二的生活，甚至，奇迹还在延续，他的人生会比常人更加卓越和辉煌！

然而这一切都是血泪交织的历史，在十八年前的那个风雨交加的夜晚，这对夫妇面对诊断书的几个鲜红触目惊心的大字只觉得精神已濒临崩溃的边沿，不明白上天的抉择为什么残忍如斯，狠戾无俦。他们自忖自己行医多年救死扶伤不计其数即使偶有重病者撒手人寰那也是人力无以回天，岂能清算在自己的头上，更与下一代没有关联。看来福祸之事终是渺茫难测，更与自己的品性无关紧要。孩子是无辜的，终不能弃之不顾，即使是一块废铁，他们也要放手一搏，秉持着矢志不渝的信念，让孩子健康成长，笑傲群芳。

他们知道不能让孩子一直在床上待着，因为床是不能给孩子提供行走能力的，如果不让他走动，他就永远不能走动，以至于到最后生命归于尘土的时候也无须再打造一副棺材了，直接搬着床就地掩埋也就万事大吉了，岂不快哉？可是孩子不同意，夫妇俩也不答应，他们要让孩子脱离床的控制，走下大地，在与人地的亲密接触中找回灵魂，恢复行动，恢复正常的机能的运转。这个方法漫长而艰难，从每一个动作的反复而枯燥乏味直至变态的练习中去寻找、去记忆、去模仿、去感知，直至动作完完全全彻彻底底属于自己才善罢甘休。

迈出的第一步比登天还难，然而天都能够登上去，后面的一切又算得了什么呢？虽然他迈出第一步足足耗费了十几年的时光，但对于这对夫妇来说却有穿越时空的、跨世纪的、犹如人类第一次登上月球时似的、里程碑似的轰动效应。有了第一步，必然有第二步、第三步，直至行走自如完全恢复行走能力。这希望是巨大的无可比拟的，事实也证明他们的坚持是完全正确无怨无悔而没有在茫茫大海中抛锚。他们找到了第一个灯塔，看见了第一缕微弱却坚定不移的灯光在茫茫黑夜中淡淡地扩散着并与无边的夜的吞噬作着殊死搏斗，于是夜的魔影一直无法奈何它，到了晨曦越出海面，将万道金线铺天盖地卷来，灯塔暴露在晴天碧鹤之中，它的光亮无足轻重无关紧要，甚至被遗弃而无人问津。不过这无所谓，因为此刻它已获得了一个崭新的天地，它已与这美丽的新世界融为一体，不分彼此……

一朵菊花的意识觉醒于一个普通的小学的一方花圃之中。他好奇地看着周围的一切，仔细观察后才发现自己与其他同类一般无二，顿时有些失落。不过他的欢乐终究比他们更多一点，那就是他的意识可以覆盖整个校园，这热闹的悲欢，杂沓的事件，层出不穷的新闻，在菊花看来都饶有一番趣味。他乐此不疲，日子倒也丰富多彩，可圈可点，倒也不如何聊赖。

然而在一抔鲜血的侵染下，所有的悲哀和欢乐都冻结在风的轮转中不可自拔，菊花在观看了一场最“精彩绝伦”的演出后慢慢凋零，化作尘沙……

那是在这所小学三楼的一间教室里发生的一件让这座小学蒙上血的阴影的让人沉痛得唏嘘不已的事情。因为一个品学兼优的孩子在这里的顶楼，向着大地，俯冲而下，将还未绽放的生命葬送在这所未来的“培养栋梁的摇篮”中。

然而这充满希望的摇篮孕育的是什么呢？是早已升上天国的“死魂灵”。

在孩子自杀之前，因为在课堂上交头接耳的小声议论，老师的威严终于在此刻找到了用武之地，彰显得淋漓尽致，大放异彩，孩子自然被当着全班同学的面训斥得泣涕不止，颜面扫地，自己的好学生的形象在此刻土崩瓦解，分崩离析，荡然无存。可是老师为什么不问问原因呢？同桌说他的身体不舒服，作为同学，我难道没有义务关切地询问一番吗？班上的纪律高于一切，难道死人的时候大家也无动于衷、目不斜视吗？我们的“团结、友爱”在哪里？我们的“以人为本”的“仁德”的观念在哪里？如果老师的权威高高在上，学生的权利低到尘埃，那与专制独裁者又有什么区别？一切只是幌子，颐指气使才是令人恼恨的作风。自己受到了批评无处申辩倒也罢了，为什么还要叫我写一千字的检讨进行自我反省并当着全班的面在众目睽睽之下请求大家的原谅？这是什么思想，这是什么逻辑？为什么会这样？前途一片茫然，我步履维艰，战战兢兢，不能走错一步，两边是万丈深渊，而自己，依然踏错，只是此刻，还有最后一丝求生的欲念支撑着自己在无意识的条件反射中紧紧抓住最后一根悬崖边的救命稻草等待人的搭救。然而同伴心有余而力不足，虽岌岌可危却无一人敢贸然插足，终于，他的力气耗尽了，坠向深渊，与人间永绝。

他从教学楼的楼顶坠落，人们只听见一声巨大的如煤气罐爆裂的声音向操场四周扩散开来。惊恐万状之下，全校一片喑哑，噤若寒蝉，现场画面凄惨，血肉模糊，像一场梦魇，人们争先恐后地想从其中逃出来回到正常的世界，却发现怎么也找不到一个出口，才明白自己一直生活的世界从来就没有正常过……

它是一枚塑料戒指，做工粗劣，质地粗糙，毫不起眼，在街边摊琳琅满目、鱼目混珠、龙蛇混杂的令人眼花缭乱的饰品的囤积中更显得微不足道可有可无，在经过无数双手的挑选中被保留到最后，直到有一个质朴的男孩兴高采烈地挑选了它，将它送给了自己心爱的并且愿与之守候一生的女孩才显得弥足珍贵，大放异彩。

女孩欣然接受，仿佛是为她量身打造的一般，在套上自己中指的那一刻，竟是如此恰如其分的和谐美满，不大不小，没有一丝空隙，在刺眼而温暖的光芒中，在飕飕微风的轻抚下，在栀子花无声地侵袭的清芬中，女孩伸出左手，在空中摆动，伴着莺啼婉转的笑声，这枚戒指似与她的手指合二而一，浑然一体，像宝石般的光泽的流泻，璀璨得使人心旷神怡，魂不守舍之中仿佛游离于另一个世界。似乎受到爱在阳光下的感召，戒指的意识在这一刻觉醒，它睁开懵懂的双眼，左顾右盼这美丽的新世界。

塑料戒指界面中心突出的所在雕刻着一朵小小的仍是塑料分子做成的花苞，似乎是荷花，又像百合花，到底是什么，却不好分辨。总之这个花苞就是最引人注目的特点，不过仅限于对男孩而言。因为女孩喜欢花苞，却与同龄的同类的大众的意识相去甚远大相径庭南辕北辙，不理解的人不以为意，在乎的人却放在心中，不管如何，男孩是在众多的饰品中挑拣出来了，这是被众人遗弃的东西，却是让男孩心花怒放让女孩冁然一笑的绝佳的定情信物——虽然一文不值也不甚美观但在这中间却被赋予和注入了不容忽视的温暖的力量。这力量能驱散一切灾厄和阴霾的造访，会紧紧守候在彼此的身旁，守得拨云见日，守得万丈光芒，守得冰消雪融，守得明媚春光，守得莺飞草长，守得鸟语花香！

女孩对花苞的偏爱有其自己的寓意和解析，她觉得盛开的花朵虽然美丽绝伦，馨香扑鼻，蜂萦蝶绕，热闹非凡，被众人簇拥在最显赫的地位高高在上荣光万丈让人歆羡嫉妒，但总是短暂易逝不会长久不得永恒，在它枯萎凋零的那一刻也就昭示着青春不再繁华万事蹉跎万物成空犹如幻梦一场悄然来到身旁，带着枯槁的生命，徒增悲叹与凄凉。既然如此，自己为什么要选择这注定被抛弃的荣光。抓住那花苞，那还未盛开的希望却永远有一个不会凋敝的种子，还未萌芽，还可盼望，还可祈祷，还可在白雪皑皑之际笑傲群芳。如此，美丽才得以留存，芬芳才不至于被湮灭在姹紫嫣红的趾高气扬中而被忽略，被遗忘。

男孩对花朵的形状和类别却无心热衷和追逐,更没有偏爱,他只是爱屋及乌,对她所爱的花格外关注分外留心，至于其他，倒也不会耗费任何精力在五彩缤纷的花圃当中细细观赏。如果是女孩的意愿，则另当别论。

如果按照正常的程序，他们的甜蜜和温馨终会得到一个圆满的结果，戒指也可以高枕无忧尽享岁月的恬淡和静谧。然而造化终会弄人，程序早已被修改，在女孩作出离开学校到外省找工作的决定之后，对痴心的质朴的男孩来说，就注定是悲剧的序幕在暗地里缓缓拉开了。台上的观众看得清清楚楚，已经长吸口气以手抚膺准备迎接一种心灵的冲撞，而台上的男孩却无任何准备，依然在满怀信心憧憬着前途的美好未来的希望温暖的力量，所以注定他将悲痛难当！

男孩家境贫困，生活拮据，但为了营造美好的生活，他决定留在学校读研究生。研究生要读三年，而女孩却已本科毕业要出去找工作，这是不得已的办法，因为女孩的家境比男孩也好不到哪里去。学费问题迫在眉睫，不能双双驻留此地。二人磋商，男孩留校，女孩外出。临别前，抱头痛哭，泪如雨下，信誓旦旦。第二天，女孩便踏上一列长途火车，奔向远方那看不见的地方。

他们每天都会通一次电话，各在电话里述说着今日今时的奇闻轶事，生活感想，工作进程，离别之苦，再相互鼓励，道上祝福，然后挂上电话，在满心欢喜却意犹未尽中沉入梦乡。女孩每个月都会给男孩寄来自己工资的大部分，余额自己零用。慢慢地，岁月飞逝，这样的日子持续了两年，男孩的成绩名列前茅，深受导师的欣赏和夸赞，直夸他鹏程万里，前途无量，将来定然平步青云，飞黄腾达。而这个时候，女孩虽然一如既往地寄钱来，可是来电的频率却越来越低，常常是半个月都不来一次，男孩虽感奇怪，但因为学业繁忙却并未放在心上，直到考试以后空闲之际，才给女孩打了一个电话。在谈话过程中，男孩总感觉气氛有些压抑和不太自然，女孩的回答也变得单调乏味，完全丧失了以前无所不谈的欢乐和不羁。男孩心想是不是女孩有什么事情瞒着自己或遭遇到了什么不测，警觉之心陡增，话锋一转，立马高声问道："你怎么了？是不是出事了？"

电话另一边沉默了良久，隔着遥远的空间，只有不规则的呼吸声在蔓延。

"我们分手吧。"女孩似乎尽量在使用一种让语调和声音都显得平淡和委婉而不带有一丝一毫的悲哀的方式以使整个空间的空气仍然一如既往保持平静而不受破坏，也为了让男孩的心跳的频率和情感适应这突如其来的改变。

"我对你的爱不会变，但是我们不可能在一起了。你知道我这两年过的什么生活吗？我没有关系，没有背景，没有朋友，我只身一人，一个女子，为了一个渺茫的希望，在一个陌生的城市徘徊。我受尽了冷眼，受尽了欺凌，她们都欺负我是新来的，什么都没有，什么都不是，让我干最苦最累的活，让我加班，让我打杂。起初我没有怨言，我任劳任怨，我为了你，我默默忍受着一切，可是你知道吗？那种日子太难熬了！我从来没有做过这么苦的事情！而且还没有得到应有的回报。他们把我的功劳全部霸占了，分到了他们自己的头上，可我一分也没有得到。他们对我也没有抱有一丝一毫的感激。我做的一切都是为别人做的嫁衣，这一切都不属于我。他们只是利用我，利用我的无知，利用我的善良，利用我的软弱。我想反抗，我想理论，可是找谁反抗？找谁理论？我只是一个手无寸铁娇弱无力的弱质女子，没有人会把你放在眼里，他们会任意践踏你，蹂躏你，然后开怀大笑，扬长而去……这就是生活，血淋淋的惊心动魄的生活，如此灼热却感觉不到丝毫的暖意，微笑的背后掩藏的是无穷的算计，温柔的话语包裹着无穷的诅咒和祸心……我需要有人保护我，在我孤苦无依的时候，在我受到欺凌的时候，在我万念俱灰的时候，在我失魂落魄爽然若失步履蹒跚走到悬崖边的时候——下面是看不见黑洞洞的深渊。我需要有人拉住我，我还不想死，但也不要痛苦而孤独地活着。可是你不在我的身边，你也给不了我，帮不了我……而他却适时救了我，恰逢其时地出现我的生命中，帮我挡住了灾难和无休止的攻击。他是公司总裁的儿子，他……他对我很好，他能给我温暖，能在任何时候出现在我的身旁，我在他的怀中得到一种前所未有的安全感，这种安全感如此真实而可靠——我再不用受任何人的冷眼和欺辱了。我现在是总经理了，我有权了，我可以指使别人了，他们的态度全变了，见到我毕恭毕敬，不是鞠躬就是点头哈腰，满脸堆笑，虽然我不是很喜欢，但也并不厌恶。谁不希望受到别人的恭维与尊敬呢？哪怕心里掩盖着嫉妒和怨恨，那又有什么关系呢？至少在表面上，他们再不敢趾高气扬了。而这一切，都是因为他，我心中感激，即使那不是因为爱，那又有什么关系呢？爱情只是转瞬即逝的泡沫，再绚丽多姿的幻想也会归于平淡和简单，走到哪里都是两个人，一点也不神秘，想通了也不会悲伤。因为悲伤的人总活在过去，快乐的人牢牢把握着此时此刻和将来可能抓住的东西。我们不要总活在回忆里，那都是不可挽回的逝去的幻景，做一个聪明和快乐的人吧！忘了我，你的前途无量，你会找到更好的生活！不要再联系我，也不要试图找我，你找不到我的，我们永不再见！你的学费，我会一直供给，直到你毕业，就当是对你爱我的最后一点补偿吧！永别了！……”

接着便是“咔嚓”的挂断电话的声音，然后便一直陷入“嘟嘟”机械的忙音中。

男孩一直握着电话，脑子里空空如也，仿佛被蛆虫吸光了脑髓，眼神完全丧失了神光，身躯僵直如枯死的树干，只有根柢依然牢牢抓住大地，死都不会松开，可是一切都是徒劳，他什么都抓不住。过了良久，男孩才慢慢放下电话，打开抽屉，将电话关机，锁紧在抽屉中，又将手伸进枕头下，摸出了一张照片，看着照片上的他与她的合照，泪流满面。

“我们的心在哪里丢的？”男孩双手颤抖，“我们不是说好的，再大的苦难也是一次宝贵的财富吗？我们应该感谢上天让我有这么多磨难，因为那不会让我们倒下，只会让我们更加坚强，更加乐观，更加勇敢，更加成熟……”男孩泣不成声。

“可是为什么？我们悟出的道理却这么轻易地输给了时间和实践？是你没有禁得住考验还是忍不住荣华富贵的诱惑而丧失了最初的信念？告诉我，为什么我们的爱这么脆弱？告诉我，为什么不早点将一切告诉我？为什么在我即将施展抱负即将开创一番新天地的时候离我而去？告诉我，你是不是一个爱慕虚荣的女人？告诉我，你为什么要抛弃我？告诉我，要怎么样才能忘记你？啊！……”男孩大吼一声，歇斯底里，似若癫狂，号啕大哭，全身抖如筛糠，头深埋双膝中，如被鞭笞的小兽，遍体鳞伤死里逃生后，蜷缩在积满灰尘的角落中独自舔舐着伤口。可伤口在哪里呢？在看不见的角落里乍然裂开，豁出一个看不见的口子，在看不见的空气中滴淌着看不见的疼痛。

男孩的指尖紧紧地掖着那张经过岁月的磨蚀已泛黄的照片，它此刻在自己颤动的指缝中不受控制地摆动，那女孩微微扬起的带笑的嘴角、蕴含着的幸福的憧憬、流逝的欢乐、飘舞的发丝、掌心的温度悉数被吸入一个看不见的虫洞之中搅得粉碎，只留下一个模糊的残损的印象，而这个印象却无论如何也无法剿灭……

“你会付出代价的，我要你活在愧疚里，一辈子也得不到救赎！……”男孩突然抬起头，停止哭泣，坚定地喃喃自语。

教学楼中的人走得差不多了，整栋大楼显得格外安静，兀自耸立着，暂时与人间的喧嚣绝缘，像一尊单纯的建筑物，只供人们瞻仰和凝视。人们情不自禁地啧啧称赞，连声音都不敢有丝毫的放肆，以免玷污了这栋建筑的恢宏与庄重，引起神灵的不满，受到不可避免的灾难。

时间在男孩的身边凝重地流逝，伴着踏上台阶的轻轻的挪动的脚步声，他向楼顶天台走去，片刻也不停留。他神情呆滞，眼神无光，仿佛灵魂已被抽取一空，只留一副躯壳，任凭鬼魅牵引，奔向地狱的入口，又像一个奔赴战场的士兵在周围的战友相继倒下之后，只剩自己，孤零零兀自矗立于这个陌生而惶恐的世界，而枪林弹雨也不再对自己有什么威胁，生命已成枯槁，也不在乎灰飞烟灭的失魂落魄而迈向死亡。死亡是一种一笔勾销的解脱，无论如何悲伤和绝望，在债务无力偿还之时，他可以向另一个世界逃之夭夭，获得永久性庇护而不会再受到无止境的追讨。所以男孩到达楼顶的时候，他没有丝毫犹豫和战栗。

男孩屹立在楼顶的边沿，环视着周围的世界，遥望着远方的天空。他觉得世界仿佛变大了，天空也仿佛变得更加宽广而无边无际了。日光也变得曚昽而不伤眼睛，像一层透明的却涂满了浓雾的玻璃板隔离在自己的眼前，挡住了这个烫人的世界。可是从前为什么这么烫人呢？现在却出现一种莫名其妙的温柔，也许是恰如其分的一种挽留，可是还有用吗？自己的心已经死了，只有最后一抹恨意萦绕在自己身边。这是他的撒手锏，让她痛苦和愧疚一辈子的撒手锏，让她一生都不得安宁的撒手锏，让她战栗和泣不成声的撒手锏，也是唯一能入驻她的心底永远也不会遗忘的撒手锏，他能从中获得一种嗜血后的快慰和报复后的满足，这就足够了。

起风了，伴着一种令人窒息的惶恐，拂过男孩的失了神的脸庞和充满死气的印堂，充斥着一种说不出的骇人心魄的凄怆和绝望。

把每天都当成末日来相爱

一分一秒都美到泪水掉下来

……”

他轻轻地唱起了这首信乐团的《死了都要爱》，这是他们共同挚爱的歌曲，也曾是他们对爱情矢志不渝风雨同舟不离不弃的准则，而现在，在死亡的悬崖边，只有他，一个孤独的魂魄，放眼欲穿寻觅失去的时间，在死掉的昨天，看到了未曾撕碎的画卷，美丽依然，幸福依旧，却与人间的景象相去甚远。

“永别了，这个可爱得让人无可奈何的世界，如果她后悔了，她就会唱我们的歌……”

说罢，他缓缓闭上眼睛，张开双臂，迎着风，用力一跃，刹那间，陨灭在一片虚空中。

死了都要爱

不哭到微笑不痛快

宇宙毁灭心还在……

没人敢直视男孩的尸体，因为那已经完全丧失人形。重力加速度巨大的冲击力撞断了一棵百年老树的主干，余势丝毫未减，砸在坚硬的大地上，面部着地，像被熨斗熨过一般平整，情形之惨不亚于屠宰场，可谁也不会把屠宰场的情状与美丽的和谐的校园放在同一水平线上相提并论，这是他们从未见过的不忍卒睹的现场。

人们议论纷纷，纷纷猜测男孩的死因，直到真相大白于天下，人们的讨论依然没有一个统一的定论。有认为女孩负心薄幸忘恩负义不知好歹的，有认为男孩痴情过头陷得太深不可自拔扼腕叹息的，有认为男孩心胸狭隘眼光短浅性格懦弱丢人现眼死了活该的，也有人认为男女双方都有责任不可一概而论应该推而广之引以为戒，让广大青少年在处理感情问题的时候不要盲目冲动消极悲观以免丧失理智自寻短见造成一系列无法挽回的社会悲剧让人喟然长叹唏嘘不已，还有人认为那都是别人的事与自己无关，只要自己无事无碍休管他人瓦上霜厚成几尺也不闻不问省得惹上不必要的悲伤流下不必要的眼泪……纷纷扬扬，莫衷一是，七嘴八舌，这种现象持续了很长时间才渐渐偃旗息鼓销声匿迹。

女孩在男孩下葬的那一天赶了回来，她是自己回来的，出了这种事，自己千夫所指，“保护伞”也无济于事。所以那个给他巨大帮助的男人没有出现在他的身旁。她来到墓地，看见曾经的男孩已阴阳相隔，听着有人在她的耳边悄悄给她叙述男孩死亡的过程，而这一切都是因自己而起，她早已泣不成声，泪如雨下……

待汹涌的眼泪暂时缓和的时候，女孩嘴唇翕张，在早已干涸早已嘶哑的嗓子里唱出了那首他们曾经挚爱曾经携手走过记录每一份点滴的欢乐并将爱进行到最后一刻的男孩未唱完的歌曲：

不理会别人是看好或看坏

只有你勇敢跟我来

爱 不用刻意安排

任凭感觉去亲吻相拥就会很愉快……

“为什么要这么做？我败给了生活，而你，却……败给了生活的影子……”

穷途末路都要爱

不极度浪漫不痛快

发会雪白 土会掩埋

思念不腐坏

……”

“你为什么不向生活妥协？为什么不肯向现实低头？……”

到绝路都要爱

不天荒地老不痛快

不怕热爱变火海

……”

“人人都喜欢听话的孩子，不喜欢倔强的孩子。苍天也一样，所以，他嫌你锋芒太露了，怕你撞破了大地，搅得大地的孩子们不得安宁，所以才将你收回了天上……”

爱到沸腾才精彩！

“愿你来生做一个聪明的傻子，像我……”

女孩取下手中的戒指，她一直没有扔掉，还是那枚做工粗糙、质地拙劣、一文不值的塑料戒指，在岁月的流逝中，元素不断运动，与两年前相比陈旧了许多，那位于正中的无法辨识的雕刻的塑料花苞，不正是像他们的爱情一样还没开放就猝逝在疾风骤雨中了吗？想起自己的爱情理论已不知不觉变成了一种无声的嘲讽，当初特立独行不拘一格以为可以找到永恒，明白真谛，可是却发现青春的道路只是一个圆，无论怎样走都会殊途同归，回到原点，无论怎样激情澎湃地引吭高歌都不过是一场短暂的狂欢。当曲终人散，杯盘狼藉后，剩下一个孤单的影子，而这个影子却正是自始至终陪伴在身边的最真实的存在，不会撒谎，不会说话，不会反驳，却会给你最温暖的抱慰。

戒指会和男孩一起熔化，连同他的意识和他永远在坊间让人众说纷纭的故事……

维尼熊的微笑点缀着苍白得让人心悸的没有一丝人气的冰冷的床单和反射着寒光的床头的铁架，阳光穿过透明的玻璃照射在维尼熊的身上，于是他的微笑变得更加生动而温暖。

维尼熊是躺在病床上的小小的被沉疴折磨得让人辛酸落泪的女孩的唯一的伴侣，是她的挚爱，是她生病后郁郁寡欢中唯一的欢乐慰藉。

女孩得的是“脑干胶质瘤”，是其中最凶险的一种，而且已到了晚期，女孩经过数十次化疗之后仍然没能逃脱死神的裁决，在生命的弥留之际，她的意识常常处于昏迷中。

女孩在昏迷中仍然忘不了这个默默陪伴着自己的不会说话的朋友，因为它的微笑能够化解一切忧伤和困厄，能让痛苦的折磨跌至尘埃，退避三舍。所以她会一直紧紧地将它抱在怀中，贪婪地汲取着它毫不吝啬的源源不断的温暖和希望。

维尼熊的微笑不会停止，不会改变，所以女孩的希冀是有朝一日能够好起来，像正常的孩子一样，在明媚的阳光下、在飕飕微风中、在周遭的欢声笑语哪怕是恼人的喧嚣中，站起来，露出和维尼熊别无二致的微笑站起来，投入阳光中，投入激雨中，在濡湿的草地上奔跑，在泥浆四溅的田塍上蹀躞，尽情嬉戏，疯狂打闹，谖忘所有烦恼和忧愁。

这些本应属于女孩拥有的最单纯的快乐，然而在此刻，在幽暗的病房中，在满是消毒水的呛人的空间里，那些渴盼的幸福却正逐渐离她远去，终于销声匿迹，再也无处寻觅，伴随着盼望中的幸福一起逝去的还有女孩的呼吸和奄奄一息的天真而感人的话语："如果我的身体还有用，请拿去帮助更多需要帮助的人吧……那样的话，我真是太高兴啦……"

维尼熊的意识觉醒了，被一阵莫名的突然涌出的巨大的忧伤席卷，所以他的微笑消失了，那亘古不变的微笑的嘴角，缓缓改变着弧度，眼睛也缓缓闭上，一滴泪从维尼熊紧闭的眼里滚落……

一群人围绕在女孩的床前，黯然闭上眼睛，气氛在忧伤中幸福着，像花儿的芬芳又像潋滟的碧波一样在天地间缓缓弥散开来……

（十）

旋转的木马静静矗立在一个早已失去旧日欢声笑语天真烂漫的废弃的幼儿园中，栖身于厚厚的灰尘掩埋的角落里。他在很多年前的一个黄昏觉醒，意识笼罩这片小小的场地和每一个孩子的喜怒哀乐中，不过在一次令人义愤填膺和痛彻心扉的事件后，这里开始凋敝，颓圮，连着木马的意识也在这无尽的悲伤和恚怒中慢慢溃散，不复存在……

这个幼儿园在原本立足的区域中办得风风火火，生源不断，口碑不错，发展势头相当可观，加上住宿条件、教育设施、师资力量、环境氛围，都是家长们的理想选择，所以在很长的一段时间之内，这个幼儿园都是人满为患，许多家长更是找关系开后门想方设法运作一切手段如八仙过海各显神通一般将孩子给塞进去，以为可以高枕无忧，万事大吉，再也不用辗转难眠了。然而人无远虑，必有近忧，伴随着声势名誉一同增长的还有意想不到的麻烦甚至灾难，当受益人在享受蒸蒸日上美好前景的同时，很容易被一方屏障、一丛幻境所迷惑而掉以轻心，不觉间便丢了性命又连累着身边的人跟着遭殃，到那时回天乏力，为时已晚，再想重来已是梦幻，所以在风光霁月的每一步的路途都要如履薄冰，谨小慎微，还要保持心的光洁不受到任何溷尘的蒙蔽和引诱而得意忘形致使灾厄有机可乘……

幼儿园的寄宿制给朝九晚五工作繁忙分身乏术的家长们提供了最大化的轻松和便利，因为伙食的差强人意，孩子们倒也不会有太多的不满和怨言，毕竟脱离了家庭的“唯我独尊”，来到了一个新的陌生的环境。而对于一天天的伙食越来越乏善可陈的状况也更是没有一句怨言，听之任之，不做吵闹也不做争执，况且，大家都一样，只要有人能吃得下去，那就不应该愁眉苦脸，以免受到嘲弄，自讨苦吃。

幼儿园毕竟是私人的产业，不是慈善机构，面对市场经济的通货膨胀，货币贬值，物价飞涨，园长虽然矢志不渝地秉持着“再苦不能苦孩子，再穷不能穷教育”的理念和原则，但无奈面对残酷的市场经济光怪陆离的变迁和戏谑，园内的伙食支出还是连连告急，赤字不断。本来按照进园的费用预算，每个孩子所收的费用的各个条款悉数容纳在内，不再另外收取任何杂费，条目条款简明扼要，清晰无误，有效期限为一年，且在开学告示上向各位家长做出过承诺，已不便在这个时候再增加费用，以免徒生枝节，难以善罢。不得已，园长开始苦思良策，实在不行，也只能将房子抵押，坚持一段时间再说。但是对于抵押房屋以补充“洪水与猛兽般”的赤字缺口这种做法在妻子看来却是坚决不行，不仅不同意还以离婚作为威胁。园长多次劝说无效也只得放弃，他考虑再三，觉得如果坚持己见而闹得家庭不和矛盾不断那也是一件很不划算的事情，索性就另辟蹊径，剑走偏锋，以降低成本为代价来减少支出，抵御通货膨胀，应付眼前难关。

在他的不断努力下，终于找到了一家价格低廉的米店，他看着颗粒饱满却如此便宜的大米真是喜出望外，忘了“便宜无好货”这个最基本的道理，即刻与该米店老板签订条约，断绝以前的米商的供应，与该店老板合作。园长此刻心里所想的即是一种长期的合作，不管环境如何变迁，总是以最低价格提供硬性需求来抵御一切危机。而对于“危机”一词中包含的“危险”的含义却是忽略不计，不以为意。

园长自鸣得意的杰作高高奏效以为可以一劳永逸的时候，却出事了，三十多个孩子集体中毒，被紧急送入医院抢救！而诊断检查的结果，正是低廉的大米出了问题！

那大米早已过期变质不能食用，而米店老板利欲熏心之下铤而走险，胡作非为，对这些大米进行改头换面，用了漂白剂和稳定剂等一系列化学试剂将大米处理成“金玉其外，败絮其中”的伪劣产品，表面一看，看不出任何异样，咀嚼过程也不会有什么异样，只有在吞咽之后才会使五脏六腑产生激烈的冲撞而兵戎相向，打得不可开交，难舍难分。不过对于身体健壮，消化系统尤胜一筹的人来说，这些大米的毒副作用不会显现得过于激烈，加上系统的循环和新陈代谢，这种毒素只会慢慢积淀，缓缓积压。但如果不停止食用，若干年之后，体内聚集的毒素已经如泰山般，岿然不动，那就是大罗金仙也无力回天了。而对于尚未发育成熟的孩子的身体，他们的胃肠尤为稚嫩，对丁一切不丁净的、充满威胁的东西都格外敏感，往往是几天之后，这种毒素就会在体内反噬而出，席卷全身，造成呕吐或昏迷等一系列中毒现象。

所幸的是中毒不深，加上抢救及时，孩子们在短暂的危险后便恢复平安，倒让一些家长的心中的石头落了地。庆幸和欣喜自是不言而喻，他们纷纷暗暗祈祷，感谢神灵的眷顾和庇佑，之后，就开始找那个自作自受的活该倒霉的园长“磋商”具体事宜该如何进行。

园长吓得三魂失了两魂，被判刑那是在所难免，可自己的产业，这个用以创造产值与经济效应为主要目的幼儿园这一辈子或许是再也无法重振旗鼓，东山再起了，自己的心血毁于一旦，现在想着，真是得不偿失，追悔莫及……

矗立在一处水池中的展翅飞翔的老鹰的雕塑迎向浩瀚的天空，坐落在满是青砖铺就的广场上伸向远方。这是在一所中学中，四周教学楼兀自耸立，白色的瓷砖在光线的不断的流泻中闪闪发光，被勤劳的刷墙工人清洗得一尘不染，倒映着振翮高飞的老鹰雕塑的身影，无处不展现着一种恢宏的气势，扶摇直上的力量。他将力量带给莘莘学子，使他们能时刻保持高昂的斗志和奋发向上的精神作为持之以恒的动力生生不息，取之不竭。所以在冥冥中，在天地之精华的感召中，老鹰获得了意识，伴着呼啸的风，他仰望着穹苍，心里默默描画着飞升时的灿烂辉煌。然而在这一切即将实现的前夕，却发生了一件令人触目惊心、唏嘘不已的惨案，在校园中激起千层巨浪。大家众说纷纭，莫衷一是，然而在老鹰的心里，却悲恻不已……

那是在顶楼的一间教室中，一位戴眼镜的中年教师巍然屹立在讲台上宣讲着理论的重点，梳理着基础知识。他的眼睛扫向台下，来回逡巡，像扫描仪一样发射出看不见的紫外线的强光，试图穿透每一个学生的身体，似乎要将他们的灵魂牢牢锁定。

课上的知识太熟悉了，他已重复不下千遍，早已烂熟于心，眼睛不时瞟向摊开的课本知识只是一种教学多年养成的习惯的延续，可有可无，根本不需要自己耗费全部意识去留心每一个环节，每一条路径，所以这剩余的意识从他的总体意识中分离而出，在心底深处的蠢蠢欲动的权力欲有意无意的唆使中居高临下，施展着自己的手段。

终于，他的目光落在了教室后面倒数第二排最左边靠墙的位置上的一位男生的身上，他的书桌上已垒砌了厚厚的固若金汤的堡垒，犹如“闭关锁国”的天朝上国般，他沉醉在自己的帝国中“寻欢作乐”，不可自拔地玩着手机——玩的是《极品飞车》的最新版。同桌的余光不时向这边瞟来，嘴唇小幅度翕动，似乎在递交利益均沾而不是“片面最惠国”待遇的不公平条款，然而那个男生只是摇摇头，明显不同意自己的既得利益受到任何侵犯，当然也就不答应自己的手机转移到另一个不相干的人的手中承受可能带来的不必要的危险而让自己提心吊胆惴惴不安好长一段时间不能释怀。同桌玩不到游戏，鼻翼轻哼，嘴唇的一侧微微噘起，眉头轻蹙，对男生的态度极为不满中也夹杂着几分“吃不到葡萄说葡萄酸”的自嘲和怃然。当他将眼光的焦点收回到黑板上密密匝匝却层次分明井然有序毫不紊乱的公式和解题步骤的分析思路时，一个魁伟的身影正在自己的视线范围内逐渐彰显，放大，最终覆盖自己的视线所能扫描的全部范围——老师已来到了自己身边。

身为同桌的天然职责和习惯性的条件反射，失落的男生在千钧一发之际将怏怏不乐的情绪抛诸九霄云外，如触电般以迅雷疾风的速度用肘撞击了一下身旁酣畅淋漓地沉醉在游戏中的男生，男生也做出了练习了千万次早已定型的标准型收缩动作，将手机往袖笼中一弹，腰背如挺尸般瞬间撑直，双手交叠平放在课桌上，双眼焦点立刻锁定在黑板上的某一个焦点上，神情专注至极——任谁都看得出来这专注的神情是装出来的，而他自己却毫无觉察。何况，这一切动作虽然快得让人眼花缭乱，但都是在老师来到他们身边的时候表演出来的，所以也无济于事。就像一个魔术师，他的表演手段再高超，再神乎其技，再令人叹为观止，目瞪口呆，舌挢不下，啧啧称奇，但他用于表演帽子中飞出鸽子的那只鸽子在未飞出来之前就不小心把脚或喙暴露在众目睽睽之下，这样一来，观众期待的心情便瞬间降至冰点，只觉得兴致索然，味同嚼蜡，即便魔术师不遗余力地弥补，先入为主的神秘感也已完全消失。如果在一秒前男生用此种速度将手机收好，老师也未必会发现什么，也不至于酿成什么悲剧和不可挽回的惨案。可是未来纷繁复杂，扑朔迷离，又有谁能够准确地预言明天的某一时刻会发生些什么呢？对于突发性的灾难，我们无能为力，束手无策，但是对于可以规避的风险，我们应当三思而后行，即使无法完全杜绝灾难的降临，但至少能够让我们有充足的转圜的余地而不至于将隐匿在暗中的危险完全引诱出来使之发酵最后爆裂在空气中产生巨大的杀伤破坏力。

“拿出来！”老师伸出右手，语气森严而冷冽，双目如鹰眼般射出两道寒芒，直欲穿透男生的身体，无形的威压从四面八方向男生压来，逼着他唯命是从，缴械投降。

教室里仿佛隆冬中下雪的半夜时分的深谷，静得只有自己的心兀自跳动的声音，所有人的目光小心翼翼地向老师汇聚，眼睛一眨不眨，呼吸缓缓进行，似乎这是一场庄严的审判罪犯的大会，旁听席上的观众只有静静呼吸和眼睛直视台面的权利，除此之外，甚至连咳个嗽都要紧紧捂着嘴巴将分贝压至最低，生怕冒渎了这敬畏又严肃的氛围。

“拿出来！听到没有！”老师见男生没有反应，不觉间便提高了音量。

“我没有玩……我只是看看时间……”男生望着岿然如泰山般的老师近在咫尺的威压，气势降到了冰点，但还想使用苦肉计拖延时间，为保住手机不被清剿做出最后的努力。

“没有玩？哼！鬼才相信！”老师冷笑一声，也没再继续质问，伸手掀开最外面的男生的椅背，大步跨了进去，左手揪住男生的手臂，右手如钺斧般踅进男生的衣袖，又以最快速度抽了回来。赫然抽回手的时候，大家看得清清楚楚，老师的手中正抓着一款崭新的银光闪闪的“苹果5”手机。老师径直走回讲台，恶狠狠地瞟了男生一眼，当着全班呆若木鸡的学生厉声说道：“说过多少遍了！啊！就是不听！我的课，不管是干什么，手机必须关机，谁都不准拿出来，要是被我看见，我说过的，家长来领！不然我是不会退还的！”全班喑哑无声。

男生的脸被一抹酡红熏染，眼神中闪烁着一丝暴戾，也分辨不出到底是被乍然收缴手机后出现的赧然和怅惘，还是因为心中潜藏着的愤愤不平和不满所致。只是男生一直低着头，腮帮如蚯蚓般不规则地蠕动，偶有同学向这边投来不经意的一瞥，他也毫不理会。

他的同桌因为刚才没有借到他的手机而产生的失望和不满的情绪在刚才那惊心动魄的干戈中化为乌有，加上同桌自然而生的情谊，他好言劝慰：“喂，你没事吧！不要生气了，下课后去老师办公室跟他好好沟通一下吧，我想，他应该会还给你的，毕竟，你的成绩又不差，他没有理由……总之，相信我，十拿九稳，应该没问题，相信我！”

“哎，我知道你是在安慰我。”男生摇摇头，“可是没用。你难道还不知道这个老师的脾气，不仅古怪，而且倔强，他说要家长来领，那就必须是家长来领。

我的成绩再好，那也是没有用的。”

“说的也是，那你准备怎么办？”

“还能怎么办？只有厚着脸皮去要呗！走一步算一步……不过，我是一定会要回来的！”

“为什么这么坚定？怕父母责怪吗？”

“那倒不是。只是因为这手机，你看见了吧，这个手机是我女朋友送给我的，对我意义重大，我怎么可能随便让它陪伴在这样的老师身边，那不是对我女朋友的一种侮辱吗？无论如何，我是非要回来不可！”

“可是他要是不给呢？”

“不给！”男生冷笑着说，“他肯定会给，除非他不要命了！”

同桌只感到一股透彻心扉的冷气在没有任何预兆的情况下从身体的某一点钻将出来，然后以最快的速度将全身上下每一个细胞不无友好地问候了一遍后就消失不见，我们能感觉到这种严寒所带来的瑟瑟发抖的战栗但是却自始至终都看不见它的存在。就像拂过我们颧骨和颈项之间的被冷冻过的风在无形地示威以期让人产生恐惧而顶礼膜拜一样。

老师在下课后径直走向办公室，连带着手机也一起位移向走廊的尽头。男生跟在老师的身后亦步亦趋，也进了办公室。

这时办公室里没有其他老师，空位很多，地上有些杂乱，桌上的资料和教材还有一些零碎的文件交错无章地瘫倒在方形办公桌上，向着操场的窗帘微微地摆动，朦胧的日光透过窗扉投下没有温度的光线，似乎在例行公事而好不情愿。此刻的情形格外尴尬而古怪，甚至还潜藏着一丝隐隐的不安，正像此时站在一旁静立不动的男生一样，迟迟不好开口但是心中却百感交集，五味陈杂。

老师自坐下后就一直没有开口，不仅没有开口，连眼神也没朝站着的男生这边瞟上一眼，仿佛把他当成了空气，或者是一具丧失了生命的雕塑。

世界上最大的侮辱莫过于有个人站在你身边而你却无视他的存在。男生觉得自己受到了巨大的人格侮辱，与因为手机被没收的愤懑和恚怒合而为一，一种新的怒火在五味陈杂的情绪中脱颖而出，像一股肆无忌惮的烈火，在风的肆虐中狂傲地咆哮，打破了原先制定的规章，于是男生大声吼叫：“你这是什么意思？凭什么没收我的手机？你以为你是老师就了不起？老师算个什么？在我眼中屁都不是！就是校长的爪牙！狗腿子！”

“放肆！”老师在男生的怒火升腾和不顾一切的谩骂中再也无法容忍，霍地站立起来，双手用力拍向铺满资料的桌子上，刚好拍掉了一瓶没有拧紧的墨水瓶的盖子，盖子“啪”的一声掉在了地上，墨水瓶因为反弹之力擦着男生的衣角飞过，砸在了后面的办公桌上，最后掉在地上，“哗啦”一声，如碎掉的黑色的水晶，携带着象征自己生命的黑色的血液，染得白色的大理石铺就的地板一片黝黑。而男生的上衣和两颊也因为墨水瓶的纵横驰骋难以幸免，首当其冲不说，简直是“酣畅淋漓”，犹如几个调皮捣蛋劣性难改的小孩子拿着一只跟自身差不多高的沾满墨汁的毛笔在自己的身上脸上乱涂乱画，毫无忌惮一样。虽然没有嘻嘻哈哈的讥诮之声的刺激，但在自己的狼狈不堪险些破相的羞辱中再加上被没收手机之后的愤懑和不满的仇恨，产生的威力却不知道要超过讥诮之声所带来的刺激多多少倍。

在被魔鬼的操纵的意识中，他的双眼丧失了人性的光芒，右手以风驰电掣的速度操起了原本放在桌上的一角的小小的用于裁纸的美工刀，再以迅雷不及掩耳之势跃上了桌面捅进了兀自愕然伫立还没回过神来的老师的胸腔。当第一蓬血花从男生抽出的刀刃上迸溅的瞬间，男生的理智已完全疯魔化，他看见的不再是触目惊心令人发指的殷红的鲜血，而是像墨水一样纯净的闪着诱人光芒的黝黑，又像是地狱中接踵而至狞笑着的液化的幽灵。在他们放肆地歇斯底里地呼啸着的远在天边又近在咫尺的摄人心魄的狂笑声中，男生的双眼不断闪过一丝又一丝令人战栗的邪恶的兴奋的光芒，连带着第一刀的抽出，又毫不间歇地捅出了第二刀，第三刀……

老师在倒下之前终于发出了凄厉的惨叫，传遍校园……

当医生赶来时，老师已没了呼吸。

当警察赶来时，男生已没了生气。

鲜血混合着墨水，红色混合着黑色，慢慢变成赭红、暗红，像人与魔鬼的搏斗，最后同归于尽，而光明却从另一个方向升起，那是后代的光荣，后代的幸运。

有人失声痛哭，有人胆战心惊，有人窃窃私语，有人摇头叹息，场面氤氲着一层看不见的浓烈的惨烈而悲怆的雾气，久久不能消散，最后无一例外地融入每一个人的心中，烙下了一辈子都不会模糊的不堪回首的印记。

男生被警察带走，已经成年的他，结局没有任何悬念，他的生命会被法律剥夺，偿还自己亲手造下的罪孽，但是还不够，因为他的余罪还在蔓延，他的父母，他的爷爷奶奶，被捅死的老师的妻子和孩子及年迈的父母，他们的余生都将因为男生这次不可挽回的错误而承受着往后所有的点点滴滴的悲痛……

老鹰的眼中流下了泪水，即将成为神祇的他无论如何也无法接受这个惨痛的事实，他觉得一切不该是这样，不该是鲜血染后的悲戚和撕心裂肺的惨痛的延续。他觉得他们都是生活在阳光下的孩子，都应该拥有一颗像阳光一样温暖而透亮的心，他们会穿过黑暗，带来光明，他们会无忧无虑地成长，会绽放出最灿烂的笑释放出最善良的声音穿过丛丛荆棘与鸟儿们的莺啼婉转音声相和。他们是永不凋零的姹紫嫣红馥郁芬芳的花圃中的花朵，无论酷热祁寒，气质依然。那个男生也是一样，为什么自然的狂飙没有将他折断，而他自己却毁了自己，惹得众多的花儿为之伤感？还连累着每日为其灌溉的园丁为之溘然而逝？不，我要挽救他们的灵魂，老鹰想着，望着穹苍，喃喃。

“伟大的造物主啊，请将我微弱的道行解散，我愿放弃即将飞上天堂的权利，来拯救他们灵魂免于堕入地狱，他们的肉体已湮灭在昨日阳光逝去的黑暗，他们的罪愆我愿用失去意识的果报来交换！望主降下洪恩，泽被苍生！”

一束耀眼的光透过天尽头那叆叇的云层，洒向大地，摄入没有一丝杂念的虔诚的鹰的眼睛，像一团温柔的火焰幻化的云，云气升腾处，缓缓燃烧，很快又幻化成扩散的光幕，向外面的世界铺展开来，遍布鹰的全身，然后鹰的身体变成流泻的光的小溪，在一种神秘的力的牵引中，向着两道灵魂不断坠落的方向驰去。在老鹰的感召幻化成光的神力的那一刻，在两道灵魂重新睁开眼的那一刻，他们会看到曾经的不可饶恕的罪愆在眼前闪过，尔后，凝望着一个美丽的新世界，再凝望着彼此的眼睛，泫然欲泣……

仙人掌的意识觉醒于一个余热没有散尽的昏黄时分，他看着远方的天空一点一点黯淡，油然而生一种无力的苍凉感，伴着他的思绪向四面八方漫无目的地遨游，最终缩回近在咫尺的窗台边。

因为有个小女孩爬上了窗台，也许是想和仙人掌一样眺望着远方永远也看不够的却也说不出其中到底蕴含着怎样的神秘和美丽绝伦的景致而痴痴呆呆浮想联翩。仙人掌笑了，他觉得小女孩的样子很滑稽，费了很大的劲才爬上窗台，可是却扑了一脸的灰尘，白净的小脸蛋上描画了一幅天然形成的“清明上河图”的缩小版，可她自己却满不在乎，抡起白净的衣袖，毫不在乎地抹了一把已被“污染”的脸蛋，结果可想而知，白净的衣袖也受到污染，“满目疮痍”，仙人掌的笑意更浓了，不过除了自己，谁也无法察觉。

然而让仙人掌感到不安的是，他觉得这个窗台外面的防护栏并不稳固，摇摇欲晃，随时都有坠落和倒坍的危险，这是在七层楼的阳台上，如果一旦出现状况，结果可想而知。可是小女孩却浑然不觉，依然微笑着憧憬着远方渺远的不会厌倦的景致一动不动，一层黑色的阴云在女孩头上升起，狞笑着感召着邪恶的力走向地狱。

“不要！”仙人掌大惊失色，“快退回来！危险！”仙人掌大声呼喊，可是黑气的笑声更加肆意而猖獗，他狞笑着瞪了仙人掌一眼，眼中闪过一丝怒火，可行动却毫不停留，如螣蛇一般幻化的烟云缠绕在小女孩的身边，并不断缩小包围圈，然后防护栏的晃动越来越厉害。只听“哐啷”一声，两颗陈旧的铺满铁锈的螺丝钉完全松动，豁出了一个大口子，小女孩像天上落下的陨石般以无与伦比的速度向下坠落。黑气露出青面獠牙，如风车般旋转地载歌载舞，邪恶音乐四起，幻象迭生，小女孩紧闭双眼，本能发出惊恐的尖锐的呼救的声音。

“不！不会这样！”仙人掌声嘶力竭，歇斯底里地狂吼，内心狂飙翻涌，意识趋于崩溃的边缘。

“有人掉下来了，快！接住她！”一个戴着红色鸭舌帽，身穿绿色短褂的邮递员大声吼道。

不分轩轾，如风驰电掣，流矢迅雷，六双粗壮的手臂不约而同地伸开，像巨大的华盖一般，铺陈着坚定而柔软的救命的伞。

声音并不大，甚至是沉闷着慢慢地融化在橘黄色的夕阳中，引不起周遭人的目光的聚焦，然而却实实在在地惊心动魄，魂不守舍，不亚于任何一次暴风骤雨席卷的破坏力所留下的震耳欲聋、震彻人心的力量。

重力加速度带出的划破空气阻力的沉重的压力是非常强大的，六位邮递员的手臂在巨大的冲击力的压迫中险些脱臼，不过这并不重要，疼痛只是几秒钟的事情，他们最在乎的只是这个小女孩的安危，即使他们手臂折了又有什么关系呢？只要小女孩平安无事一切都安好了。

小女孩惊魂甫定，双眼流泻的惊恐的光泽还未散去，呼吸有些急遽，脉搏有些紊乱，六个邮递员围着小女孩缓缓蹲下，他们的手臂依然没有撤去，一言一语问着小女孩，关怀备至，担忧的情绪丝毫未减。为了保险起见，他们将小女孩送进医院做了个全面检查，结果可喜可贺，小女孩只是受到了惊吓，并无大碍，休息几天就恢复了。六个邮递员才长舒口气，担忧的心绪冰消雪融……

小女孩再也不敢径自爬上窗台去欣赏远方的景致了，即使防护栏重新加固以后变得固若金汤，牢不可破。她觉得仙人掌就能代表一切景致的美的变幻，于是目光的焦点便痴痴地停驻在仙人掌的身上并且日复一日地期待着某年某月某日阳光洒满窗台的时候温暖得让人心花怒放的泥土中绽放的第一朵鲜花……

一块石碑兀自在一片独立的庭院中矗立了上百年，雨雪风霜已让习惯凝固成永恒，仿佛静止的生命，只在一瞬间便白驹过隙沧海桑田了。觉醒的意识也无法用时间去计算，或许只是幻觉或者一张张幻灯片，在那个被废弃的庭院中，在那片半壁残垣中，遗留的是永不消逝的温暖的唏嘘的画卷，象征着曾有鲜活生命存在过的点滴的记忆和片段，才是让石碑漫长的意识不至于枯竭和苦闷的原因。还有，在一棵芊绵的梧桐树下，一个小小的土堆上掩埋的秘密：一只秋田犬的尸体静静地沉睡在这里。

梧桐树的意识没有觉醒，所以他无法感知这一切，只有让觉醒的石碑在无声中矗立……

这个庭院也不知道是什么时候便有人居住了，其中有一幢很多年前的别墅，在岁月的沉淀中慢慢剥蚀了它昔日的繁华和荣耀。有人住过它，那应该是这幢屋子的持有者，可是不久就搬走了，转租后就由一个青年居住。里面的陈设虽然简单，但因为空间大，倒还可以住人，加上又远离城市，属于郊甸，又自然营造出了一个空气清新，环境优雅，得天独厚的绝佳居所。青年租下来后，便由此住下，不久后又以此因地制宜，物尽其用，创立了一个小型办公场所，还收养了一只无家可归的小狗，这个小狗就是秋田犬，其中有伯乐眼光的同事如是说。

青年自是不胜欣喜，因为传说中的秋田犬是世界上最忠诚的犬类之一，他收养了他，不是收养了一只宠物那样简单，而是获得了一位肝胆相照推心置腹惺惺相惜的朋友。他们是朋友，没有尔虞我诈、钩心斗角，只有简单的问候和默默的守候。

他常常在工作之余带着秋田犬到周边的树林溜达，或夕阳西下，或星辰漫天，然后在一处小山坡的顶端，他躺在坡顶，望着穹苍，秋田犬趴在他的身边，摇着尾巴，他便感到无与伦比的惬意和满足。

萤火虫窸窣地拨开密密匝匝的草丛，然后瞅着静谧的天空，点亮黄澄澄的温馨的火光，升上半空，照得一小片天幕朦朦胧胧；飞蛾在天幕间扑闪着翅膀，穿越在跳跃着星罗棋布的迷人的霓虹的幻影中晕头转向，徘徊飞舞，飞来飞去，找不到出去的路，被迫镀上绚丽的温柔的外衣，变成了荧光闪闪的蝶，翩跹着华丽的梦幻的舞姿，超尘脱俗；远处渔火点亮在空旷的山谷，隐约传来阵阵小孩的打闹声和不知何处的缥缈笛声，这摒除聒噪和喧嚣后的夜的凝固，就是令人神往的幸福的永恒的驻足。

“小秋，你说我们能一直这样吗？”青年望着夜空，喃喃说道，“什么也不想，就这样，静静地看着夜空，无论世间怎样变幻，我还是我，你还是你。”

秋田犬撅着耳朵，瞅瞅青年，又嗅嗅地上的黑土，没有回答，也没有什么表示，似是对青年的自言自语也毫不感兴趣，只是悠然自得地摇着尾巴，享受着属于自己的独家欢乐。偶尔身子发痒了，它便会猛地转过颈项，微闭着眼睛，用鼻子上的绒毛使劲蹭着身子发痒的地方，而后就会掉下来一两个倒霉的小虫，四脚朝天，呜呼哀哉地死去了。秋田犬也不怨恨他们，只用前爪刨出一点泥土，然后小心翼翼而又笨拙地将泥土抛在死去的虫子的身上，再用前爪踏实了，便算掩埋了它们，这样的举动可谓仁至义尽，令人不得不打心眼里感慨秋田犬的善良。都说弱肉强食乃是自然界的规则，可是任何规则都有例外，至少在秋田犬和人类之间，它传递了一种善良的秉性。

“好了，小秋，回去吧，我们不可能一直待在这里，因为我们必须工作，我们身不由己，不工作的话就没有饭吃，没有饭吃我们就会饿死，我饿死了倒没有关系，可是我不能让你饿死啊！因为你是我的朋友，最真诚的朋友！所以，我们一定要好好地活下去，不管前方的路多么崎岖，不管未来的天空终日飘着涔涔阴雨，我们也一定要活下去！为了我们所爱的一切和那没有一刻停止跳动的心！这就是我们活下去的理由！”

秋田犬狺狺地叫着，坚定地摇着尾巴，眼中闪烁着不会动摇的决心。

“我的朋友，咱们走吧！”青年带着秋田犬离开了山坡，回到了那所废弃的别墅中继续工作。

青年每天都会工作到很晚，他虽然是公司的创办者、领导人，可是做的事比谁都多，比谁都专注、卖力、勤奋，他所招的员工，也就是他的下属，早就在下班后离开了，只剩下了他，还有秋田犬。不过秋田犬也已经休息了，它也是一个有生命的个体，需要睡眠，不像机器可以二十四小时不停地运转，况且就连机器也有坏掉的一天，一样也需要休息，不可操劳过度。秋田犬睡在靠门的角落，蜷缩着毛茸茸的身体，将热量集中在一起，温存着它的梦，给人的感觉却是没有寒冷的暖融融的温馨。即使青年这个时候还有余兴去叫它，它也只是凭借本能勉力睁开惺忪睡眼，像门帘半掩，透着萎靡不振的虚弱疲乏的光，如是而已。所以在打搅的人看来，也丧失了聊的余兴，提不起任何说话的兴致了。

就这样，青年倒在一张陈旧的劣质沙发上睡着了。

不过没多久，秋田犬就惊醒了，因为它灵敏的鼻子嗅到了一股燃烧的火焰的味道，然后突然看见一串火苗从客厅角落中的窗帘处蹿了过来。

“汪汪汪！”秋田犬奋力吼叫起来，对着熟睡的青年。

可是青年充耳不闻，他太累了，太想沉醉在梦里了，因为梦里的自己已经功成名就，伫立在可以容纳万人的大会堂上，神情激昂抑扬顿挫又感慨万千地给大家讲解着自己的奋斗史。台下的人专心致志，聚精会神地聆听，欢呼声不断，鼓掌声排山倒海，震耳欲聋，鲜花铺满讲堂，彩纸如天女散花般腾空而降，纷纷扬扬，美不胜收，霁月风光，光芒万丈，丝毫没有想到回到现实世界的欲望。即使火苗已经蹿到了他所躺着的沙发也无丝毫觉察，只是觉得身体越来越热，敢情是演讲过于激动所致？

秋田犬已经蹿到了他的身边，咬着他的衣袖，使劲地拖拽着他，青年便一点一点滑下沙发。然而在梦里，青年正讲到慷慨激昂处，忽然就看见秋田犬蹿到了自己的身边，咬着自己的衣袖，拖拽着自己，不知所为何事，只是以为秋田犬在跟自己开玩笑，于是好言安慰道：“小秋，你快放手，我待会再陪你玩，快放手啊！下面这么多人看着呢！你再不放手，我可要生气了！”可是秋田犬丝毫没有理会，更没有松开的表示，于是青年奋力抽回手臂，可是没用全力，自然敌不过竭尽全力的秋田犬，一个踉跄，便掉下了舞台！

青年滑到了地上，一骨碌从地上跳了起来，一团火苗刚好窜上了他刚才躺着的地方，转瞬间，整个沙发都被大火舔舐，吞入火腹之中，渐渐被火所独具的消化功能所稀释，分解，化为泡沫或渣滓。

青年早已窜出了门外，朝街上大声呼救。

这里虽是郊甸，可也并不偏僻，当火势冲天，直冲云霄的时候，消防车很快开了过来。训练有素的消防队员们一跳下车，就熟练地拖出消防水管，然后对准火势最旺之处猛烈地喷水，水蛇士气高涨，势如破竹，长驱直入，直捣火腹，带着正义的能量，全副武装，全力出击，很快扑灭了气焰嚣张的火魔。

青年突然想起秋田犬好像没有和自己一路跑出来，心中忽然怔忪，浑身瑟瑟不停，不好的预感席卷全身每一个角落。他怀着惴惴不安的心情冲进了余热未去还冒着蓝色烟气的半壁残垣的别墅之中，一眼就看见躺在地上烧得焦黑早已没了呼吸的秋田犬，而秋田犬的嘴上正紧紧叼着一样小小的被黑灰掩埋的物件——青年用于存储重要文件资料的U盘。

秋田犬是为了抢救青年落下的U盘才反身折回了已被滚滚烈焰包围的内室中，可是却没来得及跑出来。

"小秋……"青年抱着秋田犬的尸体失声痛哭，再没有任何语言能表达他此刻的悲痛和伤心欲绝。风带着冰冷的温度穿过蓝色的被烧焦的瓦砾的空隙中，若无其事地撩起化为灰失去重量的尘土飞上半空，纷扬在青年泪水纵横的脸和凌乱的头发中，混合着一种刀割般的疼和如烙铁般灼人的痛碾压过青年的身体曝露在外的每一寸肌肤，就连灵魂也不由自主地感受到一种冰火交融的撕扯而无所适从……

（十一）

墙头上的一朵花并不孤独，虽然他独自屹立在墙的顶端，从夹缝中长出，遥望着天空。他是最特立独行的一朵，在最显眼的位置，能最先接收太阳的温暖和轻风的抚爱，蜻蜓会选择在这块富饶的汀州上驻足而不会选择一簇簇争先恐后杂乱纷呈而相互簇拥不懂礼貌的在墙角下的花团——即使他们开得再娇艳也远远及不上在顶端迎风摇曳的孤独的花朵。它们始终是乱花，从出生就被冠以“世俗者”的称号，承载着下里巴人应有的体态和风格。在这一个阶层中，它们每天都“同流合污”或者“钩心斗角”，而最终所达到的目的不外乎和头顶的那朵花一样随心所欲地彰显着自己的美丽从而获得阳光的青睐。蜻蜓的爱抚，蜜蜂的嬉戏，蚊子的吮吸，让自己的价值得到最大化的发挥，让自己的荣光达到最大化的闪耀，那是每一朵花都梦寐以求的愿望，如果能够如愿，即使立刻死去也无怨言。然而越是渴望得到，实际情况越是相去甚远，这就像在一个梦境中，本来最初有一个清晰的轮廓，而这个梦却是在不疾不徐心境安定的情况下才慢慢勾勒、描画，呈现而出的，可是心里突然发急，导致手腕偏离既定的轨道，墨水泼洒了，画毁了，梦碎了，换上宣纸重新开始却再也想不起来当初的第一笔到底从哪里描摹，于是越急越慌，越慌越乱，以至于最后我们连这幅画的影子、这个梦的色调都完全忘了，只能无奈地放弃，而放弃的时候，才明白自己耗费时间和精力所追求的东西一直只是一个虚幻的泡沫。但是这个泡沫却不会破灭，因为没有得到的根本谈不上破灭，最多只能算是一场无能为力的叹息罢了。

然而墙角的花儿们不忿，因为它们觉得自己的命运不公平，它们不止一次地幻想过如果在自己还是没有重量的微小的种子的时候，无情的风就把它们刮在了一个坡顶，那它们的境况绝对比现在好过得多，也绝对比墙顶上的花朵辉煌得多，要怪只能怪自己倒霉，没有遇上一场好心的风，否则它们也不用像现在这样被遗弃在阴暗的角落顾影自怜、自怨自艾而无可奈何了。

然而孤独者也并非全是骄傲，全是光荣，譬如在一个雷雨交加的夜晚，天门开合，暴雨如注，狂飙肆虐，万物在悲鸣，头顶上的花儿在鬼哭狼嚎中歌唱，根茎紧紧嵌在缝中，与天地分庭抗礼。他依然骄傲，依然不屈不挠地昂扬着身躯，然而那是精神，看不见的精神没有折服，可是身躯已残破，在天朗气清后被遗弃在墙角，在野花的脚下，他早已死去多时，留下的是一副千疮百孔、破败不堪、生命流逝后的腐败和凋敝。

墙角的野花没有受到多么严重的损害，因为有围墙的阻隔，他们的娇艳依然，花瓣没有掉，花枝没有折断，更重要的是它们还活着，没有死去，这是另一种幸运吗？还是一种隐晦的光荣？它们多少有点懂了，便渐渐淡化了最初的嫉妒和不忿的念头，将注意力转移到了墙院内，那里，在他们的意识觉醒后，能够感知到的一种温暖和恬淡的风景在橘黄色的阳光中越来越清晰……

围墙内有两只大熊猫，年龄并不大，他们在这里没有住多久，被人类保护着，这是人类必须要负起的责任。因为环境的恶劣和生存技能的退化，大熊猫才能成为被供养的国宝和宠儿，逃过了像鸡鸭鱼鹅那般因为遍地开花而被人类无情屠宰的命运。生灵想要不被伤害，看来也只能不断锐减了，否则厄运必然如影随形，难以摆脱。

大熊猫绝不是生来就这样懒惰而无所求的，这也许是一种大智慧者所拥有的风范。如果它们太勤奋了，或者能够自食其力，那也不至于如此难以存活而寥寥无几了。无论如何，它们现在正是这样以不同形式懒惰着，然而在懒惰之中却又有一番拼搏。

一只懒惰的熊猫乐天知命，吃饱了翠绿的新鲜的竹子和嫩笋就别无所求地趴在地上将可爱的耳朵蜷缩起来睡觉，而他的同伴另一只熊猫则披着懒惰的外衣做着一件勤奋的事情——为了对自由的向往，想从被人类禁锢的地方逃出去。

他知道这不可能也不必要，体内自然而自然的本性在体内被唤醒，灵魂深处有一个声音在呼唤，告诉他自己祖先绝不是被人类豢养的宠物，更不是没有自由的奴隶，他们也曾在大自然所缔造的草原上或深林中奔跑，出没，自己觅食，自然交配，透过雾霭能看到月亮的微笑，能接受晨光的温暖的照耀，与其他动物和谐相处，那时候还没有人类，多么融洽而无拘无束。可是那已经是很渺远的事情了，在穿过亿万年的星光中早已湮没在梦的边缘。然而那时的影像还没有幻灭，哪怕只有一帧残缺而破败的图片，也蕴含着深深的力量超脱现实的禁锢和束缚。

于是他踩上了同伴的身体，柔软而坚定，缓慢地，颤抖着，然而心是不可动摇的，总是笃信亿万年前的呼唤没有错误，那是祖先的声音，宇宙的召唤。

墙垣并不高，可是他走得很慢，因为太阳的影子落在他的背后，从开始到现在已经位移了一大截，他才踩了上去，抓住了墙垣上的栏杆。

然而栏杆是铁铸的，横亘在他的面前阻挡着他前进的脚步，一条一条如小树苗整齐地有间距地排列，铁青着脸，行使着一视同仁的拦截任务。熊猫必须要穿过栏杆才算是逃出生天，获得自由。可栏杆很狭窄，自己肥胖的身躯如何出得去？可是怎么办？难道就这样放弃？自己已看到了天空的太阳如此明亮，在上空，给万物带来信心，注入希望，影子在身后拉得很短，那是自己身上唯一的黑暗，在光的照耀中畏缩在一个微不足道的角落，一处光照耀不到的地方，又是另一种黑暗，近在咫尺，正如眼前阻挡自己的铁条，虽然光明就在眼前，可是无法抓住。

他必须要思索一个对策，想办法穿过这些个铁铸的栏杆，不然他的努力就到此作废，再也不能前进一步。可是身体的肥胖却并不是自己可以控制的，至少在他们这个种族，还是戴着“以胖为美”的桂冠，根植于每一个族人的心中，而那像竹竿一般“窈窕”的族人可从来不曾出现，如果出现了的话就不是熊猫了。况且，人类也不会认为这种形体的状态可作为美的标准而啧啧称赞，恰恰相反，他们会认为这是营养不良或者基因变异，那样的话，就不知道以何种结局收场了。好了，这一切都是臆想，还是回归到眼前的问题，那就是太阳就在眼前，可却隔着亿万光年，该怎么出去，这才是重点。实在不行，就咬着牙，使出顽强拼搏的精神，就着铁栏杆，挤出去吧！不管成不成，总之先要试试，不尝试就退却，我会后悔，会遗憾的，要么不做彻底放弃，要么就一鼓作气，不要忧虑结果，机会都是转瞬即逝的，自己好不容易借着同伴的身体踏上了一个能够看见希望的高台，自己的双脚已经实实在在踏在这里了，伸手就能触到白云和湛蓝的天空，可不能功亏一篑，功败垂成。心中已燃起了熊熊斗志，让精神状态趋于饱满，这是最好的一往直前的机会，成败在此一举，不要再犹豫了！闭着眼，向前挤吧！

于是熊猫就使出了浑身力气向栏杆隔着的狭小的间距中挤去，可不料因为台面上的湿滑，右脚踏空，肥胖的身体一个踉跄，如向后栽倒的石碑又如一只被巨大的海浪掀翻的乌龟从窗台上摔了下来，重重地压在正在睡觉的同伴身上，自己也摔得四脚朝天，晕头转向，辨不清东南西北，只觉得星星突然增多了，空间也从恒定不变的状态转变为没有规则的移动，过了好一会儿才慢慢恢复过来。

正在凝神细想之际，忽觉身下有什么东西在涌动，正觉奇怪，俯身向下察看，才发现自己的身体正压在同伴的身上，刚才从上面摔下来肯定是把同伴给压疼了，真是太对不起人家了，赶快起来看看同伴吧。可是待自己起来之后，同伴只是缓缓地翻了一个身，微微睁了睁睡眼惺忪的黑眼圈，小小的黑色的耳朵漫不经心地摆了摆，接着，又睡着了。再推推同伴，同伴也是睁着眼瞧了瞧，见没有什么大事，又闭上了。熊猫试了五六次得到的结果别无二致，也就完全泄气了，索性放弃，慢慢爬向一边那阳光还没有逝去的温暖的角落里，长长地吁了一口气，闭上眼睛，也不知是庆幸还是失落……

一棵小草的意识觉醒于一片晨光中，周围是一片宽阔的泥土，自己的小伙伴们围绕在自己的身边。在温暖的微风中摇曳着悠悠然醒转，虽没有花的芬芳，但却有自己独特的清香，那洗濯一切污垢令人心旷神怡的味道无时无刻不在氤氲着飘向远方，引来蚱蜢、蛐蛐、蝈蝈、瓢虫等昆虫们的光顾，它们在自己的身边歌唱，在伙伴们的身边歌唱，把自己孤独的情绪抛向九霄云外，于是自己的心里便会油然生出一种无比的惬意和欢乐。

小草密密匝匝，数不胜数，不下万万千千，可为什么偏偏只有自己的意识觉醒了呢？也许是天地选中了我，那也真是一件格外幸运的事了。不过自己既然承受了天地的恩德，可不能辜负了天地的期望，自己要做的，那心的深处所指引的东西，可绝不会忘记，为万物祈福。

自己也不要太贪心了，在这里挺好，也没有什么烦心的事，不必再求天庭的无边神力，只需要在这里，吮吸着春天的甘霖，汲取阳光的温暖，内心保持着亘古不变的笑意，然后默默祈祷，将无声的福泽与恩惠遍洒大地。这是永远也不会悲伤的事情，这是生生世世都会感到幸福的事情。生活既然这样美好，除此之外还有什么其他的苛求呢？那不过是徒增烦恼和无谓的悲伤罢了，因为心里的幸福是任何外在的物质都无法比拟的，只有看到万物都笑了，自己才会觉得是真正的幸福。

眼前，透过层层叠叠的草的摇曳所形成的翻涌的波浪，小草看到了真正的翻涌的浪花，偶尔风的劲力用得过猛，便掀起了一层打着卷的急流打向不远处的屹立在水中的桥墩，带下一层浑浊的水泥，将清澈的水花变得厚重而深沉，像添了一层心事的少年，阳光在脸上隐退了，变得阴郁而忧伤，散发着一种拒绝的气息，形成一面无形的墙壁，隔阂了朋友真诚的劝慰。桥墩下有两艘月牙形的渔船，轻轻倚靠着桥墩，在水波不兴的时刻，像一张静止的古老的泼墨山水画的立体形态。

右边的桥墒距小草所在的方位并不遥远，小草看得真切，从上面的石阶上走下的各色行人和来往的带来不同噪声的车辆川流不息。每天每夜，这座桥都没有片刻的休息，它不会感到疲惫，因为这是它的职责，也是它的生活，它的生活从不分休息与工作，二者恰如其分地合二为一。

小草发现这座桥似乎有些疲惫不堪了，这让小草感到奇怪和惶惑不安。奇怪的是这座桥修筑的时间并不很长，他目睹了这座坦桥从第一块砖的铺盖到完全竣工的全部过程，工人们修建得格外辛苦分外卖力，除了暴风骤雨，他们都没有贻误一刻工期，挥汗如雨，终于完成了连接两岸为百姓带来通途的便利的功绩。他还记得那天剪彩时的热闹非凡，人群川流不息，艳阳高照，万里无云，从人们的欢声笑语中可以感知这座桥的稳定程度丝毫不会使人担心和忧虑，那是伟大的工程师们的杰作，勤奋而朴实的工人们栉风沐雨持之以恒的结果。人们不能忘记那些默默无闻地付出辛劳的人，可是负责掌控全局的人被利益蒙蔽了双眼，选择瞒天过海，偷梁换柱，于是终于导致硕果变成了苦果，感恩变成了创痛和恚怒的指责。小草察觉到，这座本来年轻的拥有无比活力的桥在一声若有若无的叹息后便坍塌了。于是全城一片恐慌，幸运的车辆堪堪停在桥面断裂的尽头，水面卷起浪潮，像一张张血盆的恶魔的口，狞笑而戏谑地接受着从天而降的“馅饼”，铅云低垂，天地为之同悲。

总算是有惊无险，不幸掉下水的人们在短暂的惊慌过后立即选择自救，会游泳的顷刻浮在水面，奋力朝岸上游去，顺带还救了别的落水者；不会游泳的，立刻砸开车窗，跃上没有沉下去的汽车的顶棚，等待救援……场面很快安定下来，恢复了有条不紊、秩序井然的状态。

很快，掉在水里的人都被悉数救上了岸，只有一些沉重的汽车、摩托车之类的驾驶工具没有捞上来，民众暂时是没有办法了，有其心而无其力，只能等待专业救援队大显神威彰显神通了。

这时，岸边已围了许多人，有个小女孩奋力拨开涌动着的密密匝匝的人腿叠成的迷宫冲到了泛着浪潮的石头堆砌的阶梯口，大声嚷道："我的小狗，快！快救我的小狗！"

民众面面相觑，有人大声嚷道："不就是一条狗嘛！救它干吗？浪费人力资源！"

万事开头难，有了开头，自然就有了经过："对啊，小姑娘，狗死了，再买一只就得了，干吗还要去救？万一出事了怎么办？不值得，不值得……"

那是一只白色的小狗，从它的形态可以辨认出它的品种是哈士奇，它陷在江心，水已漫过它的脖颈，数次漫过它的眼睛，可是它的眼睛，张望着密集的人群，视线一刻也没有偏离，像一个可怜的孩子。

小女孩嘤嘤啜泣，从人群传出的话语中，她已然绝望，知道小狗是没救了，而自己又不会游泳，要看着它被淹死，她如何能够忍受？所以她的哭声越来越大，越来越凄厉。

"小姑娘，别哭，我去救它……"一个苍老的声音透过暂时喑哑的人群传到了小女孩的耳蜗，小女孩停止哭泣，顾盼搜寻声音的来源，却看到了一位白发苍苍拄着拐杖的老人。

小女孩怔住了，人群怔住了。

任谁也不会想到，竟然会出现如此不可思议的一幕，善良在枯槁中闪现，在茂盛中隐遁。

"老大爷，还是我去吧！"一个小伙子从人群中窜了出来，人们还没有看清小伙子的长相，只听见"扑通"一声再伴着水花的晃动，小伙子已跃进了水中，像一条剑鱼驾轻就熟地朝小狗受困的地方游去。

小伙子的游泳技术很好，不到一分钟就接近了小狗的身畔，左手托着它，右手向岸边游去。

小狗很安静，安静得像个孩子，最最听话的孩子，连摇着的尾巴都是那么小心翼翼。

当小伙子游到岸边的时候，又有几个人迎了上去，扶着小伙子的手臂，将他扶上岸，人群爆发出一阵热闹的欢呼声、称赞声，不绝于耳。

小狗跑到小姑娘的身边，小姑娘喜极而泣，紧紧抱着她的好朋友，脸上洋溢着说不出的幸福和感激……

厚重的铅云缓缓散开，退避在看不见的角落，给纯净的蓝天让路，铺就的一条金色的霞光的阶梯像仙女金色的彩绸一样从数万米的亭台楼阁中撒向人间……

挂历的意识觉醒于一片“嗒嗒”不休的嘈杂声中，放眼一看，却是在一方陈旧的被几十台电脑重重包围的角落里——这是在一个偏僻的网吧。

这里的空气很不好，挂历感到非常失望和烦闷，他不明白自己为何要清醒于一个如此污浊而令人厌烦的地方，加之灰尘不断，一股腐败的气味弥散开来，充斥在这个并不如何宽大的空间中。当然，挂历闻不到，只是能够感受到这种不舒服的氛围，阻遏着自己意识的清净和不断修炼的前程。在这样的环境中，挂历想要腾飞确实不是一件容易的事，因为污秽和腐败几乎要将他同化在一片阴暗中，如果不思进取，不能悟出一个有效的方法抵挡这一切不好的干扰和侵袭，那自己觉醒的意识迟早会面临崩溃，而一旦崩溃，就再也不可能觉醒了。

所以挂历暗暗焦急，为了自己不再陷入无止尽的混沌状态，他要蜕变为一个超尘脱俗的神祇，在一个偶然的机会，他终于悟到了法门……

一个身穿黑色长袖T恤的青年神情恹恹地走进了这间散发着霉味处处带着腐败气息犹如僵尸聚居处的网吧，交了押金，拿着卡号，又买了一瓶矿泉水，便步履蹒跚地走向一个靠墙的不为人注意的角落中，坐在厚重的同样散发着霉味的棕褐色沙发上，就开始玩起了电脑游戏。

在电脑游戏的世界里，他忘记了自己，仿佛已经与游戏里的人物融为一体，直到不知不觉没了力气，在令人眼花缭乱精彩纷呈的虚拟世界中沉溺，与人类生活的空间隔绝开来，泾渭分明，再也没有联系，连自己的灵魂已然脱离躯壳，飞往天国也毫无知觉，只记得这是一个太真实的梦境，梦境太长太冗杂太迷离太刺激，他一辈子也走不出去，而他的肉身也就保持着亘古不变的僵直的样子，给人的错觉就是太专心致志全神贯注一丝不苟废寝忘食。没有人会注意到他已经死了。

直到他充的网费业已耗尽，又有新的客人走了进来，网管才注意到他的机子早已黑屏，于是用手轻轻地拍着他的肩膀友好地询问道：“请问这位帅哥还要加钱吗？”但青年的身子一声不响地栽倒在地，还伴随着一阵腐败的气体直冲云霄。网管才歇斯底里地尖叫起来，引来了警方的勘察和侦办……

挂历也扼腕叹息于少年的英年早逝，大好光阴虚掷还得不到善终而猝死在一个阴暗的角落里，他细细思忖其中的原因，终于在晨光熹微的某一天找到了答案，那就是欲望的膨胀是感召死神快速降临的最有效的方法，如果被欲望控制，就等于被死神控制，所以……他也就找到了自己的使命所在，不再为身处黑暗和腐败的地方而郁郁寡欢，因为在这种地方，自己的心就是释放光明和爱的源泉……

女人在对生活已经完全绝望生命已近枯槁的弥留之际如死尸般躺在一张被窗帘遮蔽着的严严实实的席梦思床上静静等待死神的接引，死亡的降临。屋中晦暗了不少，阳光被挡在了屋外，鸟雀的叫声在另一个世界，欢乐与她绝缘……如果心已经死了，一切都不复存焉，周围的一切都会跟着她死去……所以屋子里冷得出奇，那是一种不属于冬天的寒冷，而是一种生机完全断绝的如地狱般的透骨的死亡的凄凉……

没有什么比死亡更可怕更让人惶恐的了，归根结底那是一个未知的世界所营造的未知的恐惧，同时，还伴随着疾病的肆虐。身体早已破败不堪，断壁残垣，满目疮痍，不用去看，自己完全能够感受得到——体内的世界是怎样的凄惨。在医院宣布已没有希望的那一刻，女人的心理防线全面崩溃，她趴在自己丈夫的肩头哭得天昏地暗，那种撕心裂肺的哭泣，令在场的人都感觉已看不到明天的太阳，仿佛死亡就在眼前，离得太近太近，已缠上了自己的躯体和脖颈……

男人什么都没说，他知道语言已苍白无力，什么坚强，什么不要怕，都是千篇一律的谎言和最软弱的欺骗，连医生都束手无策的事情，自己一个凡夫俗子又有什么能力让一个绝症患者恢复如初？除非时光倒流，回到小时候，做着美梦，无忧无愁。

时光倒流。

仿佛灵光一闪，男人的脑海里铺展着一幅美丽而动人的画卷：森林的尽头，傍着一泓潺湲的溪水，闪着碧波粼粼的光，鱼儿不时跃出水面。森林里，鸟儿飞翔，永远也不厌倦地唱着歌谣，蓝天的白云缓缓流淌。一幢小屋，在眼前伫立，毛茸茸的懒猫在阶梯上假寐，享受着太阳的光芒；屋后，一块花圃围绕，姹紫嫣红，倾吐芬芳与骄傲，蝴蝶翩跹起舞，随心所欲地拈花惹草，蜜蜂视而不见，低头忙碌采蜜回蜂巢，奉献给谁，不知道。一个女子在这里祈祷，望着花丛，喃喃低语，半晌，睁开眼睛，微笑，心情极好，她以为这就是幸福的怀抱，所以随风摇曳的歌曲里缠绵着浪漫的蓬蒿……

这是男子心中的画卷，也是多年前真实出现的场景，那时他们还没有结婚，在一次浪漫的旅游中，他们看到了此生中最难以忘记的场景，就是森林尽头的自然之美，他们在这里，找到了幸福的栖息地，那远离尘嚣的净土，是人人渴盼的净化灵魂的天堂。可是却并不是那么容易得到，因为现实的束缚和脱不得身的桎梏将他们紧紧套牢，于是留下了一个梦，一个倩影，只有偶尔休息的午夜梦回时才能看到。

男子想到这是一个美丽的所在，他不能失去这个地方，她也不能失去，无论在什么时候，那里总是一片静好，它牵引着他们的灵魂，那些受到无法治愈的伤害的灵魂，在这里，都可以得到最好最妙的抚慰。于是，男子要带她去那里。他已下定了决心，如果真是要死，也应该死在最美丽的地方，而不是死在城市里这污浊的所在，这污秽的墙角。可是女子的病太重了，那里太远了，她恐怕坚持不住，在半路就殒殁了，那就是再也无法弥补的遗憾了。男子黯然摇头，以为一切都无法更改，像落地的鸡毛，混杂在泥土中，连曾经的味道，也找不到。

于是男子来到楼顶，遥望着夜空，遥望着墨色的黑云，遥望着稀疏的星星，忽然想到，其实美丽在哪里都可以得到，只要心有所想，任何地方都可以变得美好。

他欣喜若狂，为自己的灵智顿开手舞足蹈，他知道该怎么做了，但是一定要抓紧时间，因为自己的妻子可能已等不到那一刻，决不能让这最后的希望落空，他要连夜赶工，在楼顶缔造一个美丽的花园！

阳光拨开最薄的云在天顶最开阔的地方透出第一缕光芒，七种颜色混合的金色的光芒照在楼顶的盛开的花瓣上，透过上面尚未滴下的露水，散射着四面八方的还没有热量的光芒。然后太阳缓缓升起，光芒越来越多，遍洒四方大地，传递无限希望，赐予幸福在这小小的楼顶，装潢着一个美丽的世界……那些花都是假的，但它们却永远不会凋谢，正如他的心，永远不会枯槁……

（十二）

路灯的意识觉醒于一派黯淡的阳光中，没有铅云的笼罩，只是日光曚昽，散射着悲天悯人的光芒。在这样的光芒中，路灯被一种不安而焦灼的情绪侵扰得六神无主，惶惑不安，仿佛被困在一个四面闭塞的陷阱中，找不到出去的方向。他预感并且肯定有什么事将要发生在自己的视线所及范围之内，而这件事的结果也与自己有着千丝万缕的联系，或让他充当一个见证者传递某种信息，或让他充当一个拯救者救危难于水火之中。不管是哪种身份，他都不敢妄加揣测，但只要一有不对的苗头燃烧，出现星星点点的光芒的时候，就是他身份揭晓的时候，该如何抉择，只有随机应变。现在最要紧的就是全神贯注紧随太阳光芒的移动注意阴影变换的方位，不能有一丝一毫的放松和懈怠，因为每分每秒的不经意的瞬间，都可能酿造出一桩不可挽回的悲剧……

一个身穿西服的青年神情紧张地注视着求职人员发放的已录取人员的榜单，在拥挤如海潮般的人群的推来搡去的挤压下，青年东倒西歪，几乎变了形状，但无论他被挤到哪个方位，眼光却一瞬也没离开过那张黄色的榜单上面的内容。对于那张榜单，他甚至连眼皮也没眨过，在他此时此刻的眼中，这张榜单的价值超过了一切，可以说是性命攸关，不容忽视。因为那上面名字的呈现关系着他今生今世的幸福。这么说可能有些严重了，在这样一个著名的私营企业中，自己的学历和资质还有社会经验没有哪一样不符合该公司的要求和标准。在前一天的面试中，他有条不紊的阐述和优良的口才的演绎、中肯的评价、略带幽默的自我介绍、不疾不徐的辩论方式都给在座的面试官留下了深刻的印象。种种迹象已然表明他已没有任何可能会被排除在这家公司的大门外。这一切本是十拿九稳的，可是在这黄色的榜单上，却没有看到自己的名字，那种欣喜若狂之情一刹那间便缥缈到九霄云外，仿佛从云霄笔直地坠落，摔得遍体鳞伤，痛彻心扉。他无论如何也无法想象到底哪里出了差错，哪一个环节没有做好，哪一点没有考虑到位。可是在飞速思忖的过程中却并没有找到自己可能出现纰漏的瑕疵，然后他抬起头，再次看向那张榜单，在一瞬间，有一个差点被遗忘的名字刺痛了他的眼。

那个名字是他的一个同乡，和他一起来参加这家公司的面试。在昨天的面试环节中他一直情绪低落，神色不对，直说自己完全没有希望，还说这个青年一定行，因为青年的能力比他强得太多了，这是众所周知的事，大家早已心照不宣，无须解释，还说什么青年如果发达了，可不能见利忘义，将他给抛弃了啊。说完，便哈哈大笑，笑声有些苦涩和失落，似乎青年百分之百会被录取而不会有任何意外似的。青年听到同乡的称赞，欣喜之情自是溢于言表，但碍于同乡的面也不好表现得太过明显，只好浅浅一笑，假装不放在心上，还顺带漫不经心地安慰了同乡一番，鼓励同乡不要轻言放弃，最后一刻没有到来谁也不知道会是什么情状，并请他放宽胸怀，不要介怀，即使没有被录用，凭他的才干，哪里不能容身，何苦要在一棵树上吊死，自找罪受呢？太不划算了。同乡当然是礼貌地点点头，感谢他的安慰和鼓励，并说自己一定会坚持到最后，绝不会输给他。

而当尘埃真正落定的时候，青年却沉不住气了，一个完全没有希望的人如何会被录取而一个希望万丈的人为何会被淘汰？这让青年义愤填膺，恚怒难当。他已察觉出这件事肯定有猫腻，其中的勾当不用细想就能够揣测个八九不离十，不是同乡动用了什么手段就是这家公司的老总得了什么好处才让自己被挤掉让一个不如自己的人替位，而自己还被蒙在鼓里，傻傻地等待好消息的从天而降，而这好消息却降临在别人的身上，自己连哭都觉得如此勉强。所以愤恨之情立刻占据了主体地位，无名业火被勾引燃烧得毕毕剥剥，充斥于五脏六腑每一处关节并在气孔的空隙处传递着接力的火苗，熊熊燃烧，烧红了眼眶，烧昏了头脑，烧得魔鬼露出了狰狞的笑，手舞足蹈，在他的身旁环绕，好不逍遥！

“不公平！这不公平！”青年大声嘶吼，仇恨的力量如山泉般踊跃，双臂愤怒一推，身边拥挤的人群立刻如一浪一浪的波纹向后退却，人群纷纷跌倒，惊呼声一片。然后青年从人群中跳了出来，疯狂地叫嚷着：“我要见你们经理！这不公平！不公平！我要当面质问他，为什么要把我刷掉！为什么不录用我？为什么要录用一个完全不如我的人？为什么？我要他出来给我解释！”

青年一边疯狂叫嚷一边向公司大门冲撞，两个保安兴许是习以为常、司空见惯，见到青年如疯虎一般的冲撞，也没有露出什么特殊的惊讶表情，而是例行公事般地撇撇嘴角，如山岳般屹立在门口，伸出双臂，没费多大力气就阻住了青年的前进的趋势。也没有采取任何攻击的动作，只是用双手紧紧钳制住青年的手臂和胸膛，不让他前进罢了。青年毕竟是文弱书生，从小与金戈铁马绝缘，不谙武艺，如何冲得过两个身经百战经验丰富的保安所布下的阵势，只是凭借着一腔愤懑所激发的潜力横冲直撞，但终究是外强中干，不能持久。当身体疲累的时候，怒火渐弱，意识模糊，终于瘫倒在地下，仰望着天空，直喘气。青年没有昏迷，只是耗尽了气力，他大口大口地喘气，仿佛危在旦夕。两个保安见状，也吓了一跳，赶忙走上前摸摸他的心跳和脉搏，才确定他并无大碍，但是对于他躺倒在公司门口的这种做法却大伤脑筋。这不仅影响公司的形象，还会把警察招上门来，虽说一个偌大的公司并不畏惧一个“无赖”，但却畏惧“无赖”无止无休地撒泼而导致麻烦接踵不断的后续效应，长此以往，扰人心弦，不得善罢，终是难以安心，而且还不能采取过激的手段来应对。俗话说“人急悬梁，狗急跳墙”，若真惹得他不顾一切在公司门口悬梁自尽，哎呀，那这娄子可就捅到天上去了，公司沾上了这块污渍，今生今世也休想洗掉，还是赶快想个两全其美的办法将这位青年给暂时安排一下，免得因小失大，噬脐莫及。两个保安蹲在仰面躺倒的青年身边，瞧瞧四周，好像在搜寻什么地方。眼光焦点停顿在某个地方，闪现了一丝喜悦的光芒。二保安相互会意，就将青年抬到了那个地方——草坪的周边一张木质的长凳，刚好够他栖身。现在任由他躺在那里，是生是死与自己再无任何牵扯了。当二保安完成了这份额外的差事，拍拍双手，神气十足地回到了他们各自的岗位上，心中的得意扬扬足以使他们激动很长时间而不会厌倦，可惜的是却无人欣赏也无人分享，除了他们自己。

二位保安之所以对公司如此恪尽职守，每时每刻都把公司的利益放在最重要的位置，最主要的原因是这里的待遇在某一片领域里屈指可数。其他同行难以相提并论。如果，这次因为不能妥善解决问题而不得已失掉工作，那自己的心里确实会自责和惭愧。即使保安这种工作并不如何难觅，但至少如现在这般舒坦和待遇的地方却寥寥无几，可遇不可求，所以留在这里，即使是看在钱的份上，也要尽一份忠心和诚意，决不能因为自己的玩忽职守和睁只眼闭只眼的漫不经心而酿成不必要的麻烦和悲剧，因为那样太不划算，太不值得了。他们的人生是手拨算盘的运行方式，虽然简单，但也会考虑再三，不会让珠子落错位置，也不会让别人的手来插足自己的算盘。大家都是聪明人，没有傻子，除非是真正的傻子，而真正的傻子往往能得到真正的快乐，因为他们不会试图阻止快乐的到来，而聪明人恰恰相反。他们将快乐阻挡在外，试图收取快乐的代价，在等价交换的概念中，快乐踅身而过，向另外的地方飞去，再也不会到来。

单独霸占长椅睡觉的人很多，群众也不再去理会，纷纷散去，青年觉得自己的身体已经恢复得差不多了，思维也清醒了不少，只是灵魂仿佛失落了，火焰也还没有熄灭，看着天空泛起的墨色的云彩，他的心里格外复杂。他觉得那些云彩就像一把把幻化而成的刀片，丧失了曾经的温柔与美丽，在他的头顶盘旋，好像在示威，又好像在告诉他男儿应该投笔从戎，不应该退化成一个腐朽的毫无缚鸡之力的柔弱书生，除了写几个字，什么都干不了，就像现在，被别人像流浪狗一样驱赶出来，像扔垃圾一样扔在了这里。如果不是自己还披着人的外衣，他们说不定真将自己给扔进了垃圾桶，最后无情地处理掉。这就是自己的命运，被永远践踏的命运，而究其原因就是因为自己的懦弱和自不量力。自不量力没有关系，可以通过武器来弥补。人们不就是通过武器来武装自己使自己变得更加强大所向披靡吗？血肉之躯是无法与武器相对抗的，要不然原子弹也不可能摧毁一个城市，一颗小小的子弹也不可能夺取一个人的生命，这都是武器的力量所产生的效应。赶快拿起武器，保护自己，洗刷耻辱，报仇雪恨，让别人对你畏惧，对你顶礼膜拜。想着，想着，他觉得自己的灵魂又返回了自己的身体，不过却被注入了一股邪恶的力量，思想中种种不平都化成了一股股黑色的火焰，将自己包裹，将自己锻造，尔后火焰渐渐小了，变成了一把镰刀的样子，刀刃是令人刺骨的冰凉，刀尖闪烁着令人魂飞魄散的光——一切与死神一般无二。

青年朝商店走去，在一股邪恶的力量爆发前谁也没有感受到灾难的来临，也不会去在意一个年轻人眼中的神色是怎样的可怖，表情是怎样的狰狞和扭曲。

他买了一把毫不起眼却异常锋利的小刀，藏在衣袖中，心里发出一串放肆的邪笑，然后眼前的人群渐渐变化，像一只只放大的鸡，又像一只只待宰的羔羊，待他们靠近自己的身边，在不经意的一瞬间，一刀挥出……

人群四散奔逃，吓得惊慌失措，魂不附体，尖叫声不绝于耳，现场一片混乱。

已有几个人倒在血泊中，不省人事，现场是触目惊心，不忍卒睹的惨痛。

青年似乎杀上了瘾，仇恨在他的世界中大大宣泄，他哈哈大笑，满脸鲜血，点点滴滴，在晦暗的光线中，看不见的魔鬼拍手称快，载歌载舞……

路灯的意识如狂飙般翻涌，他觉得自己的身子随时都可能爆裂，他不是因为自己没有出手而惭愧，而是因为他发现自己根本就没有能力与被魔鬼附体的青年相对抗。他的力量太弱了，他只看到一片殷红的鲜血飞溅，凄惨声不绝于耳，像是砍在自己的身上，不断受着相同的煎熬！他只能凭借着模糊的意识在心底大声呼喊："请阻止这一切！不论是谁！不要让悲剧继续！不要让魔鬼得逞！"

警铃大作，警车还没停稳，五六个警察就从车上冲了下来，一拥而上，将魔鬼压在了地上，夺下了他手上的武器……

救护车紧随其后赶了过来，将倒地的受伤者送往医院，经过抢救，伤者脱离了生命危险，慢慢疗养，他们总会康复的，可是留在心里的伤口却什么时候才能康复呢？没有人知道，因为灾难太多，尤其是人祸……

知了的意识觉醒于一阵散发着青草芬芳的笔直而粗壮的树干那有些龟裂的树皮上。他小小的身子在同伴中显得硕大而醒目，紧紧贴着似乎随时都有可能崩裂的向外翻飞的树皮的一角静静蛰伏，不和他的伙伴一样鸣叫而耗损自己的生命时光，只因他知道自己的使命早已超脱原本凡俗的一切，在神圣的意识诞生的那一刻，就注定他不同凡响，拥有无穷无尽的时光。这是作为神祇的光芒即将闪现的标志，他还要刻苦修炼，经历无数岁月的洗礼和磨炼才能超脱于凡世，飞升天庭，成为真正的神祇而永享无忧无虑的时光。修炼的法门有很多，可以清修，也可以在生活中恍然大悟。清修需要时间，而大悟需要慧根，这两者对于知了来说都有些困难。时间他可以不必计较，完全沉浸于"清"而达到心无杂念、万物皆空的境界却不容易，时而会因寂寞而被外物干扰，修为难进跬步，遥望未来遥遥无期，这是让自己最苦闷最无可奈何的事。在生活中修炼，看似一件美妙而轻松的事，实则荆棘缕缕、困难重重。他可以看到很多事情，穿梭于大街小巷，但却无法看透这很多事情的本质，也无法得出应有的结论，更无法悟出在这件事情之外蕴含的哲理然后来指导自己怎么做，这就是缺少慧根的表现。不过没有慧根也不要紧，看看"悟"字，拆开为"吾""心"，即"我心"，相由心生，境随心转，悟靠顿悟，万万千千事擦身而过，只需一件事，触动心灵深处的门闩，迎接万道金光的照耀，如醍醐灌顶，豁然开朗，仿佛置身于天穹的顶端，看万物在心中包罗，或在身畔旋转，一切，就这么简单……当知了顿悟的时候，也产生了这种感觉……

那是在一个十字路口发生的故事，但那只是一个开始。

十字路口是最安全的地方也是最危险的地方，因为人的素质参差不齐，闯红灯的有车也有人，但不管是谁先违反规则，吃亏的总是身为血肉之躯的人。所以当一个女子因为有急事不得不闯红灯而穿行在川流不息风驰电掣的车流时吃了亏，被一辆货车撞倒在地，货车司机惊慌失措，立马加大油门逃之夭夭，只留下一个受伤昏迷的女子倒在血泊中……

警察还没赶来，救护车还未出现，群众没人施与援手，只是喊喊喳喳，议论纷纷。

这时，从人群中冲出一个青年，飞奔到受伤女子的面前，将他背在背上，片刻不停地朝医院奔去，所幸这里离医院不远。

所幸，女子伤得不重，很快就会康复如初。

而那个青年将女子送进医院确认她平安后便悄然离去，再也不曾出现。

货车司机被找到，躲得了初一，躲不了十五，逃逸的罪状可不小，可是因为原罪不在他，也只是赔点钱了事。

这件事解决了，女子却想着另一件事，那就是送她到医院的人，她一定要感谢他，找到他，至少要请他吃个饭才成，铭记他的恩情。经过多方探寻，女子终于找到那个救她的青年，婉转地说出了请他吃饭的要求，青年点点头表示同意。

然而女子在这时却有些后悔了，因为她发现救他的青年身份很低，只是一家餐厅的服务生，而自己家财万贯，身份高贵，如果……他提出什么非分的要求，那该如何？其实对于女子来说，如果男子的身份不是如此卑微，那也不无走到一起的可能，可现在，情况却有些纷繁复杂，盘根错节。他若借着这个机会和我交往，那可如何是好？不行，干脆送他点钱得了，吃什么饭啊？吃出什么事情来到时候后悔也来不及了，我可不能让自己一辈子的幸福毁在这里。但女子转念一想，吃饭的事都已经定了，如果突然取消，改成送钱……这似乎有些不太好吧！虽然他只是一个服务生，但也不能这么看不起人啊，毕竟他救了自己！于情于理吃顿饭见个面亲自感谢总是应该的，不能推辞的……可……女子想到这里，又有些踟蹰了。不过想来想去，终于还是想出了一个办法，让朋友陪自己一起去，在关键时刻也还有个照应。如果青年有什么出格的语言，以后立马斩断联系，誓死不相往来，就当是一场幸运的噩梦吧。

主意打定，女子也就坦然了。

在一个阳光灿烂微风飕飕的日子里，青年来了，只是淡淡地笑着，不多说话，眼神的光芒也只是礼貌性望了望女子带着客套的感激的眼光，而后转向他处。即使吃饭的时候也是如此，他甚至一直埋着头吃饭，没有抬起来，也没有说话。

女子和她的朋友有些纳闷，她们面面相觑，除了重复地说一些感谢的话之外，再也说不出任何话来。而男子只是淡淡地礼貌地微笑着回应道："没什么，这是我应该做的。不值得感谢。"

直到饭局结束，男子鞠了一躬表示感谢后就径直离开了，丝毫没有留恋。女子愣了愣才反应过来还有事情没完，于是她追了上去，拦住了青年，将一沓钞票塞到了他手上，道："你救了我，我也没什么可感谢你的，这点钱，只是我一点心意，虽然不多，但请你收下。"

男子微微一笑，淡淡地说："你有这些钱何不去捐给那些需要帮助的人，我有手有脚有工作，拿这些钱来干什么？请你收回去吧，也不用再感谢我了，我救你只是一种偶然，因为在那种情况下，无论是谁倒在那里，哪怕是只动物，我也不会袖手旁观的。小姐，请回吧，你朋友还在等你！"青年客气地说完后毫不留恋地转身离去。

"哎……"女子还想叫住他，总觉得还有什么事没有问，可是话一出口思维便即阻塞，不知道该问什么，只能看着青年的背影渐行渐远，静静地思忖下面的问题。

"他是一个好人，我看是你多心了 。"同伴不知什么时候跑到女子身边，说道。她也看到了青年刚才的举动，听到了刚才谈话的内容，于是才得出这样的结论。

"对了，你怎么不问问他的名字？"同伴忽然说道，"连恩人的名字都不记得，这是不是有些……忘恩负义啊？"

"哎呀……这能怪我吗？……我当时心里也很乱……连说什么话都不知道……哪里还记得……不过……你怎么不问？"女子忽然念头一转，薄怒地质问着同伴。

"拜托，是你的救命恩人，又不是我的救命恩人，你都没有开口，我怎么好意思喧宾夺主呢？"同伴镇定却又漫不经心地反驳道。

"你……"女子还想反驳，却又找不到反驳的理由，因为同伴说得有理有据，合情合理，是自己的疏忽和杂念所致，失了情分，与同伴并无多大干系。想到这里，便觉得有些理亏和惭愧，但再一想，同伴的话虽是有理，但不能一点责任都不担负，自己请她来的目的就是让其相互照应，见机行事，暗暗地帮助自己。这下可好，非但没有给自己帮一点忙，还留下这么一个不大不小的娄子，弄得自己既尴尬又羞惭，甚至有些无地自容，这一切难道与同伴没有关系吗？肯定有，关系大着呢，如果同伴机灵一点，聪明一点，定能够将局势扭转，完美收场，绝不会弄成现在这个不尴不尬的样子（虽然对青年来说并不算什么，甚至没有放在心上）。所以想到这里，女子的怒气就涌了上来："那我请你来干什么？"

"不是请我吃饭吗？"同伴摆着头，明知故问地装傻道。

"吃饭！？吃你个头！"女子生气地啐道，同时伸出食指戳了戳同伴的额头，"你除了吃饭还能干什么？你一点忙都帮不上，有什么用！我看，还不如请一只阿猫阿狗来得强，至少，它们会听我的话，不像某些人，自诩为好……朋……友，言而无信，说好了关键时刻帮我的，结果呢，不闻不问，跟个木偶人似的，也不害臊！"女子说完，也不再理会同伴，怒气冲冲向前走去。

"哎哎哎！等等！"同伴见状，赶忙拉住女子。

"我说大小姐，你这发的是哪门子脾气啊，我完全摸不着头脑啊，你昨天不是告诉我叫我提防这男的的举动吗？万一他有什么……可事实是，你也看到了吧，这男的是一个好人，坦荡荡的君子，你是以小人之心……不不不，是我们以小人之心度君子之腹了，我们都想错了。然后我们心里有些惭愧，然后我们给他钱他又不要，然后他就这样走了，连名字也不知道，所以……所以我们心里就……总之，我们还应该做些什么，是不是？"

女子看了同伴一眼，怒气已消了大半，叹了口气道："只有这样，我这良心才能平安，我可不想这一辈子都活在愧疚与自责当中。"

"那你想怎么办？"同伴疑惑地问道。

"我想帮他换个工作。"女子道。

"他不会接受的。"同伴摇摇头表示否定。

"你倒很了解他啊。"女子忽然打趣道。

"拜托，是个明眼人都看得出来，还需要什么了解。"同伴辩解道，"你如果不信，你可以试试啊。"

"唉！"女子叹了口气，继续说道，"我又何尝不知道，他连应得的报酬都不要，怎么会接受额外的恩惠，我只是……想了解他……”

“你该不会是……”同伴忽然惊愕地睁大眼睛，望着女子，下面的省略的意思呼之欲出，不言而喻。

“也许吧，不过我现在只是想了解他，单纯地了解他而已。至于以后怎么发展，谁也不知道，看情况再说吧。”

也许是好奇，也许是不可抑制的悄然而起的某种思绪，开始在暗地里将女子的心扉缓缓牵引，在这种说不出道不明的神秘的力的指引下，女子开始刻意去观察青年的生活中的点点滴滴。她发现青年的生活很简单很有规律，从不抽烟、喝酒、赌博，存下的钱都会捐给那些比他更困难更需要帮助的人。有乞讨者经过他打工的餐厅，他也会毫不犹豫地在没有经过店长的同意下给其送上一份丰盛而殷实的外卖，常常惹得店长勃然大怒暴跳如雷，他却不以为意。有老人跌倒在地，他也不会因为怕被讹诈而不闻不问不管不顾，而是走上前去礼貌而恭敬地将其扶起，在行人纷纷侧目的余光中老人脸皮再厚再为老不尊也不好在此时此刻恩将仇报倒戈相向。遇上不小心被飞驰的汽车碾死的小动物，他也会为它们祈祷，将它们埋葬……他孑然一人，习以为常……

时间会在悄然不觉间流逝，女子心中的情愫越来越浓烈。如果开始的时候只是由于愧疚或好奇而打开那窥探另一段生活的门径，那到现在就是一发不可收拾的沉醉和深陷于其中而不可自拔。也不知从什么时候开始，她便对青年展开了追求的攻势。起先，青年也是淡淡地委婉地拒绝，理由是自己配不上她，很多次以后，女子当然不会死心，依然不离不弃，没有退缩。在这种情况下，青年并不是铁石心肠，他当然会被感动，所以终于在一个大雪纷飞的日子里，在暖暖的动人的时光中，他们顺理成章地走在了一起。

他们还有最后也是最重要的步骤没有履行，那就是结婚。女子的母亲斩钉截铁地阻隔让他们无可奈何地变成了牛郎织女般的“盈盈一水间，脉脉不得语”。这让女子痛彻心扉，以泪洗面，但又无能为力。作为母亲，谁不希望自己的子女获得天长地久的幸福而永享天伦和温馨，不过母亲眼中的幸福的诠释却另有他意——父母之命，媒妁之言，指定的幸福任何人也不容抗拒，不可置疑。

女子在万般无奈之下决定与青年离去。天下之大，何处不留人？即使丧失了金钱的支助也还有手和头脑，总不至于流落街头，困顿拮据。不过即便那样也无妨，只要有他的地方就会幸福甜蜜，再无妄想和争议，静待时光流逝。任风吼九月，碎石漫天，黄沙靡地，也有梨花万树，桃李芳菲，姹紫嫣红，芳香四溢，美丽不可方物的场景！

女子心中期许的幸福弥漫心房势如破竹掩埋了眼前的不幸的烽烟，可青年却在这个时候悄然离去，只留下一封信静静地躺在书桌的正中。

不安和恐惧使女子浑身颤抖，她似乎预感到什么，但不能就此肯定，并且怀揣着最后一个奢望。那信上的名字不是他，一定是别人，他没有理由离开。于是自己强装镇定地一笑，尽最大毅力克制着自己情绪以期安之若素打开信封，但所有的情绪在她打开信封的那一刻便统统失落了，像突然碰翻的开水，无可挽回地泼在地上，水撒了，热气还在升腾，像浓烟，带来一阵突如其来的滚滚的热浪，灼烧着心中隐秘的伤口，疼痛没有间歇……

请原谅我的不辞而别，虽然我知道你一定不会原谅我。但是我必须离开，不是为了你母亲的阻遏，而是为了你今后的生活。从我那一次不经意地救你开始，我的心就不由自主地停留在你的身上，可是我不敢奢求你的青睐和眷顾，因为在你的身上闪耀的是绚丽的华彩。你的生活本是花团锦簇，蜂萦蝶绕，四季如春，没有寒冷，没有凉薄，没有伤害，没有外界的雨雪风霜，一直是这样，不会因为任何人的出现而改变，即使是我。即使你愿意，我也不愿这样，如果是那样，我宁愿从来没有救过你，从来不认识你，这样至少能让我做着一个美丽的梦，直到在死亡来临之前，我还能感觉到从来不曾消失过的温暖。这温暖会一直伴随着我，不会枯萎，像你美丽的容颜一样经久不衰绽放着光芒。我也没有奢求过你对我的感谢，如果是为了钱，我会羞愧得无地自容，所以我宁可转身离开，不多看你一眼，也不会让这种带着世俗的感谢而让自己身心卑劣，抬不起头。我也没有奢望你会记住我，虽然有个念头与之背道而驰在我隐秘而不为人知的期许中默默地开放，但即使这样，我仍然不奢望，也不希望，甚至有些惶恐，但愿那是我想多了吧。我觉得当时你尽快忘了这微不足道的温情将会是一件非常荣幸的事，那对你来说将再没有看不见的牵绊和束缚；而对于我，也更有一种无法言喻的如释重负的庆幸和温馨，也许会夹杂着失落和忧伤，但那无关紧要，至少对你的幸福来说，那是多么的微不足道啊！可我没想到，你竟然闯进了我的生活，在我枯槁的生命中绽放着如太阳一般温暖的光芒，我幸福得无以言表，可是直到我触摸到你流泻的温暖我才坚定不移地肯定这是真实而不是梦境。况且，就算是梦，我也不愿醒来。如果在梦中长眠，那是只有当事人才能切身感受到的一种无与伦比的幸福的蔓延。很多个夜晚，我都会在莫名的惶惑中醒来，那一种不安，没有人能够述说，包括你，也包括我自己的心。我总是觉得太珍贵的东西容易破碎，所以必须珍藏在最精美的匣子中，好好地保存，不会因为时间的流逝而黯淡了它的光泽。而你在这里，在这不堪和布满灰尘的日子里，在你笑容中我看到了自己的残忍和自不量力，是的，我必须要让自己明白一个道理：你不属于这里，不属于我，那样会降低你的价值，玷辱你的光明。这在我看来，即使让我堕入万丈深渊也是百死莫赎的罪恶和不可原宥的谬误，我不能因为自私而毁了你水晶般的华丽。所以离开，是我很早就有的念头，只是一直没有合适的机会，直到你的母亲的阻遏才使我找到了最好的借口和理由。不要怪你的母亲，她是为你好，她会给你找到真正的与你般配的幸福，而那，不是我，从一开始就已注定。不要难过，我不会离开很远，我会在你的身边，一直默默地守护着你，不会出现，不要试图找我，你找不到我的，因为我的爱在你的背后那个阳光永远也照不到的角落里……

珍重

默默爱你的

影子

落款没有地址，在信纸随风飘落的那一刻，女子竟然没有一点想流泪的感觉，没有悲伤，也没有忌恨，只是觉得身体中空空如也，仿佛没有底似的，一直往下坠，往下坠……那是一颗心找不到可以停靠的地点。这不是幸与不幸，而是一种无以言说的落寞和凄清……

在很多年以后，女子还是结婚了，不是因为感情的淡薄，而是选择另一种幸福的走向。在另外一个男子矢志不渝地追逐了她若干年后，她选择了这种幸福的航向。

他们结婚后不久，男子也遭遇了一次车祸，血液流失严重，需要紧急输血，可医院血库告急，自己的血型无法匹配，转院危险难测，恰又正值深夜，医院人马寥寥无几，几名医生护士的血型也不适合。形势危急万分，女子束手无策，躲在墙角一隅痛哭不已。

女子的情绪极度低落，几近崩溃，脑子里浑浊一片，而医生却突然送来了一个好消息：血液找到了，已经输进了患者的体内，现在患者已转危为安，很快就能苏醒，不用担心。

“在哪里找到的？”女子猛然抬起头，眼泪止在脸颊，像凝固的珍珠，在白炽灯的照耀中散发着璀璨的光芒。

“是一位好心肠的先生献的血。”医生答道。

“他叫什么名字？”女子急忙问道。

“他不愿透露姓名。”医院摇摇头。

“他长什么样？”女子紧接着问道。

“他……”医生似乎不善言辞，结结巴巴叙述了一番，又加上手的比画才差强人意地将那人的外貌描绘了出来。

“他在哪里？带我去见他！”女子催促道。

“他献完血就走了。”

“往哪里走的？”女子追问道。

“往那。”医生指了一个方向，“应该走得不远。”

女子飞快地跑了出去，在夜的树丛的阴影里，在昆虫啾啾的歌声中，她已忽略了环境的存在，甚至忽略了早已不善长跑的疲乏的体力，在一丛树的拐角处，她看见了一个匆匆前行的人影。

“你为什么要这么做？”女子大声喊道，逆风变成了顺风，将她的声音拉得悠长，穿过了他的身躯，于是他的身躯定在了当地，他缓缓转过身，望着月光下的女子，露着淡淡的笑，没有一丝一毫的诧异。

正是当年那个青年，他兑现了自己的承诺，一直在她的身边，让她发现不了他，他却一直能默默地守护着她。当她陷入绝境的时候，在她万念俱灰的时候，在没有人可以帮她的时候，悄然出现，及时帮她。

“不是每只蝴蝶都能飞过沧海，”他似答非所问，“但飞过沧海的一定是蝴蝶。”

“什么意思？”女子不解。

“人生就是沧海。”男子缓缓解释道，“我们都怕掉进去，再也飞不出来。所以我们会结伴而行，绝不会孤独地去冒险，因为那样太不值得了，葬身海底没人知道。无论你我，都离得不远，我们都处在风暴的边缘，而现在，我看见了你，离我不远的你，被风暴席卷，于是我会将你救出来，就这样，在一块安全的区域，静静地等待雨过天晴，风平浪静，然后继续飞越，直到终点。你现在只是受了暴风雨的惊吓，很快太阳就会出来了，你会重新看到光明和温暖，那时你就会忘记苦难和遭受过的暴风雨的摧残，你会重新变回曾经的你，如赤子般的纯洁无瑕！”

青年说完，留下了一个微笑，转身离去。

“你爱过我吗？”女子心里清楚问题的答案，她只是希望亲口听到一个答案，一个幼稚与严肃相交织、一个简单与复杂相纠缠、一个真诚与虚伪相包裹、一个真实与幻觉相融合、一个伟大与自私相应和的亘古不变、矢志不渝、历久弥新、弥足珍贵的唯一的答案。

“蝴蝶没有翅膀怎么会飞行？除非它已葬身沧海……”青年的背影远去，声音在慢慢消弭，可是总有树的摇曳，风的影，虫的音在用尽一切办法保留着青年的声音，所以在空气中迸发的每一个音调都能够找出与还未消失前的青年的声音和背影相呼应的韵母和声调的组合，久久不会平息，像女子的心情和她在夜色中飘飞的发丝的清芬融为一体……

知了看完了这一出真实的剧目，若干年的时间仿佛只是一瞬，从青年的身上悟出的真谛，让他意识突飞猛进、豁然开朗，醍醐灌顶般大彻大悟……

（十三）

麻雀的意识清醒于一片斜风细雨光顾的六角亭的顶端，却被楼上的一个想要纵身而下自尽的女子搅得乱了节奏。雨变得悲戚和惊恐，麻雀的啁啾的啼鸣也不再婉转，而变得刺耳而令人心悸。是的，麻雀认为恚怒的气息才是此时此刻最能阻止女子轻生的方法。在绝望关头，鼓励根本没有任何用处，劝慰更是让人捧腹，至少在这种关头，在触摸到蓝天白云的栏杆的边沿，她眼中的荒芜的世界必是一片贫瘠，没有生机。而劝慰的人往往会制造虚拟的幻境，在她的眼中重塑一个新的美丽的五彩缤纷的世界，殊不知这种哄小孩子制胜法宝对于一个成年人却如同蚍蜉撼树，没有作用，反害了性命。因为在她绝望的世界里，她再也不相信光明所带给她的温暖，如果再要塑造一个虚拟的世界，那与她心中憎恨的绝望的世界又有何区别？这是一个伤疤，也是一个禁区，而在麻雀看来，得反其道而行之，顺着她的意，一针见血，戳破她的隐秘，让她相信自己的力量才是能够紧紧攥在手中的牢不可破的真实的存在。

楼下的人渐渐多了，站得并不密集，警察来了很多，消防人员也来了，例行公事地忙碌着，争分夺秒地娴熟地布置着消防气垫，救援人员蹲点，谈判人员缓缓靠近……一切在忙碌中毫不紊乱，井然有序，可见这种事情见多了，他们自有丰富的经验和处理方式。各公寓楼的窗户不约而同地敞开，在平时很难一见的“贵人”的头颅也在此时此刻纷纷探出，像一群好奇的地鼠，瞅着这不可多得的热闹。

人群在相互凑拢，七嘴八舌地讨论着女子轻生的原因。

“听说爱上了一个男人，那男人早已结婚还有孩子啦……”一个上了年纪的大婶表情夸张地说道。人们可以从她的表情和动作中轻而易举地推测出她年轻的时候一定是一个爱听八卦、说三道四、絮絮叨叨、家长里短的人。这种人的缺点在此刻被忽略不计，只有唯一的优点彰显得淋漓尽致，光彩夺目，熠熠生辉，不引人注目都不是一件容易的事。人群自发聚拢在她的周围，聚精会神地聆听关于女子轻生的来龙去脉、子丑寅卯，不过眼神的余光仍然时不时地注视着公寓顶端岌岌可危的女子的一举一动。

“女子想不通，觉得男子太不是东西啦，比禽兽还不如，自己真心诚意掏心掏肺付出了这么多，到头来却是不折不扣的骗局，感情被玩弄了，身子被糟蹋了，还有什么脸面活在世上，倒不如死了干净……”八卦大婶继续声情并茂地讲述，其中连带着对禽兽男子的唾弃和愤怒与对不幸女子的同情和喟叹，在文不加点滔滔不绝激情澎湃的讲述中得到了生动形象化的最完美的阐述和表现，群众的纷纷附和又一次增加了这种表现的力度和阐述的深度。人群中对男子的讨伐声出乎意料的一致，占了大多数，但也有人默不作声，将另一种观点埋在心底，觉得女子再怎么说也不是三岁小孩以至于智商发育不足而犯这种低级错误，对于男子的家庭背景完全有能力通过探查的手段和旁敲侧击的方式得知，从而一举戳破谎言和骗局。男子的谎言怎么可能天衣无缝瞒天过海而没有漏洞呢？不过是缺个心眼罢了，才让骗子得逞。然而从另一个角度来分析，会不会也有这样一种可能：女子为了什么目的和男子在一起呢？是贪图虚荣吗？要不然怎么会如此轻易地答应男子无“礼”的要求呢？那自己的要求又合“礼”吗？如果是这样，那女子被骗也是其咎由自取，聪明反被聪明误，责任自负，与人无尤，不值得人怜悯和同情了。这是少数人理智的念头，在沉默中隐匿着，不被人知晓。

人群在下面大喊：“姑娘不要想不开啊！你还这么年轻，还有大好的青春可以弥补，没有什么大不了的，你还有机会，死了就什么都没有了，多可惜啊！”

“姑娘，你长得这么漂亮，一定会找到真心实意爱你珍惜你的人，只是时间没到罢了，只要你活下来，就一定会等到他的！”

“姑娘，生命诚可贵，多少人得了不治之症想活都活不成，你年纪轻轻，身体又健康，何必要作践自己，毁灭自己呢？这不是让亲者痛，仇者快吗？”

“姑娘，想想你的父母吧，他们含辛茹苦把你养大，几十年如一日，无论风霜雪雨严寒酷暑给予自己多大的打击，他们都没有抱怨过，为什么？因为他们有你啊，为了你，他们可以将一切的挫折和痛苦视为等闲！现在他们老了，正是希望你幸福的时候，正是你要好好报答他们的时候，可是你就这样死了，你想想他们还能活吗？你的心为什么那么狠？”

“……”

类似的话一波接一波，连绵不断，两名谈判专家已经到了楼顶，正试图接近她的身边，但为了不刺激她的神经以免加速她的死亡所以在离女子一定距离的地方停了下来，正在小心翼翼为即将说出口的话字斟句酌。

“你们不用安慰我，也不用劝我了，因为这件事我想了很久，我已不可能活下去了，就算活着也是行尸走肉，给社会增加负担，给家庭增加创痛，我已经无路可走了，对于父母，我只能对他们说一句，对不起，女儿不孝，来世再报答你们的恩情！”女子双手合十，默默闭上眼睛似乎在祈祷着什么，然后双腿开始缓缓弯曲。

人群悚然一惊，所有人的心在刹那间被提到了顶点。

胆子小的早已闭上了眼睛，似乎害怕不小心瞧见了这惊涛骇浪的一幕而永远活在梦魇当中不可自拔，惶惑不安。但那闭上眼睛陷入一片虚无的黑暗中所缔造的恐惧的一幕画卷又比现实的场景仁慈多少呢？不过是自欺欺人罢了，凡是站在这里围观的人，他们都看见了这一幕，那就无所幸，逃不掉心里的恐惧。要么就从来没有出现过，要么就让神经变得麻木，不然这种恐惧会伴随一生，如跗骨的蛆虫。

“不行！她不能死！”麻雀在心中惊惶地呼号，急中生智，化为一道红光摄入不远处的一位双腿残废的流浪者的头脑中。

“哈哈哈哈哈！”流浪者哈哈大笑，笑声洪亮而悠长，在空旷的天空中回荡，如穿越时空的亘古的编钟，重重地敲击在每一个人的心坎上，于是人们灵魂一振，感觉神清气爽，就连女子也刹那间停止了迈向虚空的脚步。

人们好奇地凝视着面容邋遢、衣衫褴褛、双腿残废，杵着一副破烂不堪的滑板却气定神闲、悠然自得地行来的神秘的流浪者。

他要做什么？人群纷纷猜测着下不了结论。

“你们干什么？统统盯着我干吗？难道我很帅吗？哈哈哈哈！”流浪者冷不丁冒出这么句话，然后又哈哈大笑起来，似若癫狂。

“原来是个疯子！”人群恍然大悟地说道，“还以为他是个江湖高人了。”

“胡说八道！谁说我是疯子？”流浪者听到群众损他是疯子，怒火升腾，大声詈骂起来，挥舞着双臂，如大猩猩般激烈地抗议着，如果不是双腿残废，说不定立刻就从滑板上跳了起来。

“警察同志，赶快将这个江湖疯子撵走，不要让他留在这里妨碍大家的救人的工作！”

“就是，人命关天，哪里有闲心跟这个疯子纠缠……”

可是所有的警察都没有行动，因为他们觉得在这个关头分出部分精神去管理这件无关紧要的闲事实在是浪费社会公共资源。一些人闲着没事干，硬要跟一个流浪汉较劲，这确实让人有点心寒和不忿，人家流浪汉就笑了一下，声音大了一点，又没叫你听着，又碍着你们什么事了？若是说心里厌烦讨厌他，那纯粹就是自己的事，与警察无尤，为何要把这些个破事儿推给警察？警察是惩奸锄恶、济危扶困的，不是给你们扫除心理障碍的医生。警察们就这样想着，仍执行着手中救人的任务，对于逮捕流浪汉的群众的呼声却是充耳不闻，不予理睬。队长也没有下命令，说明队长也是一个比较理智和冷静的人。他在危险关头临危不乱的作风和气质全被流浪汉看在眼里，心里赞许不已。

“这可真得感谢你啊！”流浪汉在心里庆幸地说，“不然我们将很难救得了这个女子了。”

“我的神力不高，只能制造幻象，不过这已经足够了。只要能让她产生恐惧，她就会退缩。只要会退缩，她就得救了。”流浪汉在心里盘算着自己的计划。

“姑娘，请看看你的脚下，看看下面的人们，仔细看，那就是你——想要去的世界！”流浪汉朗声说道，突然眼里射出一道金光，直飞向女子的脚边。

人群在刹那间呆若木鸡，仿佛失了灵魂般，他们的意识迟钝了，声带迟钝了，忘了继续呼号，唯有眼睛一如既往地散发着明亮和好奇的光芒。

于是在女子的眼前也就是在她即将纵身跃下的地方，一片不安分的形容丑陋的乌云堆叠起来，慢慢地显露出一个黑不溜秋的骇人的狰狞的面容，接着发出“咯咯”“嚯嚯”“呵呵”的摄人心魄的诡谲之音，如鬼魅，如旱魃，如河童，不断往来变幻，张着血盆大口，撩着青面獠牙不断临近女子的那张早已失去血色的脸庞。

“跳啊！可爱的小姑娘！跳啊！你怎么不跳呢？你不是那么想死吗？你不是那么渴望进入这个死亡的世界吗？你不是那么期待与我们作伴吗？可是你为什么又犹豫了呢？不，你不能犹豫，你看看我们，多可爱啊！多淘气啊！”无数张黑魆魆的丑陋的面庞在女子的面前穿梭，带着死亡的浸透灵魂的恐惧和阴暗，狞笑着，戏谑着。此时的女子像不幸的小鸡碰上黄鼠狼，像倒霉的羊羔碰上大灰狼，除了鱼肉注定的命运之外，别无逃生的可能。在这种生平未有的恐吓之下，另一个世界的灵异的不可思议的东西出现在她的面前，明明白白地告诉她如果要死那她就会和这些东西永远在一起不离不弃，生死不离，那是她想要的东西吗？换个说法，就算是想死，她也不过是为了逃避现实生活已经无法面对的绝望，然而在死后的另一个世界，那里是如此可怖的不忍卒睹的丑陋和污秽的存在，自己怎么可能忍受这样的生活？不，不是这样的，自己不会变成这样的，不会的，它们只不过是吓吓我，吓吓我！不能信它们！

“来啊！拉着我的手，来啊，只要我们向前迈开一步，那么轻轻的一步，你就和我们一样啦！那个世界很美很美的！真的,不骗你,就和我们一样,你看！就像是我的脸！”

一个娇滴滴的声音在女子的耳边响起，她不由自主转头一看，吓得歇斯底里尖叫不已，因为那个脸庞完全丧失了人形，准确地说，没有脸，只是闪着苍白的光，掩映着一团团黑云，而听声音明明是一个娇滴滴的女孩，比女子还小的女孩。她已经死了，这不由得女子不叫。

于是女子自然晕了过去，救援人员顺利地将她救了下来，待女子转危为安之后，那个流浪汉早已不见了踪影……

麻雀的意识脱离了流浪汉的身体，却再也飞回不到麻雀的体内，也就预示着他很快就会消失。这个意识的彻底覆灭意味着什么自己比谁都清楚，这才是真真正正应该觉得恐惧的事情，然而自己却不后悔，还很愉快，很温馨……

蛱蝶悄然停立在一个陈旧的电线杆上，看见了一位耄耋之年的老太太在寒风中瑟瑟而不能自已，步履蹒跚，终于在踉跄中跌倒在地。蛱蝶心中一惊，他想飞过去看看跌倒的老太太的情况，是否安好，是否不用家人操心，还是情况不容乐观、危在旦夕。可蛱蝶没有动身，在前一秒他打消了这个念头，因为三个小学生的出现。他们在老太太的身畔停了下来，小心翼翼地去搀扶着老太太起来，稳着她颤巍巍的身子，并帮她拍去膝盖上沾染的灰尘。

“老奶奶,您没事吧！”其中一个小学生焦急而关切地问道,即使素不相识,也能送来一份温馨,那是在赤子的身上,在心中的田塍上闪烁着美丽的耀目的光,不会熄灭。

老太太咳嗽了几声，逐渐看清了一个孩子的面孔，就这样在她的记忆的世界中转换成了一个顽劣的孩童，冲过来将她撞倒在地。天可怜见，她福大命大，没有受伤，但狼狈不已，现在凶手正在眼前，被自己逮了个正着，怎会放过。也不知从哪里来的气力，在枯槁的接近生命尾声的体内骤然涌出一股莫名的仇恨的力，手指变为一把铁钳紧扣在扶着她臂膀的孩童的手腕上，怒目而视。

“凶手！是你撞到了我！你这个该死的小犊子！叫你家长来！给我赔礼道歉！我要一个说法，我要一个说法！”老太太声嘶力竭地大吼道，像极了传说中的巫婆发飙时的模样，让人极度恶心。

三个小学生吓蒙了，有两个转身就跑，但他们跑了没几步，就转过身理直气壮地说：“你撒谎！我们明明是扶你！你怎么诬陷我们？这么大年纪了，还赖小孩！真不害臊！”忽然又对那个被抓住的同伴说：“你放心，我们没有做错，不就是找家长吗？找就找，谁怕谁啊？你别慌，我们很快就来。”说着转身向前跑去。

人群被老太太的喊叫吸引（准确地说是被这事件吸引，因为在此之前，从老太太倒地那一刻算起，已经有相当一段时间了），纷纷麇集在此。人群议论纷纷，但大多表示感叹，对这位“年高德劭”的老人他们是不好发出什么议论了，生怕言语过激，徒生不必要的麻烦和枝节，造成不必要的损失和意外，那就不是人们乐于见到的事情了。即使这件事在人们的心目中已然清晰无误，有理有据也只能憋在心中，不敢表露，而对于这个不幸的被抓住的孩子也只能报以同情和怜悯了。

事情的真相如何，在人群的眼中也不会有什么偏差和悖论，该是什么就是什么，毕竟不是“皇帝的新衣”，真的假不了，假的真不了，事实如何早已下了定论。所以孩子的家长作为代言人到达事发现场，听取了广大人民群众的意见之后，为了公平、公正，同时为了给老太太一个最光明的结果，孩子的家长请来了警察作为公证人以辨是非，以甄善恶。

这件事情调查并不复杂，目击者都能证明是老人自己摔倒而并非受外力影响所致。证据确凿，判决结果：老人因讹诈被处行拘七天。因老人年事已高，此判决不予执行。

这就是结果，一个本来就没有任何争议的结果，在青天白日之下所走过的步伐的实事求是的记录，并不为奇。可麻烦并没有消失，因为老人不服，赌咒发誓“要是自己骗人就死全家”，儿子也相信了老人的话，就凭着这句赌咒，他深信母亲不是一个居心叵测会说谎话的人。几十年的邻里知道老太太生活并不拮据，一向和内敛低调，这突如其来的讹诈事件使他们顿感不可思议。在他们的心里，觉得老人并不是一个小家子气的贪财的心胸狭窄的人，慈祥的外貌和笑呵呵的形象几十年中凝固在邻里的头脑的记忆磁盘中，如今只觉得这个形象有些模糊、有些颠倒，像中了风，像一场梦。当老太太的儿子流着眼泪告诉大家一定会上诉讨回一个公道时，几个小学生的家长只能无奈地苦笑了，而他们自己倒无所谓，关键是孩子们。对于做了好事却怏然不悦还被麻烦缠身的孩子们来说，让他们怎样面对社会、怎样去做好事、怎样触摸到阳光而不受到荆棘的伤害？这确是一个值得思考的问题，蛱蝶也正是这样思索的……

耳环的意识清醒于很早之前的一个凌晨时分，并铭记了一个不堪回首的血肉模糊惨不忍睹的画面。它的金色属性的光芒在喋血满地的画面中消弭了原本的璀璨，如破晓时褪隐的黎明前的星光，不同的是黎明褪隐后是灿烂而温暖的阳光，而耳环褪隐后则仍是没有光明的如通向地狱的冰冷的长廊。这是耳环的秘密，在喋血中诞生的意识并不是他的心之所向，但他明白一些自己可能做到的东西，在异样的环境中的修炼得到的不同的感悟和体验同样能助他突破瓶颈，须臾直上九霄，达到神的辉煌。这种感悟需要冥想，体验需要摸索，按照一个方法，他得出了一个结论，那就是：有些悲剧可以避免，如不幸被悲剧毁伤，再也不能挽回，也一定要让无辜的人儿不受牵连，学会坚强，找到幸福，享受温暖的时光。所以耳环将一些重要信息传给了一个人——一个女孩。

女孩在梦中惊醒，那是大学的寝室中一个月光隐没的寂静的晚上，只有虫鸣伴着心跳的节奏，应和着相似的颤抖频率，直到再也分不清是夜的抖动还是身躯的情不自禁的恐慌。依然是额头冷汗涔涔地流淌，脸在夜色中显得鬼魅而惨白，发丝凌乱不堪，还有未干的冷汗盘桓在发梢的罅隙中兀自不肯离去，显得黏稠而不自然。这些女子都没有理会，理会的是在梦的冥冥的指引中去做的事情。她用力抹了一下脸，抹掉汗水在额上的残留，也趁势抹掉了发梢的汗水的“余孽”的负隅顽抗，一边转头瞧着陷入熟睡的室友，一边只有强力压制住自己的恐惧和惊惶悄然下床。她带上一件白色衣衫进了盥洗室。盥洗室黯淡的灯光掩映着女孩惨白的失去血色的脸庞，女孩的心脏在“哗哗”的流水声中孤独而欢快地跳跃着，声音在悄然扩大，似乎整个盥洗室的空间中都充斥着这种不安而诡谲的跳动，然后水的声音和搓洗衣服的声音混合在一起，演变成了一种地狱的恶鬼不安而狰狞的邪笑，在墙壁的空隙间穿梭不停，似要将这唯一的活着的生命戏谑一番后再缓缓吞噬掉……

女孩虽然极度惊恐而惧怕，但是双手却不停地搓洗着白色的衣衫，那黯淡的灯光照着早已褪了色的雪白的反光。

“红色……不要……不要……红色……”女孩嘴里喃喃地重复着，身体颤抖如筛糠，嘴唇咬得青紫似已将血液的颜色改朝换代，瞳孔中的可怖的光芒一刻都没有停止。在穿过肥皂泡沫的溢满眼眶的唯一画卷中，耳环在重复着梦中的秘密。

一个穿白色衣服的女人衣袂飘飘似从天而降，在女孩的眼前，全身上下白得刺眼，带着微笑地凝视着女孩。女孩怔怔地注视着她的脸庞，瞧着她如此相似的脸，竟然油然而生出一种不由自主的亲近感。于是女孩伸出手臂，一步一步朝白衣女人怀中走去。白衣女人伸开双臂，像天使的羽翼，迎接女孩的光临。可是就在女孩快要接近女人的怀中时，女人的胸口开始慢慢变红，像被锋利的刀片划过柔软的躯体，再如摔裂了的装着蜂蜜的罐子，红色渐渐扩大，侵略了整个身体，那是流淌的血液，从手臂、从腹部、从腰肋，最后从白皙的脖颈，蜿蜒而曲折地流淌，很快就变成了惨不忍睹的血人。

女孩歇斯底里地大叫，从梦中惊醒。在醒来之前，她还有最后的慌乱中的一瞥，只看见了女人眼中的泪水绝望地流淌。她并没有追上来，也没有追出梦中，只是神色悲哀地绝望落泪。现在，女孩眼看着放在角落里的那件白色衣衫，想到了上面兀自流淌不绝的血迹，即使衣服实际上洁白无瑕没有任何杂色，也依然无法阻止女孩这种日复一日在半夜三更清洗衣服的举动——这种现象持续了好几个月，而近来越来越频繁。

衣服是不能再洗了，因为同寝室的人都被她这种鬼魅般的作为吓得花容失色，纷纷退避三舍，像见到《午夜凶铃》中的贞子一样惊恐万状，于是以各种方法驱赶着这个“女鬼”。女孩在各种驱遣中无能为力，压力陡增，没有办法，只能休学回家，将这种不可思议的现象告诉了自己的姑姑，求她想办法救救自己，否则自己迟早要疯掉的。姑姑也是她如今唯一的亲人。

姑姑不是周公，解不了梦，当然也不相信什么江湖术士，所以最好的办法就是带女孩去了医院。在心理医生的建议下，女孩去脑外科进行了核磁共振的检查。检查结果显示，女孩的脑子里长了一个瘤子，但是并不严重，还是良性的，做个手术就好了。也许这就是噩梦频频出现的根源吧，脑科医生得出了这个结论，虽然他也说不清楚这个小小的瘤子里为什么会包裹着一个如此血腥的而不断重复的怪梦。但对于这个，医生又有了一个新的发现，女孩戴着的耳环属于放射性金属所构造而成的，并最终确定，这才是引起女孩脑瘤的原因。

手术过后，女孩恢复得很好，待完全恢复之时，女孩以为一切都不复从前，可以无拘无束自由自在地学习和生活了，于是她又回到了学校，回到了曾经的寝室中。然而好景不长，没过多久，那个曾经的恐惧的噩梦又出现了：白衣女子，从天而降，不受抑制的亲近之感，温暖的微笑，走近，刀片划破过的伤口，血液汩汩流出，汇成了河流……

“红色……不要……红色……不要！”女孩再次从宁静的黑夜中被惊醒了，带着冷汗和战栗。女孩想要抗拒这透体而出的灵魂般的钳制和束缚，但另一方面，又被一种隐秘的哀怜所驱使，情不自禁地想要靠近梦中的白衣女人，却在无形的刀片划破躯体后鲜血不止的淋漓而可怖的场面中尖叫着想要逃离，在逃离中又不时回头张望，然后看见女人那张与自己高度相似的脸庞所镶嵌的有些朦胧的双眸中洋溢的悲伤和绝望……自己快要被这种感觉折磨疯了，如此下去，迟早要被送入疯人院，怎么办呢？无奈之下，姑姑又带她来到了医院。这次，脑科部门的医生建议回到心理部门去检查。

在心理部门，医生检查出了症结所在，但是却叫姑姑支开了女孩。姑姑的心情瞬间降至冰点，记忆在光阴的流转中回到了女孩的婴孩时代。姑姑的眼神开始显得悲戚起来……

女孩的父母本来是一对很恩爱的夫妻，本以为可以这样将幸福延续到终点，然而女孩的父亲却隐匿了一个致命的缺陷——可以使幸福灰飞烟灭家庭分崩离析摧毁殆尽的缺陷——无休无止地酗酒，酗酒后的暴力。

在发现这个缺陷的时候已是女孩降生后的第二年，女人为了孩子默默忍受男人醉酒后的六亲不认、拳脚相加，只为了给女孩一个还可以被称为“温暖”的童年。孩子是她的全部，是希望的汇聚，幸福的诠释，在此刻她早已卸下爱情的伪装和昨日温情的残余，对男子再不复往昔，心已死，爱已死，将所有视线聚集于女孩生命中的每一分钟。可男子在清醒后又恢复了曾经的温文尔雅，仿佛那个歇斯底里、狰狞不已、狂风骤雨的魔鬼是阳光无法企及的阴影缔造的噩梦，梦醒后又是一个美丽的旸天，彩虹依然挂在那里，亘古不变。

当女人无法分清这一切是现实还是噩梦的时候，当自己犹豫不决的时候，厄运便一蹴而就，生命一闪而逝，如一颗流星，在划破天宇的眨眼间毁灭。

男人的酒瓶砸在了女人的头上，女人鲜血淋漓，面目全非，这进一步刺激了男人的疯狂和嗜血的欲望，他在电闪雷鸣中捡起锋利的玻璃碎片划向女人的身体，鲜血汩汩流出，如失控的水闸，在一闪而逝的电光的掩映中，说不出的惨绝人寰！而那一天，女子正是穿着白色的衣衫，而那一幕，深深地印在还是婴孩的女孩的记忆深处，这就是那个贮存在女孩脑中挥之不去的噩梦的根源所在。太深了，创口无法愈合。姑姑从来不会将这件事跟她提起，不堪回首，更不敢去忆及，她不希望女孩一生都在悲怆中无法释怀，不可自拔地痛苦一生。所以在很多年之后，姑姑早已将这件事尘封在记忆的闸门中，如果不是医生问起并说明这件事可能会给女孩带来意想不到的心理隐患时，姑姑会将这件事带入坟墓，埋葬掉，并彻底抹灭。但是冥冥之中这往事还是无法掩藏，必须要有这么一天去面对，在阳光下曝晒开来，像污浊的水，最后会汇聚江海，在大海的怀抱中获得净化的力量，并感悟出生生不息的爱。这虽然需要时间，女孩会很无助，但是没关系，因为总有一天，女孩会走出来，彻底走出来，在阳光下微笑，放开胸怀。耳环深信不疑……

（十四）

金毛犬的意识是天生的，并不需要任何附加条件的巧合就能觉醒，在金毛犬诞生的那一天就彻底拥有。如果金毛犬有一颗放弃一切的心，那他就会远离人间远离城市的喧嚣去人迹罕至的原始森林去寻找一个巢穴作为清净修行的地方。毕竟像金毛犬这种天生意识觉醒的准神祇的萌芽胚子在人间是极为难寻的，概率微乎其微，他可以跳出普通的犬类的生涯，飞升上天界成为真正的神祇并拥有与天地齐寿的永不消逝的时间和生命。而他那些懵懂的无知的同伴中作为不幸的悲哀的存在，是不可能意识到这一点的。

然而，金毛犬放弃了飞升天界享有不死生命的伟大选择，而是选择了留在一个人的身边，留在一个地方，守候这个地方。

守候是对金毛犬而言，对人类来说，就是守门，神圣吗？难说了，这在不同人的眼中会出现不同的含义，而戴着有色眼镜的人总会带着三分蔑视六分讥诮一分唯恐避之不及玷污了自己高贵身份的慌乱而避而远之，然而在狗的世界里，却迥然不同。

金毛犬之所以会放弃一个伟大的前程源于对人类的知恩图报。金毛犬刚刚出生没多久他的母亲就死了，那时，幼小的金毛犬连路都不会走。在一座简陋的窝棚中，母亲的主人也病死了，所以金毛犬成了名副其实的孤儿，郁郁寡欢也是自然而然的事了。但无论如何首先得考虑生存，这是第一要素，意识虽然属于神的恩赐，但身体却是普通的肉身，得接受五谷的滋补，在时间的悄然流逝中按部就班地成长起来，等到完全拥有独立意识、身躯也行将强健之后才能考虑修炼的事，否则一切都是扯淡，谈何未来的辉煌？本以为饿死冻死已成必然趋势，却没想到在一个风雪飘零的夜的前夕，一群衣衫褴褛饱经风霜的工人无意间路过这个窝棚又无意间见到了还在襁褓中的冻得瑟瑟发抖的孤苦伶仃的金毛犬。

“这有几只死狗，它们似乎被冻死了，真可怜！”一个工人揉搓着粗糙得几近龟裂的手掌，用使劲哈着的从体内释放的暖气温暖手掌以抵抗飞扬跋扈的严寒。

“这只小狗还活着！”一个娃娃脸的工人兴奋地来到了金毛犬的身边，眼中泛着欣喜的光芒，并带着爱的怜惜。金毛犬从这个工人的眼中感受不到一丝一毫伤害的含义，于是他“嘤嘤”地叫着，像是哭泣，像是呼唤，在呼啸着的风雪中弥散开去，显得分外凄凉而伤感，在聚集着的这群工人的心中荡起层层涟漪，惹得他们都情不自禁地想要落泪了。

“我们带它回去吧！”娃娃脸的工人说道，嗓音有些哽咽。

“好，我们欢迎！”其余工人一致同意，脸上不约而同溢满笑意。于是寒冷退避三舍，温暖驻留心田，金毛犬“汪汪”地叫着，在摇着尾巴、耳朵呼扇呼扇等一系列友好的动作中，工人们看懂了它的欢乐——是的，它不再孤单，它又有家了，它是幸福的，它是欢乐的。

善良的工人们将金毛犬带回了他们所在的工地，将他视作最好的朋友。既然是最好的朋友，那就绝不会做半点对不起朋友的事。他们将他奉为上宾，吃的东西比他们自己都要好上很多。这是那些工人们用自愿节省下来的工资购买的，大家都没有隐匿私心。真诚相待中，当然不能亏待了朋友。别说金毛犬是一只神识已开的狗，就是一只普通的狗也能在这样真诚的关怀中成长起来有所感悟而深深铭记在懵懂的记忆深处。

狗的成长速度远远超过人类的发育速度的。在不经意间，那只柔弱的瑟瑟无助的小狗就已变为一只全身铺满金毛的威风凛凛玉树临风的名副其实的金毛犬了。逆风奔跑中，风抚顺其毛发，裁剪得婉约灵动而又不失生命的矫健和蓬勃，宛如在深山老林中眨眼间从人类的眼中溜过的精灵般的金色的狐的美丽的影子。

金毛犬能一眼分辨出善恶，从来者的眼神，直透心窝。若是善意者，金毛犬的尾巴会摇晃得如柔软的船桡来回逡巡水面，眼中闪烁着友善的光——人类一眼就可辨认出的没有攻击性的友善的光芒。若是不善者，他的金色的毛发会紧缩着贴着皮肤，双耳直立如锐利的刀片，眼神冷冽如野蜂的刺，黢黑的鼻头骤然收紧，嗅到了危险的味道，带动着马镳似的嘴露出白皙的利剑似的唇齿，透出攻击的前兆，再伴以警告似的震天价响的狺狺的怒吼，喷薄而出的直捣黄龙般的气势，就连穷凶极恶的亡命之徒也会吓得屁滚尿流，落荒而逃。

所以到后来，这个工地上所有的工人，都把这只金毛犬当成了最好的朋友，他深受大家喜爱和欢迎。直到在一个残阳如血的黄昏中预示着不幸的劫难光顾后，一切都因此而变得萧索和悲戚，不复往日的欢呼热闹才宣告终结。

一只野狗无意中逃窜到这个工地中，因为饥不择食误吃了老鼠药而一命呜呼。当工人们下工的时候发现了这只死去的野狗，不知是谁提议将这只野狗作为丰盛的晚餐，好好庆祝一下，即使不是每个人都喜欢吃狗肉，但在热情的积极倡导下，大家的兴致在不知不觉间提升，于是这只不幸的死去的野狗成了工人们的晚餐，那觥筹交错的场景、热气腾腾的画卷让工人们情不自禁馋涎欲滴，于是都迫不及待地争先恐后地在凌乱的犄角旮旯中翻出了一个已经满是铁锈的大镬锅，再捡了几个砖头，架起了一个简易的土灶。倒上有些浑浊的水，众人拾柴火焰高，在沸腾的滚水中，死狗已经被剥尽皮毛，扔进了锅中。

香气不可抑制地弥散开来，引得临近的几个工地的工人都不顾一切跑了过来，贪婪地盯着锅中不断翻滚的狗肉，大家哈哈大笑，气氛很快达到高潮。

当火熄灭的时候，工人们还没有开始分割狗肉，金毛犬就出现在众人的视线中，他一刻不停地奔到大镬锅的旁边，对着死去的狗狂吠，然后转身对着众位工人狂吠，眼中溢满哀愁。

“怎么了？”工人们不解，议论纷纷。

“会不会是他也想吃狗肉啊？”有工人猜测着说道。

“哦，还把我们的金毛大哥忘了，快给他一块最肥的肉！”有一个工人一拍脑袋，自以为聪明绝顶，边说边将死狗的一块看似最鲜美的部位切下递到了金毛犬的身旁。

可金毛犬用力地摇摇尾巴，再用力地摇摇头，眼中的哀愁更甚，吠声更加凄楚。

“朋友们啊！你们为什么还没反应过来，这只狗已深中剧毒，不能吃啊！不能吃啊！”金毛犬心里剧烈地呼喊，可是没有人听得到。

“你这个笨蛋！”那个娃娃脸的工人大声怒斥那个自作聪明的工人，“金毛犬也是狗哦，我们吃的也是狗哦，再怎么说这只狗是金毛犬的同类，他怎么可能残忍到吃自己的同伴呢？大家说是不是？”

“有道理。”众工人纷纷颔首。

“那怎么办？难不成我们就放弃了吗？这么一大锅佳肴……”有人不满了。

“谁说放弃了。”娃娃脸的工人说道，“不用放弃，我们不用对这条狗负什么责任，毕竟它是自己死在这里的，与我们无尤，我们没有对不起金毛犬的地方。只是金毛犬看见他的同类死了没有不伤心的道理，然而，死都死了，也没有办法了，况且，现在狗肉已经煮熟了，如果倒掉，那也怪可惜的，说不定上天还要怪罪我们浪费粮食，暴殄天物呢！所以，我们放心吃好了，我相信，金毛犬一定会理解我们的。”

“对，说得有道理，大家吃吧。”经过该工人一番解说，大家心中的疑惑尽释，立马又眉开眼笑。有工人卷起衣袖，开始切分狗肉，有人帮忙，有人坐在原处有一搭没一搭地闲聊，眼神却不离开狗肉所在。

“汪汪汪！”金毛犬见众人没有理会自己处心积虑表达的深意，百感交集中狂吠而出，在他的心中也早已下定了一个决心，并坚定地呐喊道：“也罢！当初你们救了我，我也无力报答，在这最后一次夜里，对着朦胧的月光，伴着习习而过的风的眷念，我想做最后一件事，用我的命来告诉你们一个事实，朋友们，永别了，希望你们记得我！”

金毛犬狂奔到那块本来为他撕下的狗肉边，毫不犹豫地张口吞进了腹中，并用出最后的力气，向天一声悲鸣，眼泪缓缓溢出眼眶，滑过他的脸庞，滑过他金色的皮毛，在高贵的月光掩映的姿态中气绝身亡。

在金毛犬吃那块狗肉的时候就已经有人在注意观看，直待金毛犬气绝而死才惊呼出声。大家恍然大悟，陡然间明白过来原来这狗肉深藏剧毒，金毛犬的悲鸣并不是痛惜他同伴的死，而是拯救大家的生命。

众工人齐齐扔掉拽在手中的狗肉的残余，奔向金毛犬身旁，情感的波涛不受抑制地汹涌澎湃，泪如雨下，大家声嘶力竭地一遍又一遍地呼唤着这位忠诚的朋友，希望将它叫醒，可它再也不会醒来了，连意识也不会复苏了……

水果刀的意识觉醒于一艘位于海上的游轮中。在汽笛声不断呜咽中，云层上涌，阳光铺满海面，碧波荡漾，掠过海浪的矫健而灵动的海鸟的影子不时投射在餐桌上，那儿静静躺着的一动不动的水果刀银色的刀刃上映出一缕刺眼的光。在水果刀刀刃倒映的世界里，一位中年男子的面容被拉得老长老长，连带着笑容也显得突兀而滑稽。除此之外，还有一个小小的女孩的影子，她似乎在伴着蝴蝶飞舞，在顽皮地蹦来跳去，给简单的卧舱洒满欢乐与温馨。她的酒窝特别好看，娇艳如倒映在水中的梨花的影，褪去浮华与污浊，留下最单纯的水晶般的纯洁无瑕。唱着歌儿的她，与悲伤绝缘，引得父亲频频回头，沧桑的面颊上的点点胡碴也显得分外温柔。

“好好坐下吧。”父亲佯装生气地说，“坐好了，爸爸给你削个苹果。”

小女孩不满地噘起小嘴，露出娇嗔的神色，逗得父亲哈哈大笑，手中却没有停下削苹果的动作。而拿起的那把刀正是意识已经觉醒的水果刀。这下子，水果刀就不满了，因为他正在遥看碧波粼粼的海面上那一群群海鸥飞过的倩影，正聚精会神、不能自已时，却被父亲当成了工具。即使自己是工具，也应该有休息的权利。所以水果刀将不满的情绪化为心中的咒骂，诅咒这父亲一定会削到自己的手，从而抚平自己不满的心。然而父亲的手没有被削到，风浪却突然来临，变天在顷刻间，乌云蔽日，海鸟倏尔而逝，海浪变成厚重的帘幕涌向游轮，脆弱的游轮那微弱的体积如何能够承受这猛烈的海浪的戏谑，船身猛烈摇晃中，人们站立不稳，纷纷跌倒地上。父亲和小女孩也跌到了地上，在父亲紧紧抱住小女孩的前一刻。

风浪持续时间不长，也许是进入了一个狂飙称霸的区域，当驶出这片区域后，风平浪静依旧，阳光温暖依旧，海鸟成群盘旋依旧，蓝天依旧，白云依旧，仿佛刚才的风暴只是一个短暂的梦，人们只是集体睡着了，碰巧做的梦又相同，碰巧又在同一时刻惊醒了过来，便在这样想着的时候，人们又找回了最初的快乐和平和。

然而，父亲的脸色却苍白得可怕，小女孩有些恐慌，焦急地喊着父亲的名字，父亲只是淡淡一笑，尽力让一切都变得和最初一样，一样平常，一样井然有序，一样悠然自得。

就在刚才船身剧烈的颠簸中，就在父亲紧紧护着女儿倒地的那一刻，父亲握在手中的水果刀因为惯性笔直地插入了他心脏的中央。这是水果刀始料未及的，他没想到自己的诅咒竟然会带来如此的劫难，甚至能置人于死地。于是水果刀吓得浑身战栗，意识颠倒，色泽黯淡，几欲崩溃，而这一切，事实上只是一个巧合中的巧合，与水果刀本身的诅咒并无关联。

父亲的疼痛无人能知。应该是痛苦得无以言说，但他不能表现这一切，至少在活泼可爱如天使的女儿前面，他不能将痛苦的表情显露出来。所以在当时，他只是缓缓地从容不迫地掣出插入心脏的水果刀，再若无其事地抹去上面留下的血迹，用苍白的脸色在小女孩焦灼而紧张的呼唤声中微微一笑，示意自己安然无恙，一切如常。小女孩的思辨意识还未达到独立阶段，轻而易举就忽略了父亲伪装的强颜欢笑背后的痛楚和隐藏在苍白的脸色下的危险信号，仍然沉浸在嘻哈的欢乐之中，过着天使般的生活，和往常一样顽劣。父亲之后的表现也与以往一样，给女孩削苹果、讲故事，陪她做游戏，只是脸色越发苍白，特别是在夜里，在寒冷的空气的萦绕中，体内的血液在渐渐降低它的温度，流逝他的生命，这时，他才会情不自禁地颤抖。而水果刀，蜷缩在餐盘的一隅，早已不知所措。他其实已经预料到，不幸的时刻即将来到了。

船很快就靠岸了，惯有的汽笛的鸣叫，拖着亢奋的精神不知疲惫地鸣叫，引吭高歌中，稳稳当当地停靠在码头上。码头上人头攒动，摩肩接踵，父亲牵着女儿的手，像僵尸一般随着人流向岸上走去，在熙熙攘攘的人潮涌动的某一个定点，有他们期待的人儿伫立和翘首以盼，那就是小女孩的妈妈。小女孩精灵般的眼睛闪烁着明亮而灵动的光，带着月亮的温柔狐狸的狡黠，寻找着母亲的身影。

“爸爸快看！我找到妈妈啦！”小女孩兴奋地跳了起来，指着前方的一个身着红衣的女子，欢呼雀跃中，她趁势丢开父亲的手，也不顾人群的拥挤，只管向前飞奔，像一只久离燕巢的乳燕乍然看见阔别的母燕一般迫不及待地投向母亲温暖的怀抱，只差最后一步之遥，却听到了人群齐声惊呼，于是小女孩回过了头，一眼就看见了父亲口喷鲜血，像一尊被榴弹击中的屹立着的伟大的石像般开始缓缓坍塌,最后直挺挺地倒在了地上,然后自己的身体也跟着摇摇晃晃，接着视线开始模糊，眼前的一切开始颠簸、倾斜、晦暗。在昏倒前，她只记得父亲是微笑着的，并且会一直微笑，她相信……

飞盘觉醒于风驰电掣的狂飙中，也可以说是一种偶然。在这强烈的奔驰中乍然醒来，与夜风的性格一样狂野，耐不住寂寞，随时随地想着获取自由与独立——他原是一辆货车尾部的铁板。

这样时时刻刻想着，又在夜风的不断怂恿中，恰好遇到一个可以摆脱受制的最佳时刻，于是飞盘果断地脱离了在货车身上蜗居的日子，毫不留恋地随着狂野的风向后飞奔。

“哈哈哈哈！”飞盘摆脱禁锢自己多年的货车，看着货车逐渐远离的背影，心中狂喜不已。他想只要假以时日，就能获得随心所欲的形体，那时便可自由移动，再也不用受任何事物的摆布，即使野风也不能——不过现在必须要依靠野风，不然自己根本就无法移动。

野风在空中呼号，掠过飞盘周身可以穿梭的罅隙，阴沉沉地说道：“怎么样？自由的滋味是够爽快吧！摆脱了控制的感觉是不是像来到另一个世界一般，只觉得眼前豁然开朗了呢？”

飞盘用意识告诉野风，自己无论如何得谢谢他的帮助，否则，自己可能依然还未摆脱禁锢。

“好，那请你好好享受这风驰电掣的时刻吧！”野风长啸，拖着尖锐的尾音划向远方，飞盘感觉自己飞得更高、更快，周围的景物只在眨眼间掠过，像蜻蜓点水，越来越快，也越来越朦胧。飞盘感觉有些不大对劲了，这么快的速度，什么都看不清楚，而且越来越没有安全感，在那么多的车子中间穿梭，万一砸到车子怎么办？绝不可伤人命啊！否则，别说逃了，那自己罪可就大了。

“赶快停下来！不要刮啦！”飞盘大声吼道，只有夜风听得见。

但是夜风不会听飞盘的呼号，只是自顾自地越刮越猛。接着“砰”的一声巨响，飞盘砸中了一辆高速行驶的大型客车，在一瞬间，将客车的挡风玻璃砸得粉碎，带着惯性直接戳穿司机的身体。司机耸然动容之际在最后的意识还未泯灭之前强自镇定，减速，靠边，停车，最后喷出一口鲜血，倒在方向盘上溘然长逝。

客车的门自动打开，车上的人早已惊恐万状，纷纷冲下客车，奔到安全区域内喘气，呼救，议论纷纷，最后才明白是莫名其妙地飞来一块铁板砸破汽车的挡风玻璃，戳穿司机的腹部，导致司机死亡。不过司机在生命消逝的前一刻，却救了大家的性命。然后大家又回到车中，将英勇牺牲的司机抬到了后座上，有的号啕大哭，有的暗暗祈祷，但不约而同都对司机的遗体道出了最真诚的感谢，并愿他一路走好，在天堂获得真正的快乐。

飞盘的意识在剧烈震荡着，他完全呆住了，静静地卡在鲜血模糊的方向盘上，只觉得阴阳颠倒，天地兀自旋转不绝，夜风早已不知去向，也许在遥远的地方放声大笑呢。那是夜风的一个游戏——逗着傻子玩儿的游戏。飞盘不知道，他以为野风真有好心，现在可好，却将自己带向了地狱，戳死了一个英雄，虽是无心，甚至可以说是一个意外，但是自己却无论如何也难辞其咎了。

“这是我的错！我的罪！我来承担。”飞盘坚定地说，对着渐渐暗淡下来的夜色说。

“我会庇佑你的灵魂，将我的意识消散，有我为你挡驾，你将会顺利地飞升天堂，以后的路，你会走得更好！再见了，我的朋友！如果你没有将我当作一个罪人看待的话！”一阵柔和的风吹过，带着高速公路周围汇聚的野花的芬芳并带着太阳的余光未来得及收回的点点滴滴的温热吹入破碎的车窗。飞盘渐渐消融，化成一星璀璨的蓝莹莹的光芒飞向司机灵魂盘桓的地方，在鬼火的陪伴中缓缓升高，飞向穹苍。摄入众人眼中的是若干点摇曳在半空中的橘黄色的磷火和一道飞向天穹的蓝幽幽的光芒，大家并不知道这道神秘的光芒是什么，只认为它也是一道变异的鬼火而已……

（十五）

蜡烛的意识觉醒于一个黄昏时分，是注定还是偶然，蜡烛没有在乎，只是在烛泪流淌中，他要尽快赶在自己燃尽之前脱离对烛身的控制，否则意识会灰飞烟灭，不复存焉。这个可以燃烧的身体限制了自己的发展，而且有时间限制，不像有些神祇在觉醒的时候可以拥有无穷的修炼时间。蜡烛觉得极不公平，在神祇的世界里为何也分三六九等？气愤之情油然而生，郁郁寡欢便属家常便饭了。但生气也只是徒耗时间而已，现在第一要务是赶快找到悟道的法门，在灵识豁然开朗的刹那间，应天地之气，日月之行，踏着五彩祥云飞上天庭，与天地齐寿，彪炳千秋。所以他完全可以忽略自己拥有的与黄昏的色泽完全等同的色彩而不以为意，置之不理，整日冥思苦想，全神贯注，证道研究，在虚拟的世界中演绎着“天行健”与“地势坤”的规律，想从其中窥得门径，找出线索，哪怕蛛丝马迹也好。可事与愿违，得到的结果是毫无寸进，一事无成。这让蜡烛陷入半疯狂状态，眼看着自己的身躯已经烧毁了三分之二，自由空间越来越狭小，生命岌岌可危，死亡迫在眉睫，形势千钧一发，焦灼万分之际，火焰摇摆不定，烛泪滴淌的速度也就更快了。

“我已经尽力了。”蜡烛无奈地说道，“看来这就是命，我注定要死了。”

“还努力什么呢？所有的努力都是加速死亡，我还不如好好地看看周围的世界吧，也不枉白来了这世上一遭。”在蜡烛这样想着，便从自己的世界中跳脱出来，将意识扩散开来，笼罩了一方区域，这才发现自己身处一幢水泥砌成的平房中，有三个人在离自己不远的地方吃饭，看样子，应该是一家人。

中年男子、中年妇女和一个二十多岁的青年。气氛有些凝重，不太和谐，这是从他们紧皱的眉头和阴森的表情中看出来的。蜡烛觉得有不好的事情将要发生，心里有些紧张，也不在乎自己快要燃尽的躯体了，只把全副心思放在这一家人的身上。

“刚才停了电，去把蜡烛灭了吧。”中年妇女轻声说道。

“这种事怎么犯得着我做，我回家来可不是给你吹蜡烛的！”青年男子语气骄横地说道。

中年妇女摇摇头，无奈地叹了口气，起身去吹灭了蜡烛。蜡烛的心里乐开了花，他十分感谢这位中年妇女，及时吹灭了自己，要不然自己已经“烛尽人亡”了。这下蜡烛安全了，毕竟已经被吹灭，不用再提心吊胆地过日子了，至于下一次停电，嗯，应该不会再点自己了吧，毕竟自己已经烧得这么短了。哎呀，管它呢！下一次停电又不知是何年何月，下一次的事情又怎么说得清楚呢？说不定我悟道成功了呢？那就不再是蜡烛了，而是真正的神仙了，不管怎么样，急也没有用，还是看看眼前发生的事吧，这件事真是吸引了我。蜡烛这样想着，在短暂的狂喜之后又将全副精力转移到餐桌上。

“爸，我要买房子，交首付，快给我钱！”青年放下碗筷，轻描淡写地说道，似乎要钱成了顺理成章、理所当然、天经地义的事。

“你怎么又要钱呢？上个月不是已经给过你……”中年妇女的话还没说完，就被父亲挥手给打断了。

“你先下去吧。”中年男子对中年妇女说道。

中年妇女也没说什么，只是紧蹙眉头，自顾自地收拾完碗筷，转身走进厨房。

“上个月给你的两千块钱呢？”中年男子皱眉问道，声音中似有怀疑，但在此却尽量压制，不想让不悦扰乱孩子的心。

“两千块钱？！”青年做了一个极度夸张的表情，似乎听到了一个不可思议的笑话，身子向后倾倒九十度，差点摔倒地上，语气陡然提高，“两千块钱能干什么？你知道现在物价多高吗？亏你说得出口！这两千块钱我还是省吃俭用过来的。这都拜你所赐！我的面子全都被你丢光了！你也好意思当我的父亲！？”男子的眼中充斥着令人战栗和愤恨的冷笑和不屑。

“你他妈的怎么不去死！”被称作儿子的青年做了一个鄙视的手势，用力啐了一口，啐在了地上，右脚重重地踏在口痰占据的所在，像一方霸主，怙恶不悛，暴戾恣睢。

“你怎么能这么跟你父亲说话！”父亲有些动怒，但想到毕竟是自己的孩子，也只能将怒气尽力压抑，不让其完全释放而伤了孩子的心。

“想要我好态度对你是吧？好，只要把钱给我，我保证立马转变态度，不然，你在我眼里屁都不是！”青年说着，抽出了一包红塔山，跷着二郎腿，拿出打火机，在烟雾缭绕中斜睨着自己的父亲，而衣衫陈旧头发凌乱的父亲已完全丧失了父亲的威严，倒像是一个囚犯，在审讯室中被审讯而不知所措。

青年的耐心似乎不好，等了几分钟见中年男子依然没有开口，大声呵斥道：“说话啊！老不死的！你以为你不说话就能挨过去吗？你别以为我不知道，你私房钱多着呢！你把我当傻瓜，是吧？可惜啊，老子还没有得老年痴呆！”

中年男子面容苍白，嘴唇嗫嚅，愤怒和屈辱像火龙一般喷射而出，终于按捺不住，拍案而起，指着青年的鼻尖，破口大骂：“你这个畜生！你知不知道你现在在干什么？啊？逼你父亲要钱？你有什么资格？这钱是我和你母亲养老治病的钱，凭什么拿给你！没出息的东西？狗杂碎！大逆不道！你会不得好死……”

“啪”的一声清脆的耳光响起，兀自带着颤音在中年男子的耳边嗡鸣，像无数只蜜蜂突然钻入大脑肆无忌惮地嬉戏，眼前景象开始颤抖，男子的世界轰然崩塌，只觉得眼前的儿子陌生得可怕。

他无论如何也不会想到自己的儿子会出手打他，也不会相信动手打他的竟然是自己最引以为豪的儿子，多年的骄傲让自己风光无限的儿子竟然在此刻变成了六亲不认的魔鬼，那种让自己骄傲十多年的业绩在顷刻间灰飞烟灭，恍若一场噩梦，他深陷其中，不可自拔，忘记了自己身在何处……

“啊！”中年男子一声惨叫，原来儿子抄起一把水果刀划向自己的手腕，男子想躲，却终究晚了一步，被划个正着，鲜血顺着手腕淋漓不绝，惨不忍睹。可是这一切还没完，噩梦才开始，儿子割完了父亲的一只手腕还不够，又划破了他另一只手腕，接着是脚……鲜血染了一地，青年的面容已完全扭曲，丧失人形。嗜血的残忍让他充斥着变态的亢奋，带着野兽的呼吸，看着眼前的父亲——哪里还是父亲，分明是手无寸铁、瑟瑟发抖、毫无抗拒之力地静躺在砧板上绝望待宰的鱼。而“鱼”的眼中除了惊恐无助之外还有一缕不敢相信这是事实的震惊。

“啊！”“哐啷！”一声声尖叫伴随着餐盘碗筷打碎的声音，母亲歇斯底里地大叫着扑到浑身是血的父亲身边，大叫大嚷：“你干了……什么？你……干了什么？……你这个魔鬼！……魔鬼！……魔鬼……”母亲说到最后，大脑中已经一片空白，除了“魔鬼”两个字可以用来形容面前令人发指的场面之外再无其他可供参考的词汇了，甚至，连“魔鬼”两个字都显得有些苍白无力。因为一切太残忍了，太残忍了……

“哭什么哭？我不过是给了这老不死一个教训罢了，谁叫他不把钱给我。不过，你放心，他死不了，我只是挑断了他的手筋脚筋而已。”儿子漫不经心地说着，若无其事地坐在椅子上，跷起二郎腿，抽着红塔山，烟雾缭绕中，母亲欲哭无泪。除此之外，她不敢相信这是事实！

蜡烛感到自己已经死了，意识已陷入混沌状态，所有的感觉在瞬间分崩离析，支离破碎，那是在地狱边缘徘徊吗？蜡烛不知道，只知道如果死亡不是一种解脱而是继续受苦那对于死亡的人来说真是一种不公平的待遇。还不如被熊熊烈焰点着了继续燃烧呢，至少还可以轰轰烈烈地灰飞烟灭，而现在在谁也无法描绘的混沌的感觉中煎熬，为了什么呢？这又是什么意识呢？难道自己还无法逃避吗？蜡烛处在崩溃的边缘，继续受着折磨，或者砥砺，因为在无意间，他已脱离了烛身的控制，化作一缕无形的青烟，不由自主地跟随在这家不幸的人儿身后继续关注事态的发展，而在冥冥之中，他似乎还有一件使命要完成，那是关于这位父亲的。不过不是现在，因为时间还未到。

父亲被送进了医院，经过抢救，生命已无碍，只是再无法恢复到行动自如的状态，也就是说，他残废了。邻里劝其报案，但父亲在病床上却想到了自己儿子的不易，想到曾经的骄傲与风光，实在不相信儿子已变成了魔鬼，竟然用一种荒唐的意识安慰自己：儿子不是故意的，不是故意的，只是一时糊涂，只是一时糊涂，他一定会后悔的，一定会后悔的，再给他一次机会，再给他一次机会，如果报了案，他一生就完了！最终父亲被自己荒唐的想法说服了，没有报案，而且还说服了中年妇女，让其也选择沉默与息事宁人。

“错了，错了，你的选择完全错了，错得离谱！因为我听见了魔鬼在笑，在狂欢！他们在感谢你！你醒醒吧！朋友！”蜡烛的意识在业已残废的父亲的病床前盘旋飞舞，可是父亲却是无论如何也听不到的，还是奢望憧憬着，这也是他多年的梦想：儿子发达了，富裕了，我们家就发达了，富裕了。

然而他的梦想又一次毫不留情地被现实摧残、蹂躏、践踏，而且比以前是犹有过之的毁灭，让他彻底绝望，万念俱灰。

母亲拿出了父亲藏在床下的那一沓原本用于养老治病的钱，到这时候是必须要拿出手的了，来到医院却碰到了儿子。儿子还是先前的嘻嘻哈哈，若无其事，吊儿郎当，仿佛这一切都与他无关，看不到丝毫内疚。

“你还来干什么？你父亲没有你这样的儿子！”母亲冷冷地说道。不过母亲的想法与父亲一般无二，在心底深处还是愿意原谅儿子的忤逆不道，只是希望能听到儿子真诚的道歉和忏悔。如果儿子今天是来道歉的，她也不会再撵他走。除了亲情浓于水这一层亘古不变的传统因缘之外，还有就是在主观意识中将儿子魔鬼般的疯狂统统归咎于一时糊涂，身不由己。

“我还干什么？”儿子嚣张地啐了一口，将面前的母亲视作街边的泼妇，与自己没有任何干系，“我当然是来要钱的。”说着，盯着母亲手中厚厚的钞票，眼中闪烁着饿狼般的贪婪的目光，狰狞地说道：“你们又在把我当傻子玩弄，是吧？啊！一次又一次地骗我说没有钱了，哈哈，那你手上拿的是什么？”

母亲呆了一呆，心已凉透，在陡然而生的愤怒的咆哮中，几乎是要将这个丧失道德的畜生塞回肚子里，她颤抖地指着青年那陌生而令人战栗的被魔鬼蠹化的脸，已有些语无伦次地破口大骂道：“畜生啊……畜生啊……这是给你……你父亲治病的钱……我以为你……今天是向你父亲……认罪来着……没想到……天哪……我到底造了什么孽……为什么让我……生养了……这么个……不是人的败类……你给我滚……滚……滚……”

“哼！好啊！我可以滚，不过在我滚之前先把那钱给我，我立马消失，不然，不好意思，那我是暂时滚不了的。”男子斜睨母亲手中握着的钱，贪婪的光芒一览无余，令人怵惕。

“钱我是不会拿给你的。”母亲似乎已对这个畜生儿子完全死心，缓缓闭上眼睛，稍稍恢复了镇定，咬着牙，鼻音充斥着绝望般的果断坚定，“除非你杀了我，不然你休想拿到一分钱。”

“哟！别拿这套威胁我，你以为我不敢杀你吗？我杀你就跟杀只鸡一样！哈哈！鸡！知道吗？”

母亲打了个寒噤，想到儿子对父亲的所作所为心里就油然而生腾出一种异样的恐惧。儿子已经变成了魔鬼，为了要钱，对自己的亲身父亲也能痛下杀手，对自己也未尝不敢，那么这样一来，此刻真是凶多吉少，危险万分了。为了保命，是不是要先把钱给他，稳住他，过后再报警处理将钱追回来？念头在刹那间转过，忽然又转了回来：不行，这钱马上就要交费的，我们家现在只有这么多钱了，如果被这个畜生抢走，几时才追得回来？医院不是慈善机构，怎么容得到你来苦苦乞求而心怀慈悲？不，医院不会慈悲，连自己的亲身孩子都丧失了慈悲，这个世界只有钱，只有钱，所以我要好好保护它，不能抢走，即使拼了性命也不能，不能……

“钱拿来。”魔鬼青年一步一步挪向母亲，伸出右手，浑身散发着死神般的邪恶，黑暗的影子在暗处摇曳，似乎在为魔鬼的行为助兴。

“你休想！”母亲因极度恐惧而颤抖如筛糠，但还是紧咬牙关，斩钉截铁蹦出一句，像是不屈服于黑暗势力的压迫和威逼，又像是不敢相信在这光天化日之下的公共场合儿子会残忍地痛下杀手，握住钱袋的手不自觉紧了紧。

“拿出来！”

“休想……”

青年魔性大发，像发了疯的猛虎扑了过去，抢夺母亲手中的钱袋，母亲也拼了命似的紧紧护住这为丈夫治病和救命的钱，用了全力挣扎、反抗，而躺在病床上的父亲因为重伤瘫痪丧失了活动能力，除了眼睁睁流泪之外，别无他法。当然，也忘了叫人。

两人都用了全力，僵持了片刻，二人已累得气喘吁吁。青年情急之下，已被金钱操控，忘乎所以，见病床旁有一把小小的水果刀，就一把抄起水果刀不顾一切地向母亲脖颈上砍去……

蜡烛身在半空，默默注视着这一出悲剧的发生发展，想要阻止，却无能为力。

母亲失血过多，抢救无效，死亡。

一名护士经过，在吓得不知所措的同时还没有忘记应该报警，所以，青年没有逃出医院即被抓捕归案。

父亲号啕大哭，当真是撕心裂肺，天地为之色变。

“为什么会这样？为什么会这样！………呜呜呜呜！我的儿子，优秀的儿子，引以为豪的儿子，为什么会变成一个杀人不眨眼的魔鬼！人家说‘虎毒不食子’，可是他，他……连畜生都不如啊……太可怕了！太可怕了……”

蜡烛在父亲的号啕大哭撕心裂肺的唏嘘声中看到了他儿子曾经的种种引以为荣的事情：十岁的时候，获得全国奥林匹克数学大赛一等奖，成绩全年级第一；十二岁的时候，以第一名的成绩被保送进全省重点中学火箭班并相继获得全国奥林匹克大赛数学特等奖，物理一等奖，化学一等奖；十五岁的时候被保送进全国最高学府，成为他们村有史以来最辉煌的大学生。就是在那一次，县领导亲自设宴，恭贺儿子和自己，场面恢宏，热闹非凡，张灯结彩，喜气洋洋，所有的庆贺如潮水般向自己身上涌来。轰隆的礼炮，噼啪的鞭炮，溢美的褒扬，殷红的钞票，上等的香烟，梦寐以求的美酒，这一切，仿若梦幻，把自己捧在了云端，似乎人生所有的奢华和美好都在那一天那一时刻卷向自己，烂醉在其中，不可自拔。这迷迷糊糊欣喜若狂的神仙般的生活，持续了整整半年。然而在以后的四年中，儿子再也没有什么值得骄人的业绩了，后来也恍惚听到说儿子好像找了一个什么工作，在哪里、干什么、待遇如何一概不知，除了不停向自己索取钱财之外，几乎都很少回家，就是回家也说不到三句话就要钱。当时也没有多问，想到儿子毕竟是一个这么优秀的人才，缺钱只是暂时的，等他找到了工作，自己也就飞黄腾达，平步青云了。可是没想到儿子找到工作还是要钱，找了女朋友还是要钱，买房子付首付还是要钱……自己钱不多，还是借的，儿子都要搜刮，而且搜刮不到，还痛下杀手。天哪，这就是自己曾经引以为豪的天之骄子吗？这就是那个人见人爱被老师表扬被校长称赞的儿子吗？不，不是真的……

父亲拼命摇头，他还是不能相信这个惨绝人寰的事实，认为自己仍然沉醉在噩梦里没有醒来。对啦，一定是那场酒宴，自己喝醉啦，喝醉啦，还没醒，还没醒……

“他还是不相信，看来，我必须要让他明白一些东西，而这个，也许就是我的使命吧！”蜡烛在心底默默地说着，叹了一口气，带着微笑，钻进父亲的脑海里。

蜡烛要在父亲的脑海中重新铸造那些曾经的荣光背后被忽略的影子，而那些被忽略的影子，才能解开父亲百思不得其解的关于儿子如何变成魔鬼的问题。于是父亲像陷入了沉睡中，又像是陷入了深沉的回忆，在蜡烛的自身神力的施放中他走进时光长廊，看见周围那无比熟悉的场景，儿子站在高高的领奖台上，自己笑得跟花儿一样，可儿子的脸上却冰冷如霜，而当时的自己却并没有在意。儿子下场后，径直离开，父亲追上前，儿子却摆摆手，皱着眉头，漠视父亲的存在，父亲不以为意，不当回事。儿子回到家中，母亲亲自端上饭碗、递上茶杯，像伺候太子一般伺候儿子，可儿子却不买账，嫌开水太烫，撒泼后泼在母亲的身上，母亲呆若木鸡半晌，蹲下身号啕大哭，儿子破口大骂声中，自己不明情况却随声附和地辱骂，母亲悲痛欲绝，儿欲自杀。儿子常常以学习为名，实则去电子游戏厅浪荡，父亲从来不问，只是觉得儿子成绩好就是天上的星星也可以采摘下来作为奖励，于是将钱悉数给了他，自己挣钱的辛苦却从不对儿子说起。儿子自理能力极差，衣服裤子穿上一段时间就若无其事地扔在沙发上，而那个时候母亲总会习惯性地拿去洗，洗好后再放回儿子的房间，可有一次因为衣服较多，母亲遗漏了一件，儿子知道后，暴跳如雷，破口大骂，母亲默默无言，父亲息事宁人温言劝和。儿子与同学打架，拿起板砖敲破了同学的头，因为儿子的成绩好，所以老师护着儿子，父亲也护着儿子，没有赔礼道歉，而事实上，这件事却是儿子有错在先。儿子考上了最高学府，很少回家，很少打电话，一开口就是要钱，至于要钱干什么，儿子从来不说，实际上儿子是在追女人，为讨好女人打肿脸充胖子炫富摆阔而完全无视自己家里丝毫没有炫富和摆阔的资本和筹码。儿子找到工作了，工作六年杳无音信，一打电话总是忙，从没给家里寄过一分钱不说还常常要钱，理由总是大同小异，不是交付房租就是给客户投资，父亲有过怀疑却未有深究，因为儿子昔日光辉灿烂的“好学生”“未来栋梁之材”“前途无量”的形象总是在自己踯躅彷徨的时候稳稳占据上风，他不再多虑和怀疑，自然而然就缴械投降……直到一切都化为乌有……一切都幻灭了……一切都破碎了……

“是我害了他……是我害了自己……是我毁了这个家……因为……我从来没有教给他……如何做人……他连人都不会做……最多也只是个……有文化的野兽而已……”

父亲痛哭失声，声音格外悲怆，似乎连空气都感动了，也跟着嘤嘤啜泣……

“我的使命完成了。”蜡烛暗暗说道，从父亲的脑海中飞出，在一抹金色光芒的笼罩下升上寰宇……

然而这件事还没有结束，即使蜡烛已升上天庭完成使命不再关注人间的动态，这场悲剧在人类世界却激起了轩然大波。

当警察们来到魔鬼青年的居所附近进行调查的时候，人们这样说道：“哎呀，这个人是个人才啊！没想到会变成这个样子……”

“他曾经是我们村里的骄傲，没想到却变成了魔鬼……”

“还是父母没有教好，看来父母的教育还是不能忽视啊……”

“我以前还教育自己的孩子向这孩子好好学习呢！唉，没想到，我现在才明白，我犯了一个多大的错误……”

“学习！？学习杀人吗？”

“呃，这种人，杀母弑父，枪毙一万次都不够……”

“听说他是高材生！”

“高材生？额，现在的高材生可真可怕，动不动就动刀动枪，扒皮抽筋的，还是离远一点好……”

“对，远离高材生，为了自己和家人的安全……呵呵呵……”

几个警察摇摇头，长长叹了口气，想要说什么却说不出来……

（十六）

时钟的意识觉醒于午夜时分星辰最稀疏寂寥的那一刻，在一所医院的病房里。一个刚刚动过手术的病人，全身动弹不得，只能保持一个姿势平躺在床上，像被高超的艺术家雕刻的蜡像，形象逼真，但就是不能动，呼吸也急促地得有些骇人心魄，眼睛微闭，氧气罩搁置在小木柜子上，触手可及。在医生的匆匆嘱咐中，他能听见也应该能够记得医生的话："不要乱动，不要喝水，不要吃东西，不要试图坐起，不舒服拿氧气罩戴着，有急事按呼叫器。"像交待机器人执行程序命令一般，丝毫不带感情和温度，连时钟听着都有些心寒和难以忍受，怀疑这到底是医院还是奥斯维辛集中营。若医生都是这副铁打的面孔的话，估计轻病患者会更上层楼，重病患者直接超生。俗话说攻心为上，攻城为下，心是生命的中心枢纽，生死的玄关，心都碎了，还有什么疾病可以抵挡？时钟想到这里，便在自己的世界中愤愤不平于职业化医生的淡漠，替无辜和不幸的患者鸣不平。但是事情在继续发展，时钟的注意力被那个患者的表现吸引住了。他在刚动完手术后，表现得像一个小孩子，自娱自乐，并将这种欢乐气氛传递给病床另一个人。这个病房是重症监护室，今天重症患者似乎都不多，只有两个人。不过另一个人似乎比他更严重，不仅平摊在病床上无法动弹，连话都无法说出，而且愁眉苦脸，形容憔悴，似乎连随心所欲的思考都变成一种不可多得的奢侈。这是时钟猜测出来的，也许没有那么严重，或许是麻药过了，伴着阵阵疼痛所致，还不至于连思考的余地都被疾病占据。

他在那一头平躺着，用尽气力将眼珠向前运动，这比眼珠的左右运动更加困难和别扭，眼珠似乎要迸出来。他终于可以辨别出来这个病友是和自己年纪仿佛的人，病也跟自己差不多，只是表面的神色不太愉快。这在他看来是没必要的，活一天是一天，不快乐和快乐都会过去，用挤兑快乐的方法来排遣时间也不能对疾病造成任何威胁！疾病就吃这一套，让病人赶快悲伤，赶快绝望，自己好趁机发动全面侵略战争，奴役身体，控制细胞，蹂躏器官，欺压神经，实行奴化政策，渐渐麻痹大脑中枢的指令，直到最后一波反抗战士被剿灭，在疾病睥睨天下、肆无忌惮、飞扬跋扈、震人心脾的狂笑声中，身体轰然破碎——死了。何必呢？他是乐天派，绝不向疾病俯首称臣，磕头礼拜，所以当他稍稍侧头看到左边的一扇窗户外明媚而温暖的阳光时，他的心里乐开了花，有了主意，决定就这样办。但现在不行，刚做完手术，身体还没缓过劲，歇息几天再说。

时钟一直凝视着这一切，他也被这位病人的乐观精神打动，急于知道他究竟要用什么方法将快乐洒满整个病房。在时钟眼睛一睁一闭的间歇中，三天就过去了。病人的身体似乎恢复了一些，可以伸手按动呼叫器了。一阵欢快的似乎想催人赶快投胎的铃声从呼叫器中传出，响彻整个病房时，另一位病友被惊醒了，有些艰难地侧着眼瞧了瞧他，没有任何神情，像在看一尊没有任何生命力的雕塑似的。看完以后也不发表任何看法，就撤回了眼，回到行尸走肉的情状中。

护士嘻嘻哈哈地走了过来，神情在瞬间变得严肃，气氛也冷冽了不少，连阳光都有些寒心，仿佛不太欢迎这些变脸变得飞快的护士，所以将温度降了降，房间便有了寒意，连时钟都感觉得到。他想吐一口浓痰却发现自己无论如何也办不到，只得作罢，静静成为局外人行使着属于分内的职务。

“什么事？”护士的眼光如激光扫描仪一般来回逡巡于“乐天派”的身上好几圈并确定其暂时无风无浪没有大碍，在此情况下有些不悦还带着不耐烦的嫌恶的口气问道。

“麻烦你，将我的床升高一些，我想看一看窗子外面的风景。”“乐天派”回答，语气柔和儒雅没有丝毫不悦。

护士直接省略了回答的话，径直走到他的病床的另一端架设护栏的所在，转动脚手架，于是他的病床便像天梯一样缓缓升了起来。

“谢谢。”“乐天派”微微笑着，由心绽放出最纯真的谢辞。

“呃……呃……”不知什么时候，另一位病友的眼神又侧了过来，像是发现了什么，蠕动的喉咙不遗余力地涌动。即使暂时失去了语言表达的功能，也要想方设法表达自己的理念，传达的信息使别人知晓。

护士皱皱眉，不耐烦地走了过去，语气不耐烦地质问道：“你要说什么？”

“呃……呃……”他极力想表达什么，但是除了这两个音之外就再无法发出其他的音了，所以无论如何也不能再对不明就里一脸迷茫并且没有耐心的护士解释什么了，但是他显然不想放弃这种表达的机会。护士不得不再次以证明自己还未丧失起码的人性的温情的方式再问了一遍：“你要说什么？”

“不用问了，我知道他想要干什么？”“乐天派”的声音适时响起。

“什么？”护士也来了兴趣，被好奇心所驱使，不由自主转过了头，问道。

“其实猜都猜得到。我让你帮我把病床升高一点，好看一看窗外的风景，然后他看见了，也来了兴致，当然也希望自己的病床升高一点，瞧一瞧外面的风景，聊以自慰，不然这样卧床的日子多无聊啊！”“乐天派”漫不经心地解释道。

“是吗？”护士将信将疑，偏过头望着病人的眼睛，病人微微颔首，眼皮眨了几眨，长长舒了口气，表示他的说法完全正确。

于是护士也走到他的病床的另一端挂着脚手架的铁质护栏下开始鼓捣，“哐啷哐啷”一阵刺耳的声音，床还是没有反应，护士鼓捣了半天，最后不得不投降：“不好意思，你这个病床的脚手架出问题了，没法升高。只有忍忍了……”

“能不能向医院反映一下，请相关人士来修理修理？”“乐天派”依然带着友善礼貌地问道。

“因为对于病人来说，美丽的风景所产生的治愈效果对于病卧在床已久的病人来说不失为一种最天然最纯洁的灵丹妙药，胜过人工合成的任何一种化合物制剂，且没有任何毒副作用。而白衣天使更应该是责无旁贷、真心实意地付出，要不然，这样的标语还当真是有些名不副实，让人难以恭维了。”“乐天派”说着，伸手指了指自己床头上贴着的一张用红色大字撰写的行书标语“一切为了病人”“您的健康就是我们最大的安慰”“在这里，您能享受到家一般的温暖”，依然微笑着不带一丝一毫的讥诮和嘲讽，但是纯洁的戏谑却让护士面红耳赤，羞愧不已。

可护士想要挽回自己的形象，不至于过分无地自容，难以见人，但也不能逞强，只能淡淡说了句“我会如实禀报一切给领导，相信领导很快会派人来修理的，你们不用担心”后就匆匆离去。

病人缓缓闭上了眼睛，感到极度失望，失望的是自己不能抬高的床，和那不能企及的风景。对于“乐天派”给予的帮助根本没有放在心上，甚至还因此产生嫉恨之情，认为“乐天派”故意让自己难堪，仗着优势资源得意洋洋，沾沾自喜，以伪善的友好方式提供虚假的帮助，实则在暗地里嘲笑自己，拿自己开涮，以满足自己扭曲而变态的欲望。想到这里，一阵怒火由胃中翻涌而出，像破开闸门狂卷而出的洚水般汹涌澎湃，势不可当，直冲入病人的喉结处，化作一声声痛苦的“哼哼”声蓬勃而出。

“朋友，你怎么啦？是不是不舒服？要不要我帮你叫医生？”“乐天派”正在目不转睛悠然自得地欣赏窗外的风景之时，冷不防被病友有些骇人而怪异的“哼哼”声所惊倒，忙转过头，紧张万分地问道。同时伸出一只手臂，搭在了床头的呼叫器上，只要他按下去，那欢快得令人作呕的铃声又要没心没肺地响彻整个病房，而这种滋味却会让病人更加难受，还不如直接给他身上补一刀让自己赶紧解脱来得好一点。所以当“乐天派”即将按下按钮的刹那，他用尽全身力气和毕生表演天赋露出一个安然无恙的微笑，然后缓缓摇了摇头，以示自己不仅没有任何事而且还活得愉快而逍遥。

“乐天派”见到病友没有什么事也就松了一口气，语声温和地说道：“没事就好。你有什么事就给我说吧。我会尽自己所能帮助你。毕竟，大家都是同舟共济的病汉嘛！”

病人可不想再在这个节骨眼上惹出什么事端，以产生不必要的误会和麻烦，只得眨眨眼睛，表示同意“乐天派”的话。然而他实在不愿意再多听“乐天派”说些什么，总认为他这一番行为是虚伪至极的做作和居心不良的炫耀，如此一来，病人心中的赍恨就有增无减了。

“对了，我给你讲个笑话吧。”“乐天派”见病人的神情有些不悦，便想将自己逗乐的法宝施展出来，以让自己散发的欢乐传递开来，使得大家也和自己一样快乐，不要愁眉苦脸，郁郁寡欢。

“有六个学生在一个寝室里，当时已经很晚了，大家都要睡觉了，然后有一个学生就想给大家拉一拉小提琴。额，他是喜欢拉小提琴的，经得大家的同意后就开始拉了，拉得声情并茂，婉转悠扬，把外面的什么蝙蝠啊、壁虎啊、螳螂啊什么的都感召进来了，可见这同学琴技是多么高超。所以在一曲完毕后，其余学生纷纷鼓掌，啧啧称赞声不绝于耳，都觉得这位同学当真是莫扎特附体，无与伦比，如果照此发展，定是鹏程万里，前途无量，所以嚷着要这位同学再来一曲。这位同学也是洋洋自得，在兴致高涨之下拉了很多首后还意犹未尽。不过大家倦意已来，开始打瞌睡了，再高的兴致也敌不过生理机能的疲惫，即使意犹未尽，也只能等下次了。这位同学也拉得身心疲惫，正准备收琴睡觉，只见睡在这位同学的上铺说道：‘终于结束了，这下我可安全了。’那位拉琴的同学听后奇怪地问道：‘啥意思啊？’他的上铺解释道：‘你不是睡在我下铺吗？’‘是啊。’‘你不是一直在拉琴吗？’‘是啊。’‘可是，我一直感觉，你不是在拉琴，而是在据我的床腿。所以我一直想睡不敢睡，只能这样别扭地直着半个身子注视着你的行动，直到整整两个小时后你终于拉完了，我也终于可以如释重负地好好休息了。’这位同学说罢，长长舒了口气。而拉琴的同学听罢，呆若木鸡。”

“完了。”“乐天派”两手一摊，“好笑吧。”说完，自己带头笑了起来。他笑得很自然，很随意，一点也没有尴尬和突兀的感觉，即使只有他一个人在笑，在这间病房里也依然溢满了纯真的欢乐和温暖。

病人其实不想笑，因为恨和误会占据着心里的主导地位，让他排斥“乐天派”的一切，即使“乐天派”是真心诚意地释放欢乐的空气让自己开心和快乐，病人也不会接受。

当然被病痛折磨也是导致病人笑不出来的原因。“乐天派”一拍脑门，刹那间恍然大悟，于是惭愧连连，讪讪地说道：“哎呀，你看，我真该死！忘了你的状态还没有恢复，不能像我这样开怀大笑，对不起！对不起！不过……”“乐天派”话锋一转，眼睛瞟向窗外，突然高兴地大叫道：“哎呀！外面真热闹！你看，你看！有卖火柴的小女孩，哦，不是，是卖玫瑰花的小女孩，她长得真可爱，脸红扑扑的，扎着两个马尾，穿着白色的连衣裙，挎着一篮火红火红的玫瑰花，玫瑰花开得真灿烂，由她拿在手中就更灿烂啦！她此刻正挥舞着玫瑰花向我招手呢！像只顽皮的精灵，问我买不买呢！朋友，你说我买不买呢？好吧，买不着啦，一个好像很有钱的人走过来了，在小姑娘的手里塞了一大把钞票，买下了所有的玫瑰花，所以，我也买不到了，只有等到明年春天了。这可真漫长，不知道明年这个时候还能看到这可爱的小姑娘和她篮子中火红火红的玫瑰花吗？即使能看到，还是去年那个小姑娘吗？即使是她，还和去年一样吗？即使一样，那她手中的玫瑰花呢？还是去年那棵枝丫上绽放的花蕾吗？哎，一定不是了，不过，谁说得清呢？不说这个了，因为热闹的东西还多着呢！你看，又有一个可爱的小男孩走过来了，他手中拿着冰激凌，正快乐地享受着冰激凌的美味呢！这冰激凌一定味道不错吧，你不看见旁边蹲着的小狗狗的眼睛一动不动地盯着他手中的冰激凌吗？小狗的尾巴一摆一摆有规律地摇动着，一副很想吃的样子，好可爱。不过小男孩好像不搭理他，瞟了小狗狗一眼，眼神中充满着戒备，意思在说‘我就不给你吃，这是我的，要吃你自己买，而且你不洗手，又不讲卫生，我更不能给你吃了’。可是小狗狗却全然不顾及自己的卫生问题，在小男孩疏于防范的间歇猛然跃起，像只灵活而狡黠的兔子一样窜上了小男孩的肩膀，趁势猛咬一口，冰激凌上冷冻的奶油被连根拔起，转移到了小狗狗的嘴中，只剩下一个小小的破碎的暗黄色的蛋卷孤零零地躺在小男孩的紧握的拳头中，当他发现不对劲睁开眼时才明白过来原来自己的冰激凌已被夺走大半，情急之下，就伤心大哭起来。哭声引来了一位中年妇女柔声的安慰。这中年妇女一定是小男孩的妈妈。只听她问道：‘好了，好了，乖乖，宝贝，别哭了，告诉妈妈是怎么回事？好不好，宝宝！啊！乖！’‘它，抢走了……我的……冰激凌……’小男孩泣不成声，没有因为妈妈的出现而降低眼泪汹涌澎湃的流量，反而哭得益发悲伤，号啕之声震得嗡嗡作响。在小男孩手指的方向，中年妇女瞅见了那只抢夺了宝贝冰激凌的小狗狗，不觉‘扑哧’一声笑了出来，小男孩听见妈妈笑了，正感到莫名其妙不明就里，顷刻间止住眼泪，瞧着妈妈，妈妈顺手指向小狗狗，小男孩一看，也哈哈笑笑起来。你猜怎么回事？原来，那只小狗狗不知道冰激凌是冷的，还以为是美味佳肴，只是看着小男孩吃得高兴也没来得及细想就直接囫囵吞枣一口咽进了胃里，哎呀，这下可好了，仿佛吞了一座冰山似的，五脏六腑都被冰封起来了，冻得小狗狗浑身直打哆嗦，它正蜷缩在太阳最炽烈的地方暴晒呢！哈哈哈！哎呀，可惜，他们又走了，不过，哎，又来了一对情侣，看他们的样子，似乎在吵架，少年在苦苦哀求，难道他做错了什么事？他们越走越近，好了，终于听清楚了。只听少年说道：‘你放心，我一定会给你找回来的。我哪知道它会搅在电线杆上，然后又被燕子给啄断了线，掉了下来，似乎是在这个方向。我再找一找，我一定会找到的。’又听少女说道：‘你为什么这么粗心？你知不知道这只风筝对我意味着什么？对我们意味着什么？那是我爷爷送给我的十八岁的生日礼物，是他老人家在糊了一辈子的风筝堆里精心挑选出来送给我的最钟爱的作品，也象征着你和我的爱情，你就这么随随便便地将它弄丢了，你叫我怎么有脸面对爷爷？怎么相信我们的未来？你如果不把风筝找回来，我们就……分手！’少年似乎着急起来了，赶忙说道：‘你放心，我这就去找！这就去找！你在这里等我一会儿，我很快就会找到的。’

少年说完，一溜烟消失了踪影，只有少女留在这里。她的脸上突然露出了狡黠的笑容，自言自语道：‘哎呀，傻瓜你怎么这么傻？我说什么你都相信，这都什么年代了，我爷爷怎么会送我这种东西？再说了，你又不是不知道，我压根儿就讨厌风筝，不过是闹着玩儿罢了，丢了就丢了，不稀罕，捡什么啊！就是你，为什么是你，肯那么迁就我？我的脾气那么坏，你为什么不骂我？我心里很惭愧……我，不是一个好女孩，我配不上你！你对我太好了，我想用一颗心好好爱你，而这颗心完完全全，只属于你……可是那只是一种假设，如果有可能……可是没有如果，所以我不能再欺骗你、伤害你了，我要离开你，再见了，你会获得幸福的。’少女自言自语说完后，泪水涔涔中，转身奔向远方。哎呀，那少年还在那傻傻地找着风筝了，来了，来了，风尘仆仆般，头发被树杈、杂草、荆棘尽情肆虐，变得凌乱不堪，头上还有几片树叶和残根呢！脸上也留下了一条条泥土的印记，被汗水紧紧攫住，不松手。他的手中抱着一只‘凤凰’风筝，已经被凌厉的枝丫戳穿了若干个小孔，但骨架没坏，整体尚好，依然可以被远风送上苍穹，然而却再也没有她在边一含笑而立了。少年不见了少女的踪迹，也无瑕考虑‘凤凰’的‘宝贵’，径直扔回了草丛，向着少女远去的方向飞奔而去。只留下他一个焦急而落寞的身影，不知道结局如何，但人们的希望也总是参差不齐，不尽相同的。呵呵，朋友，我也就不发表评论了。接着看吧，精彩的事情接踵而至，一只可爱而顽皮的小狗因为淘气不小心陷进了一片泥沼中，脱不了身，狺狺哀求着，真是可怜啊，它的母亲来了，正叼着小狗的耳朵，想把它拽出来，哎呀，陷得太深了，叼不出来，狗妈妈急得团团乱转，眼泪都快掉下来了。一位路人看见了，毫不犹豫地跳了下去，将小狗救了出来。狗妈妈热泪盈眶，却不知如何感激路人的恩情，只能友好地低着头一遍一遍舔舐着路人裤脚的泥浆。路人蹲下身子，伸手摸着小狗的头顶的绒绒细毛，温言责备道：‘以后可不准在这样淘气啦！看把你妈妈急的！’小狗好像也认识到自己的错误有些严重，不仅惹得妈妈担心，连路人的衣裤都脏了，如果不是这位好心的路人，唉，只怕自己就要抱着泥土长眠了。所以小狗惭愧地低下头，耷拉着小小的耳朵，以表示自己也委屈极啦，并保证以后绝不会这样淘气啦！哈哈，好有爱的一幕，朋友你说是不是……哎……朋友……”“乐天派”一直望着窗外滔滔不绝地讲述着所见所闻，这时忽然回过头来瞧着自己的病友，不禁愕然，原来病友已经睡着了。所以自己倒也增添了一层惭愧的心思，暗暗斥责了一声“叨扰了”便收住了话匣子，不再说什么了。

这期间，时钟也听得入了迷，津津有味，早已忘了时间。这时候见“乐天派”停止了有趣的讲述，顿觉索然寡味，暗暗斥责着那个假寐的病人人品低下、不知好歹、心胸狭窄，病肯定好不了，不信走着瞧。时钟这样想着，在安静下来的时光中也打着哈欠，勉强休憩去了。即使他根本没有一丝睡意。

时钟说得没错，那个病人并没有睡着，他只是装睡，目的在于逃避那让人心痒难耐的诱惑，还有就是因自己的误解诞生的嫉恨——对“乐天派”的嫉恨。如果现在自己能移到那张病床上，在病床不断上升的过程中，一定能感觉到仿佛自己插上了翅膀，缓缓升上天空，在雾霭聚集的浓密而柔软的云层里，遥望着绚丽多姿的万事万物，一直向前飞……

这是一个瑰丽的幻想吗？病人暗暗叹了口气，在没有睁开眼睛的黑暗的世界里，那种汹涌澎湃的潮汐在绝望中慢慢死去，不再荡漾。

然而在有一天夜晚降临的时候，病友忽然听到了“乐天派”一阵猛烈的咳嗽声，在他的升上顶端的病床早已放了下来的时候。这静静的病房里，只有两个人，所以他的咳嗽声显得特别突兀，特别响亮，慢慢越来越大，越来越紧密而没有间隔，似乎要将房间撕裂开来。

开始的时候，病友并没有在意，以为“乐天派”会按床头的呼叫器，可随着他咳嗽的加剧并伴随着越来越恐怖而凄厉的哮喘，病人才知晓“乐天派”已丧失了自救的能力，情况危机万分，刻不容缓，需要紧急抢救，不然会有生命危险！而在这样的深夜，人去十七，如果没有人传唤，医生是根本不知道的，就算咳死在病房里也无人问津。而在这样的情况中，自己是可以伸手按到床头的呼叫器的，于是在本能的驱动下，病友迅速伸出了手，在立马就要触及按钮的刹那间，他却硬生生地停住了，心里闪电般地划过这样一个念头：“不！我为什么要帮他？他讥讽过我，他挖苦过我，他刺激过我！他给我带来了羞辱，他让我无地自容，他让我更加痛苦！我没有理由救他，没有理由，没有理由……”这样想着，缓缓地，他的手指开始蜷曲，收缩。“不！你怎么能见死不救？你没看见他这么痛苦吗？他再怎么说也是你的病友，不过是举手之劳的事，在他生命受到威胁的紧急关头，你还要将自己的私人恩怨放在首位吗？你还是不是人？你还有没有人性？”

“快按啊！快按啊！再不按，他就完了！”时钟在黑暗中的意识骤然醒来，心里狂呼道，可是夜的阴影却无法传递他焦灼的声音。

“嘟——嘟——”长响划破安静的病房，穿破墙壁，穿过走廊，惊动了正沉浸在你侬我侬的言情剧中不可自拔的小护士，她慌慌张张朝值班医生所在的办公区奔忙。很快，医院开始忙碌起来，苍白的灯光驱散阴霾，脚步杂遝中，医务人员各司其职，有条不紊地给危在旦夕的“乐天派”套上呼吸机，抬上担架，推进手术室。不大一会儿，人都走得干干净净了，灯也被顺带关掉了，这间病房就真正的冷清了，像是一块鲜活的灵魂，被硬生生地从死人的身躯内扯下来，虽然没有痛楚，却格外寒凉。

病友打了个哆嗦，眼眸中有歉意闪过，他知道，自己刚才的一个犹豫很可能会导致出现不容乐观的情况，特别是在危机万分的抢救关头，时间是关键，分秒必争。他在最终按铃的时候就已经诞生了一个不好的预感——“乐天派”可能没戏了。

这个预感最终变为事实。在医生告知这个噩耗的刹那间，他的心里有过那么一丝愧疚，觉得自己对他的死负有不可推卸的责任，如果早一点按呼叫器，“乐天派”说不定就会转危为安了。可这种愧疚仅仅持续了短暂的十秒钟便被另一种骤然袭上心头的兴奋驱散了。他迫不及待地问出：“我是否可以换病床，如果可以，我想要换在那一位病人（指‘乐天派’）的床上？”在得到肯定的答案之后，病人心中仅存的阴霾被清扫一空，完全沉浸在跃跃欲试的高度亢奋中了。

病人被几个比较有力气的护士抬到了已经死去的“乐天派”的病床上，他觉得这个病床温暖如斯，连阳光的照耀都是从未目睹的可爱和友善，脚手架在转动中夹杂着的“吱吱”的噪声也变得分外悦耳。此时自己也无须紧捂耳朵、紧蹙眉头排斥这些不速之客不请自来的打搅和聒噪了。病人在“怦怦”心跳的期待中甚至希望病床上升的速度慢下来，唯其如此，才有更多的时间和空间对期待的事物进行天马行空的描绘，以纵横驰骋的想象为即将到来的美丽新世界带来的强烈的视觉冲击做一个舒缓而悠扬的铺垫，从而让一切显得那么顺理成章，那么和谐，那么自然，不会产生一丝一毫的不适、突兀。没人能够理解他没来由地乍现的灼热激动，在好奇心的驱使下，正在摇动脚手架的护士关切地问道：“你没事吧？是不是有什么不舒服？要不要我去叫医生？”

“没事，没事，我只是……有些高兴……”病人有些激动得过了头，但却想尽力掩藏这种冲动，因为在他的世界里，没有人有资格可以分享自己的这份激动和隐秘的愉悦，那是属于自己的，任何人都不得涉足。

病人已经可以开口说话了，护士听见他这样回答，料想他此刻的状态果真如他所说那般没有什么不适，可对于他的高兴却莫名其妙，不明就里，心想这人怎么比自己还冷漠，同寝室的病友死了，他不难过倒罢了，怎么移到了别人的病床上却像中了五百万一样激动得抽了风，真是不可理喻！难不成他们有仇吗？可是再大的仇恨也不至于……激动成这样啊？怪！怪！怪！护士一边小声嘀咕，一边丈二和尚摸不着头脑似的踱出了门外，再顺带拉上了房门，于是整个病房又恢复了夜里的安静。

慢慢侧头，慢慢，慢慢，自己要迎接一个伟大的奇迹，一个完美的天堂了，病人这样想着，升降床的床头已经升到顶点，自己的脊背被支撑着，仿佛浮在云端，侧头凝望的恰是天上的世界一般。然而，瞬间，一切都无声地破碎了，仿佛在宇宙深处的爆炸，彻底消除了声音的震耳欲聋，惊心动魄，可产生的力量却足以将一切掩埋。正像现在，无与伦比的毁灭之力扑灭了病人所有的梦想和希望，在全身的血液凝固之前，一小撮空气被一股巨大的排斥之力堵塞在一道通向大脑的主动脉中。于是病人在刹那间，全身剧烈抖动，如怒涛，激烈地咆哮了一阵，就停顿了，再也没有任何动作。他的头耷拉着，眼睛失去了光芒。大概是瘫痪了。

窗外的“美丽景色”彻底将他击溃了，因为窗外什么都没有，只是一堵光秃秃的雪白的墙，间或有只肮脏的飞蛾在上面憩息着，在阳光下扑腾的粉，让人唯恐避之不及。不管是与“乐天派”口中的精彩纷呈的故事还是与病人期待中的美丽而震撼的新世界相比，都相差太远太远了，远得连梦都难以企及……其实时钟早就知道窗外是什么样的光景，他只是佩服“乐天派”的想象力和他编纂的精彩纷呈的故事，还被那一份由内而外勃发的温暖所感动。恼恨于病友在紧急关头的迟疑而断送了“乐天派”可以延续的生命，所以对病友因为巨大的心里落差而导致的半身不遂的结果也没有寄以半分同情，只觉得他是咎由自取、搬起石头砸自己的脚罢了。如果他的意识还清醒的话，也应该认识到自己最初的嫉恨是多么的荒谬和没有意义，也该为自己当时的迟疑心里羞愧到无地自容了吧！这就够了，远没有比这样的惩罚更严重更有意义的了，不是吗？无论如何，时钟是这样想的……

孤雁是刻意成为孤雁而并非由于同伴的不顾一切的抛弃和离别。他的同伴飞向温暖的南方，这在孤雁看来却有些莫名其妙：为什么一定要飞到南方去？南方一定就温暖吗？既然南方温暖为什么来年春天还要飞回来呢？这不是多此一举吗？真不知道这约定俗成的规定是从什么时候开始的，以至于绵延无数个春秋已形成难以更改的习惯。这习惯不好，会给自己的种族造成意想不到的灾祸，摆着脚趾算算——因为旅途劳顿累死的、因为贪玩掉入了猎人陷阱冤死的、因为成群结队飞过一片茂密的森林被人类布下的天罗地网捕食而死的、因为在水边栖息时不小心被狼叼走而死的、因为在水中沐浴时不小心被潜伏在水底不开腔不出气的鳄鱼猛然一口生吞而死的、因为遇到暴风雨又不小心被雷劈死的、因为遇到空气污染而被熏死的、因为禽流感发病而死的……这样的例子不胜枚举，都是因为这万恶的迁徙所致，为了追寻所谓的温暖，到得旅途的终点的却寥寥无几，而且第二年回来的又是一群新面孔，多半是它们的后代，为继承革命先烈的遗志勇往直前薪火相传。虽然勇气可嘉，但仔细一想，这代价是不是太大了点儿？生命可贵，犯不着为了温暖而去搏命，况且这也是一种不道德的行为，在人类的社会中这叫作“见异思迁”，这种人是要被唾弃被鄙视的，而在自己的种族里却是独一无二的“生存法则”。而实际上，在矢志不渝遵循着这种“神圣”得不容置疑的“生存法则”之后得到的结果却只是加速了自己族群的死亡罢了。这个借口是多么的冠冕堂皇和高尚，多么的振奋人心。在突然猝死或暴毙的那一瞬间，却没有任何人会在意你曾经的英气勃发，热血激昂。而且，更让人寒心的是，你活着的队友都将抛弃你，为了自己活下去，继续寻找那传说中温暖而短暂的“天堂”。是不是悲哀了一些？是不是愚蠢了一些？还要招摇过市吗？变着花样排着队伍，引来弹弓和猎枪，“砰砰”“啪啪”，像鞭炮又像断掉的弦的余响。真是可笑！孤雁这样想着，觉得自己的理由无论从哪个角度来看都是充足得让人为之叹服而找不出一丝纰漏的，在这样一种境况中，他觉得自己与其余的大雁完全不一样，这是思想的一种升华，让他脱胎换骨，迈入了神祇的领域，变成了神鸟，但是还没有脱离飞禽的身体，只是意识在不一样的冥想中蜕变，想得更加深远，但还要继续修炼，才能迈入天宫。不过修炼的法门需要自己去摸索，没有东西可以借鉴，自己的确有些特殊，前途却并不迷茫，至少自己的同伴们都为了虚妄的“温暖”陷入死亡的绝境没有后路了，而自己已摆脱了死亡，摆脱了束缚，现在缺的只是一种领悟，不管是悲伤的还是快乐的，都是一种成长和砥砺，到头来都能达到心中所构想的天堂。虽然是一个梦，相信总有实现的一天。此时此刻，他发现了一件奇怪而热闹的事情，他预感到这件事可能会增加自己新的领悟和成长，机会不容错过，赶紧振翮高飞，在光明未落幕之前，他栖息在一幢高楼的顶端，在光的阴影里，在风的缠绵中，在视线范围之内，下方的一切情况看得清清楚楚，明明白白，毫不含糊。

这似乎是在一座教学楼林立的大学中，学生齐聚在偌大的操场的中央，脚步杂沓，熙熙攘攘，热闹非凡。他们有些在闲聊，有些在忙碌。闲聊的人说话纷纭杂乱，孤雁听得不太清楚，只能从那些忙碌的人的动作中看出一些端倪和情况。

那些忙碌的人大概是学生会的成员，他们在长期的实践活动中积累了相当丰富的实战经验，对于手中的活计能在最短的时间内做出最高效率的调遣，于是忙着的学生很自然被充当了劳力，帮着他们一起忙碌，而学生会的人在转眼间变成了领导，腾出了双手，佯装累得精疲力竭腰酸背痛地皱眉捶腰喘气，却没有一个学生能够或勇于拆穿他们的伪装。不过这并不是重点，伪不伪装对这些忙碌和兴奋的学生来说也许并不重要，难得劳累，难得忙碌，说不定当减减肥，活动活动筋骨以免得骨质增生、肩周炎、冠心病之类的富贵病而苦不堪言。在众志成城之下，劳动很快结束，他们用木桌子拼成了一截“小火车”，上面放着很多餐盘，餐盘旁摆放着许多双木筷，木筷旁又叠放着许多宣传标语，只见这些标语上写着：青原一点红，青虫泛舟，五谷丰登，阳春白雪，金色浪漫……名字取得华丽而唯美，给人一种浪漫的浮想。

“难道他们要在这操场上开什么美食宴会吗？这倒是挺有意思的。”孤雁猜测着。

接着，一个戴眼镜的貌似学生会主席的人站上了一处桌椅搭好的制高点，左手举着一块超大的广告牌，右手举着一个硕大的喇叭，高呼道：“各位同学，大家安静一下，听我说。”主席的力量就是强大，站在一个高地，振臂一呼，所有的学生立马安静了下来。所以，这眼镜主席有些得意，以为自己的魅力和权力得到了实质化的施放和扩张，只是一句话的力量，就让整个熙熙攘攘秩序紊乱的场面恢复了正常，真是一件不可思议的事。怪不得人人都想当官，当官的好处就是具有不容置疑的号召力，让大家都得听你的，就算你说错了，也没人敢反驳。这样想着，他心里自然就乐开了花，说话也更带劲了。

只听他在语气中夹杂着领导特有的威严和慈和："今天是一个特殊的日子，我们响应学校的号召，在新时代和谐的日新月异的进程中，我们都在为追求更好更健康的生活而夜以继日地探赜索隐，孜孜不倦，从来没有停下匆忙的步伐，也为了与自然和谐相处的主题，增强现代人对科技的认识，对自然的深入了解，普及对昆虫甚至是对害虫的认识，纠正传统大众对昆虫落后的、错误的认识，我校教育专家提出，以学校为基点举办昆虫宴，倡导环保、绿色、健康生活理念，并以此教育大家正确认识昆虫、利用昆虫，保护生态平衡，共创美好家园。为了准备此次昆虫宴，我校专门派遣专业人员从云南购置了五十多斤人工养殖的昆虫，回学校后加以冷冻保存，保证食材新鲜、卫生、安全，而后，我们学生会又与食堂合作，将所有昆虫都进行了完备的清洗、加工、烹饪等一系列必不可少的程序，现在终于呈现在各位同学面前。大家待会儿呢，可以尽情享用，不要客气，这本来就是为大家准备的一次饕餮之宴。嗯，在这场宴会即将开始之前呢，我再多说几句啊，就是我知道啊，很多同学呢，对于昆虫多不大了解，存有偏见，盲目而武断地把昆虫分为益虫和害虫，对于害虫的认识就是要杀灭，这是不对的。因此我们举办昆虫宴，就是要让大家认识到，昆虫还可以为人类作其他贡献，包括害虫。我们的教授周兴苗老师也说了，许多昆虫啊，蛋白质含量高，其所含氨基酸数量和种类上超过一般动物性食物，因而具有潜在性经济价值。对于一些想要抓住机会、突飞猛进的同学来说，这就是一个不可多得的契机，可以好好把握。最后感谢学校领导，感谢食堂的叔叔阿姨们的大力支持，愿这次昆虫宴取得圆满成功！好了，我的话说完了，大家——开始——尽情——享用吧！"眼镜主席说着，左臂用力一挥，将举着的广告牌扔向了空中。广告牌因为太轻而迟迟未能落地，直到好长时间过后才落在了一个不起眼的地方，被杂草淹没。欢呼声起哄声此起彼伏，一浪高过一浪，大家都是争先恐后的样子，纷纷伸着筷子，向摆在桌上已经放好的那些令人浮想联翩的美食扑去，生怕一点迟疑就错过了这百年难逢的味道。

学生会的成员本来担负的是维持秩序的活计，在这样的情势之下，也只有佯装着摆摆手臂，做做样子，看见没有隐患，也就立马由现场负责人变成了食客馋涎欲滴于每一盘昆虫所制作的菜肴而兴致高涨不可自拔了……

孤雁一直在细细思忖刚才学生会主席的那一番话，乍听之下好像合情合理，无可厚非，而且还有其很积极的意义，但是细细一想，却似乎有那么一些让人不太舒服的地方。具体的不舒服的细节在哪里，孤雁自己也无法详细指出。要想挑出那学生会主席的纰漏吧，貌似也没有诟病。只是在面对那一盘盘色香味俱全的昆虫时，自己能否风卷残云、一扫而光呢？当然了，这是站在人类的角度来思考。对于雁群本身来说，这些个昆虫确实是不可多得的美食。可是人类不是大雁，他们有自己固定的饮食习惯，几百万年来都没有把昆虫作为主食的先例，为什么要到几百万年后的某一天突然变更呢？吃昆虫真的是一种健康的生活理念吗？它真的能保持生态平衡吗？害虫真的要消灭殆尽吗？那些所谓的专家教授所引领的道路就一定正确吗？既然正确，为什么现在的怪病越来越多？白血病、癌症、禽流感、手足口病、非典型流感、畸形儿、神经母细胞瘤、脑萎缩、尿毒症……而且病毒还在不断变异、进化，人类的医学永远望尘莫及、瞠乎其后，偶尔的成功就以为自己所向披靡，天下无双，而结果却往往适得其反。要到什么时候人类才能认识到这样的做法实在是缘木求鱼呢？还有那种懵懂，这是全人类的懵懂，活在梦中的糊涂，可怕的一无所知！

因为孤雁听到了某某学生的对话。

“原来蛆虫也这么好吃，我以前以为这种东西是不能吃的呢！”

“既然蛆虫都可以吃，那是不是表明苍蝇也能吃？”

“当然了，没听见教授给我们讲过吗？害虫也能吃的。”

“那这样的话真是太好了，我以后见着苍蝇，就抓着烤着吃了，还有蚊子、蟑螂、壁虎、蜘蛛，啊！把他们吃完了，就再没有害虫啦！”

“哈哈哈，大家加油吧！”

“为了全人类共同的目标！”

孤雁感到一阵没来由的觳觫，寒意从灵魂深处冒了出来，而且越来越冷，越来越不自在。他觉得应该马上离开这里，再多待一下说不定就会死掉了。一切的好奇落下了帷幕，好奇是得到了满足，可心却冷了。看来，自己还是不远万里去追随同伴的脚步，寻找那多此一举的叫作“温暖”的东西吧，即使那危险时时刻刻存在，或者生命短暂得如同惊鸿一瞥，那也是值得自己全力付出的，不会后悔……

（十七）

蚯蚓钻出暗无天日的积淀了不知多少岁月的泥土深处，遥望广阔的天空，却被眼前的硕大的椰子树遮挡住视线，自动收回了焦点，才发现自己倚身靠着浮在土地表面的粗壮而遒劲的密密匝匝交错的根。它彰显着椰子树旺盛的生命力和不甘寂寞的丰富的心思与情绪，不因自己业已扭曲的身形而改变对阳光与白云的憧憬。椰子树的身形走样，丧失了直插云霄的笔挺和庄重，只剩下佝偻着的歪斜的屈辱——当然在以貌取人的人们的眼中这样的形象就是天生的懦弱和卑贱，为人所不齿，被人所忽略的，因此，人们的态度就变得冷清而寂寥了，甚至连高贵的鸟儿都不肯落在它的枝头，生怕玷辱了自己的身份以至于被同类嘲笑和讥讽。

人们给这样的树起了一个名称：歪脖子树。

于是在无形当中，“歪脖子树”就成了耻辱和懦弱的图腾。

“它太不雅观了。”经过“歪脖子树”身边的人们常常发出这种感叹。

“它与周围的环境显得格格不入，影响我们的审美，影响心情，应该早点铲除它。”有人想要铲除它，因为人为的好恶，“歪脖子树”的命运受到了威胁。

“对,应该早点铲除掉,你看,周围的树都是那么规整,就只有这么一棵丑树，既难看又煞风景，真不知道当初是谁把它种在这的？”在第一个人终于按捺不住说出心中的不忿和牢骚后，人堆中自然就有此相同感受的人跟着附和了。如果其余的人保持沉默，或者口是心非地唯唯诺诺，那么“先入为主”的不忿者们的气焰就更加炽烈了，如硫酸一样一泼不可收拾，以至于最后大家似乎都觉得这棵树应该被铲除，而究其被铲除的原因，也只模模糊糊得到“因为大家都说要铲除，所以也就要铲除”这样一句苍白无力、莫名其妙的答案。

所以，“歪脖子树”大限将至，无可避免。

蚯蚓在心中默默抗议着，它的意识在无意中觉醒了，因为在有一天，有一位奇人来到了这棵树下，仰望了这棵树很久，然后微微颔首，接着身形一跃，跃上了“歪脖子树”欹斜的树身。树身弯曲得约莫有四十五度，奇人跃上后却稳稳屹立在上面，像附着在树身上的石头，一动不动。

这位奇人穿着白色的唐装，绉纱衣襟在风中微微摆动。他缓缓抬起左腿，向后背抬升，慢慢升上肩膀，越过头顶，接着左臂一伸，像括弧一样紧紧将左腿钳住，而那仅剩的右腿依然如紧紧吸附着大地的“歪脖子树”一般吸附着“歪脖子树”的树身，纹丝不动。他脸上的表情自然祥和，没有紧张的神色，也没有疲累的神色，一点也没有。他整张脸都笼罩在清晨还未散去的薄雾里，更显得神秘。

“大家快看，这里有位神人！”路过的人喊道。

“他在干什么？”有人不解。

“他在练功。”有人解释道。

“练什么功？”有人继续问道。

“貌似是‘金鸡独立’。”有人解释道。

“是中国的传统武术吧！”有人说道。

“真是太令人佩服了，我好想拜他为师！”有人欣羡不已。

“人家也不一定要收徒。”有人插嘴道。

“幸亏有了这棵‘歪脖子树’，给这位神人提供了一个天然的练功场所，也让人大饱了眼福，不然，这神人也没地方去了。”有人道出了“歪脖子树”的用途。

“我倒觉得这棵‘歪脖子树’歪得可爱，是谁说要拆掉的，真是可恶！”有人就接着赞美“歪脖子树”的好处。

“是啊，我也觉得，你看，正是因为它长得歪，所以我们才能坐在它的身上休息而不用坐在地上歇息以至于脏了衣服……”

“而且要摘椰果的话也很简单，一伸手就摘到了，也不用费大多劲儿，还避免了可能摔下来的危险……”

“哎，当初是谁说的要铲除它？”有人开始为“歪脖子树”平反了。

“就是啊，真不知道这个人怎么想的，很好的一棵树，就因为碍你的眼就要铲除它，这是什么人啊？法西斯啊？伏地魔啊？”

“就是，就是，这种人真是可恶……”

舆论开始扭转，没人再敢说“要铲除歪脖子树”之类的话了，否则就会被骂得狗血淋头，甚至遭到围攻。

“保留这棵树，设为重点之树，任何人都不得靠近，因为现在这棵树被一位神人赋予了神圣的权利，所以，除了那位神人之外，任何人都没有攀爬上这棵树的资格。”权威机构在翌日便下达这样的诰命，不容置疑。

于是人们开始恭维“歪脖子树”，保卫“歪脖子树”了，一切威胁“歪脖子树”的安全隐患尽皆被消灭在萌芽状态。至于其他的树却在最短的时间内都不约而同地遭到了忽略和漠视。

蚯蚓高兴极了，他觉得自己离飞升天庭的日子已经不远了，兴许这棵树的成功就是自己的成功呢，反正，不管怎么说，就是这棵树，是自己栖身的所在，也是自己钦慕而崇敬的对象，现在它已经获得了本应属于自己的殊荣，那么自己也就可以放下包袱专心致志地修炼了，再没有什么顾虑了。前方的路很平坦，是一条康庄大道，没有阻碍，一切只是时间问题，很久之后，自己也会像“歪脖子树”一样彻底扭转自己的命运，飞升天庭，在金光沐浴中，发生灵魂的蜕变，成为真正的神祇，与天地齐寿，永享不朽的欢愉。蚯蚓觉得这种梦寐以求的生活已指日可待，不应该有什么担心和顾虑了。然而在自己光辉灿烂的那一刻，却发生了意想不到的一幕——在这一方土地之中除“歪脖子树”之外的所有树木花草尽皆遭到砍伐，为的只是给树腾出一片光辉的场地，给神人腾出一片光辉的场地，给观众腾出一片光辉的场地。然后，蚯蚓看到，在“歪脖子树”的周围很大一片地域之内都是光秃秃寸草不生的干瘪的土地。这棵依然孤独而落寞的被世人关注的近乎倒坍的树，在很多年前它就是这样歪着身子，从来没有改变。那个时候人们唾弃它，鄙视它，甚至想将它砍伐掉，最受关注的是它；时过境迁，人们思想扭转，赞颂它，甚至不惜代价砍掉了它周围妨害它光芒闪耀的“枝丫”，最受关注的还是它，性质变了，焦点却依然如故。而这一切并不是“歪脖子树”想要的，无论是蹦得太高还是跌得太低都不是完满的结局。跌得太低，自己的生命受到威胁；蹦得太高，别人的生命便轻如草芥了。除掉自己，“歪脖子树”心中不忿；除掉别人，“歪脖子树”的心中依然不忿。不骄不躁、不高不低、不苦不乐、不欲不求、不进不退、不甜不苦、不咸不淡、不平不陡、不贵不贱、不锋不钝、不藏不露、不顺不忤的心境或许才是“歪脖子树”的选择。然而这样的心境却是“歪脖子树”没有能力做到的，除非“歪脖子树”成为一棵普通的树，否则一切都是妄谈。不要怪“神人”，神人只是一个契机，而且这个契机不是随时都有，就消失不见。那个神人再也没有出现，人们对这件事的关注也就降到了冰点，直到有一天在人们的头脑中再也找不到关于“神人”的任何记忆，人们也就渐渐认识到当年为了讨好“神人”及他的栖息场地而砍掉其余的树的做法是多么荒唐和可笑。如今小孩子们在那里笑着，踢着足球，把唯一的“歪脖子树”叉开的枝丫当成了门框，足球漫无目的带着破空的呼啸击打在“歪脖子树”的身上，那种疼痛感，那种羞辱，与当年的人们从他身畔经过时从口中喷薄而出的唾弃和鄙夷别无二致。然而“歪脖子树”觉得很坦然，至少，在这样的惩罚中，它的心里会好受一点，当然最好的办法，就是将它也一起砍伐了，省得不死不活地孤独地留存在世间。

蚯蚓看着这样的变化，心中滋味复杂。蚯蚓感觉自己已渐渐苍老了，意识也开始模糊了，当年的那种凌驾于九天之上触手可及的荣光也早已灰飞烟灭，死在另一个世界了，只剩下一具不知为何还能苟且到此时此刻的躯壳依然陪伴着自己。

蚯蚓不知道自己还在等待着什么。是在等待意识涣散过后永久的混沌吗？那还是生活吗？如果是，干吗要死呢？自己现在要结束一种形式的生活，而死后却陷入另一种形式的生活，这不是一种巨大的讽刺吗？真是可笑，蚯蚓在一阵苦笑之后，便以最后的理智选择了这种“行尸走肉”的活法，看看最后到底是个什么结果。只因现在的结果不是唯一的注定的结果。

“老板，你看这棵树怎么处理？”有一天，一群西装革履的人来到了这棵“歪脖子树”的身旁，说话的是一位戴着眼镜的小伙子，像是年轻的秘书，而身旁面容略略发福面目线条分明眼神精明的壮年人就是被称为老板的人。

这人是一位房地产开发商。这块区域已被政府规划，下放有限土地资源，等待有实力有关系的商界大腕八仙过海各显神通投标竞标中标。他夺取了最终的招标资格。

老板缓缓踱步，仔细凝视着这棵“歪脖子树”，它还是和当年一样，没有什么改变，因为树是没有心没有情的，即使身体有些走样，它也不会显老。倒是蚯蚓，老了许多，不过因为有神的意识的寄存，他还能勉强不死。

“住户都说我们欺骗了他们，在令人眼花缭乱的广告宣传画册上不是说得好好的有树、有草、有花、有喷泉、有鸟、有假山吗？可是当正式建造的时候，我们哪里有那么多空闲的资金无端耗费在这些费力不讨好的玩意儿上。可是这件事也不能做得太甚，将所有的绿地都用作房屋修建，这也忒贪心了。记住，很多人就是死在了这步棋子上面，人心不足蛇吞象，贪得太多必然会遭殃。知道我为什么能走到今天吗？不是因为我不贪，而是因为我贪得适量，把握好了这个度，就能在纷繁复杂的竞争中处于游刃有余地步。所以……”

戴眼镜的小伙子聪颖绝伦，已然听出了老板话中的弦外之音，忙接茬道：“老板的意思我明白了，对于这棵树，我们不仅要大力保护，而且还要在它周围的区域建造绿化带，绿化带内还要有假山、有喷泉、有鸟、有花，这里应有尽有，只是这需要从长计议，纵使住户有什么不满，也不会过分指摘了。”

老板微微颔首，眼中溢满笑意，对这小伙子的回答格外满意。事情当然就顺理成章水到渠成了。“歪脖子树”也就没有任何悬念地再次成为被人们瞩目的对象了，不过这一次，才算是一种正常的瞻仰，人们再也没有等待什么神人的降临，也没再对周围的草和花进行惨无人道的剿灭了。所以蚯蚓那多年前就已死去和涣散的意识在这一刻又得到了复原。在凤凰涅槃般的重生之后，他的身体发生了质的蜕变，一道金光从九霄之上垂下，轻柔地附着在他的身上，他看到自己诞生了一颗金色的心脏，在胸腔中缓缓跳动，充满着无尽的生机和力量，并在神圣的金光中升上天堂……在这时，他才终于明白自己修炼的秘诀：经历酸甜苦辣的过程，每一种味道都是一段难能可贵并能带给自己领悟和成长的弥足珍贵的经验。

蜻蜓体态轻盈地停驻在一朵紫色的玫瑰花的花瓣上，花瓣上带着露水，像泫然欲泣的眼泪，晶莹剔透，分外美丽，在阳光的照耀中，散射着彩色的光芒，装潢着清晨的天空和薄雾般隐约的朦胧。当薄雾渐渐散去，蜻蜓贪恋着花儿的芬芳和美丽，当花瓣上的露水滴落下来时，却刚好落在了蜻蜓那透明的、被大自然的鬼斧神工镂刻的精致绝伦并能让任何一位伟大的能工巧匠叹为观止的翅膀的花纹上，微微颤动着。这一刻，蜻蜓的意识觉醒了，不用再像普通蜻蜓一样在死水寒潭的表面做着枯燥乏味的悬浮运动，诞下自己并不好看的后嗣，然后静等死亡。它们的蜕变只是加速自己的死亡，在拥有了透明的双翅轻盈的身躯时，无声的飞翔在空气里被人所歆羡和遐想，渴望与它们一样，获得自由和飞翔的能力。然而对于蜻蜓自己来说，它们清楚地知道这种美丽只是一种转换形式的残酷，像昙花一现般转瞬即逝，能欺骗人类的视线，却欺骗不了时间的预言。在死亡的那一刻，他们不会让任何眼睛瞅见。

所以蜻蜓焉能不喜？在暂时摆脱了这种残酷的考验之后。但是他不能停止修炼，如果想飞上天庭，永享无尽的生命和掌控自己的命运。所以从他停驻在那朵紫色的花瓣的时刻算起，他也并不是漫无目的无所事事地在享受着无尽的时间，而是用两万多只复眼探寻每一个值得留恋的瞬间，那是成为神祇的修炼的过程。

蜻蜓最终在一扇透明的窗子的外沿停了下来，这里光线很好，能看到窗内的一切。里面宽敞开阔，有着各种有趣的专门针对幼儿的陈设，玩具杂乱无章地随意摆放着，七八个幼儿在铺着七巧板的绵软的彩色的地面爬来爬去，并且不时发出兴奋的“呶呶”声。一位面容阳光的青年男子满脸微笑地端起桌上盛满被碾得细碎的汤羹的碗，拿出勺子正给爬在自己身边最近的一个幼儿喂饭。他的嘴里哼着纯真的歌谣，亦如春风般温暖。

“难道这里是幼儿园？”蜻蜓这样想着，但是在仔细观察后却予以否定了。因为他发现在许多幼儿的身上都有不同程度的残疾，不是手掌不能撑开，就是耳朵少了一只，或者没有脚掌，再或者，没有眼珠……

这真是一件让人心里发憷、背脊直冒冷汗的事情，但在春光明媚的装裱中，在青年男子微笑着眼眸的善良的流露中，这种怵惕的感觉在慢慢缓解，最后被一种祥和所稀释、融化，完美地融合在一起，留下的只有无尽的哀怜与感动。

这里是“孤儿收容所”，专门收留那些被抛弃的婴幼儿，而这些被抛弃的婴幼儿之所以被抛弃很大一部分原因在于这些孩子天生的残疾与发育不全，这让他们的父母最终不顾一切地抛弃了他们。除此之外，也有的孩子是由于情欲的不能自已而导致的错误的产物，因而被狠心地抛弃。

“来，小贝贝，小乖乖，小木木，你们吃饱了吗？”善良而充满爱心的青年放下了碗筷，带着亲切的声音地询问着在地板上自由自在无拘无束地爬来爬去的孩子。

“看来是吃饱了。”青年自言自语道，接着他将小桌子上盛放已久的另一碗饭端了起来，就着一盘简单的菜肴吃了起来。菜肴和碗中的粟粒都看不到一丝丝热气，可见这饭菜早已冷得透了，然而青年毫不在乎，在大口扒饭的同时，依然将充满爱心的眼光停留在周围这些个孩子身上。孩子们的举动时刻牵系着青年每一根神经、每一颗细胞，他对孩子们的爱和关怀没有掺杂任何水分，更不是为了什么功利性目的，这里的薪水仅仅能糊口，连养家都不能，这对青年来说也还没有考虑过，因为在此时此刻，在阳光毫不吝啬的照耀中，在躲在暗处的蜻蜓的久久凝望中，在孩子们咿呀不成调的单音中，在一群白鸽飞掠天空投下斑驳的轻盈的影子的晃荡中，青年微笑着唱起了一首童谣：

我们的祖国是花园

花园的花朵真鲜艳

和暖的阳光照耀着我们

每个人脸上笑开颜

娃哈哈 娃哈哈

每个人脸上都笑开颜

……

蜻蜓在暗处的窗檐下跟着轻轻哼唱，渐渐完全沉浸在歌声里忘记了周围的一切，仿佛已融化在阳光照耀下环绕的久久不灭的歌声里，周围所有的一切似乎都受到了感染，再也没有什么不幸福的事情，放眼四周，全是美好，全是温暖……

小小的燕雀双宿双飞于繁华都市车水马龙中，在如等待检阅的士兵一般陈列得整整齐齐的行道树的树枝间穿梭，好像很愉快，没有烦恼，叽叽喳喳地嬉戏打闹，相互啄着对方短小的翅膀和翅膀上的羽毛，当然外人是分辨不出它们的性别的，从外表上看都是毫无二致，就像在它们的眼中人类的外貌特征一般无二一样。它们躲避着人类并不是害怕人类的捕捉，而是讨厌人类的蹂躏自己生存空间，对这种愚昧而荒谬的做法极端不满和怨恨。与人类无话可说，还不如视而不见，远远避开，享受属于自己的欢乐，这才是正道。

燕雀在有限的短促的生命里寻找着任何东西也无法代替的欢愉，那是一种大隐隐于市的超尘脱俗的智力，本应该得到一个还算美满的结局，但在一辆疾驰而过的飞车的铁钩的摩擦里，一只燕雀被划中，像僵硬的石头般，只听“啪”的一声便掉落在了坚硬的大地上。

另一只燕雀停落在死去的同伴的身旁，凄厉绝伦地哀鸣，比撕心裂肺的惨叫更让人痛心。但很少有人在意，路上行人匆匆，忙着自己的工作和未来，自己尚且管不过来，哪里有丝毫闲心和精力去在乎一只鸟的死活和身不由己的不幸？仿佛早已忘了自己也有一颗充满怜爱与柔软的心。只是被尘土掩埋了太深，遗失了唤醒自己的那一抹最初和最温暖的光明。泥土堆叠而至，灰尘破空呼啸，络绎不绝，很快掩埋了已死的并在慢慢冷却僵硬的燕雀的尸体，同伴在它的身旁伫立，不忍离去，扑棱着翅膀，在踮着脚尖微飞的情状中忽略尘土的蔓延和包裹，像是一种古老的仪式，在同伴死后以为它的灵魂还在周围徘徊，没有离开，于是它要一刻不停地大声地叫着、嘶吼着、跳着、唱着，用尚未干枯的血液铸造一曲生命之歌，或者继续陪伴着，然后在精疲力竭中跟着死去，去寻觅他同伴的灵魂。

人们对这两具燕雀的尸体避之唯恐不及。在业已形成的惯性思维中，死去的东西总是不吉利的，所以他们要避而远之，纷纷绕道而行，连车子也是。随着尸体的腐烂，臭气的分子运动开始在空气中弥漫，人们再次路经这里时动作是变得越来越夸张了，有些人甚至戴上了口罩，不过这两具燕雀的尸体最终消失于戴口罩的劳动人员的工作中，他们是清洁工，街道必须要清理，他们闲不下来。街上的垃圾和不净的东西，都是自己扫帚中的职责。

翌日，晨光重新展露，金色的帷幕出现，没有谁注意到一缕金色的光芒乘机钻入了垃圾车中，投射到早已死去多时的那对小小的燕雀的身上，于是他们复活了，并且拥有了神祇的意识，他们又得到了欢乐，在继续的历程中，他们还有故事可以演绎，但那已与人类无干了……

（十八）

傻乎乎的帝企鹅因为贪玩与长长的队伍失去了联系，而且记忆似乎也不好，虽然自己会游泳，漂洋过海走了很多路，吃了很多鱼，也不知道走到了哪里，只觉得气候似乎越来越热，正想往回走，但是却发现回去的路都找不到方向了。哎呀呀，这可怎么办？回不去了，难道我要在这个荒凉的地方孤独终老吗？放眼四周，却是一片广袤无垠的枯黄的原野，极目远眺，在尽头处似乎还不是尽头，因为那里连成了一条直线，天蓝得有趣，却无法改变平原的颜色，那种苍凉和失去朋友的孤独，不知有多浓烈，看着天我能看到希望，看着地却是在剿灭希望。要想脱离困境，只能一直看着天。这可能吗？当然不可能，因为脖子受不了啊！况且，除此之外，还要注意脚下，注意周围，全神贯注，时刻警惕着，容不得丝毫马虎，否则小命就没了。难道自己忘了在海里的教训吗？自己这条命可以说是捡来的，而且捡了不知多少次了，还是在逃生本能的刺激中，神经才变得发达和敏锐的，才幸运地躲过了海豹的追击，避开鲨鱼的侵略，逃开电鳗的威胁。生活真不容易，还不如死了算了。可是死容易吗？好像也不容易，要不然自己跑什么啊？还吃什么东西啊？这似乎更麻烦，不过自己并不嫌累，所以继续活了下来，并有了一个活下去的理由，那就是为活着本身而活着。虽然现在迷了路，在这个陌生的地域中一定会被当成怪物欺辱的，没有朋友助阵，也许还会受到不可逆料的欺辱。但终会有奇迹出现，一定要等下去，不要等要死的之时才发现奇迹就在身边，那真是后悔莫及了。帝企鹅这样想着，一边自省自怨自艾，一边加油鼓劲振奋自己，不知过了多少时间，一群羚羊悄悄踱到了自己的身边，一边津津有味地啃着草，一边饶有兴味地睁着眼睛好奇地观赏着这个“异族人”“外来户”，说不上有敌意，就是惊奇的成分多了一点。有只小鹿脱离了母鹿的控制，小心翼翼地踱到了帝企鹅的身边，伸出舌头舔了舔他的翅膀，表达自己友好交往的意愿。帝企鹅也从这样的举动中觉察到一种欢迎的友谊，于是按照“礼尚往来”的原则，他也就伸出翅膀来摩挲着小鹿的犄角，小鹿则微微闭着眼睛，享受着帝企鹅的摩挲。忽然，一声狼嚎响彻原野，随着旷野烈烈的风扩散开来，在天的尽头不断回响，直吓得整个鹿群惊慌失色，呦呦鹿鸣是集合和奔逃的号角，在尚算镇定的头领的指令中以最快的速度规整队伍，并辨认出野狼可能要进攻的方位，然后向着相反的方向飞也似的奔逃。

帝企鹅还没反应过来，鹿群已消失得无影无踪了。

“真奇怪，这声音有什么好怕的？”帝企鹅挠了挠头皮，不明就里。

“嚯嚯……嚯嚯……”帝企鹅挠头皮的时候是低着头的，当他听到一种奇怪的声音已近在咫尺时，便抬起了头，继而就呆若木鸡地愣住了。

因为他已经被一群野狼所包围了。

当然帝企鹅并不认识狼是什么东西，并没有见过这种只有草原上才出现的猛兽，所以也并没有什么恐惧，只是有点不知所措而已。

野狼也从来没有见过企鹅，所以不敢贸然对这“异种”生物发动进攻，也不敢露出凶恶的神情，反倒是如帝企鹅一样愣住了，迷茫了，随着本能发出试探性的“嚯嚯”声。甚至见到帝企鹅忽然拍拍翅膀的动作都会吓得浑身颤抖，忘了逃跑，以为这帝企鹅扑腾着的翅膀中蕴藏着足以致自己于死地的恐怖之极的攻击力。

可野狼毕竟是狼，它们之所以能纵横驰骋于莽莽草原数千年并在人类的围追堵截下仍能以高傲的姿态威风凛凛地活下来，可不是因为危险骤然来临的时候溜之大吉、逃之夭夭，而是在优胜劣汰的残酷的竞争法则里锻造出的。所以在帝企鹅扑棱着翅膀似要奋飞而起的时候，群狼只是微微向后退却，保持全身戒备的姿势，原先那种攻击性的目光却没有丝毫改变。

很快，帝企鹅就黔驴技穷了，真正的弱点暴露在了群狼的面前，一览无余。群狼的戒心完全消弭于无形，认清眼前的“异族”也不过是模样有些奇特像鸟非鸟而已，与一只梅花鹿没什么区别，毫无攻击性更无威胁性可言。它们现在几乎不用进攻了，只慢慢将包围圈缩小，在闪烁着绿光的凶恶的眼睛里，在伴随着“嚯嚯”喘息的贪婪的呻吟里，可怜的帝企鹅必将被吓得晕死过去。那时候，群狼就可以随心所欲地好好地享受这顿饕餮般的“异域风味”而没有任何顾虑了。当想到这一层的时候，它们的包围圈也情不自禁地向内收缩，有几只狼还舔了舔舌头，流出了如胶水般的透明的长长的唾液，露出整齐、尖锐而充满杀气的牙齿，好像在说："尊敬的外邦的客人，感谢你跋山涉水不远千里来到了我们的国度，给我们提供了一顿闻所未闻的唯美的饕餮珍馐，代我向你们国度的皇帝问好，虽然你的肉体死了，但你的灵魂一定会漂洋过海带回你的讯息，让贵国的人知晓敝国的待客之道是多么的温尔尔雅和热情诚恳，相信贵国一定会派出更多的使者来到敝国访问，并与敝国永结友邦，世代交好。这全是朋友你的功劳啊！我们狼族一定会记住你的伟大功绩，贵国的人民不会忘了你给他们带来了怎样巨大的福利与恩泽，你将彪炳千秋，永垂不朽！啊！朋友，你为什么瑟瑟发抖？哦，不用紧张，我们的牙齿不会给你带来任何痛楚，因为那是上帝赐予我们的神兵利器，专门用以接待柔软动物的躯体，就像天使的手抚摩你们的皮毛,你们只要缓缓闭上眼睛,沉入梦里,就会惊奇地发现自己再也不愿醒来！真的，相信我们的话，请闭上眼睛，好好享受着幸福的时刻吧！星空就在前方，未来就在梦里！嚯嚯！"

帝企鹅就算再傻，到现在也已知道这群狼是要吃了自己，而不是像梅花鹿一般向自己表示友好，或舔舔自己的手，表示亲近了。幸亏自己没有因为一时冲动而将手伸过去，不然整个手都没了，这种情况还算是最轻的，如其不然，自己估计连渣都不剩了。这才真是让自己郁闷的事，死得不明不白，不甘心，不公平啊！所以他想逃，为了那毫无意义而必须继续下去的生活，他选择了鼓起勇气向前冲刺，可是还没抬腿，就被一根杂草绊住了脚，"哗"的一声摔倒了地上，满眼金星中，直以为自己已成为群狼的腹中餐。

"爸爸，你看这只企鹅他怎么啦！"一个小男孩娇嫩而清脆的声音在帝企鹅的耳边响起，像暮鼓晨钟般驱散了围绕在他头顶盘桓良久兀自不肯离去的星星，他用翅膀使劲地揉了揉眼睛，懵懂地瞧着这个小男孩和站在他身边身材魁伟的中年男子。从他们微笑的眼眸和微微扬起的嘴角中帝企鹅察觉到一种从未有过的安全和善良，让自己充满了温暖，而且，还有一种很好的预感，也许他们能帮助自己找到那早已遗弃自己的组织，让自己回到久别的熟悉的国度。

"他似乎被野狼吓坏了。"父亲解释道，"不过我们也挺危险的，子弹只有三发，就算一箭双雕，也只能打死六只狼，这一共可是九只狼啊！而且都处在发育最旺盛的壮年阶段，如果不是我们熟悉狼性，并坚信这些野狼一听到枪响一定会四散奔逃，我也不会贸然向空放枪，这才将狼给吓跑了。想起来也真是悬得很啊！这所有的意志决定权还是在狼王！如果狼王没有被枪声震慑，屹立不动，只是戒备的话，估计我们也逃不掉了！……”

父亲看似经验丰富而又老成，但在叙述完刚才的惊险过程后也情不自禁地长吁口气，抚了抚胸口，表示自己的心理防线并不如表面上那么坚不可摧、固若金汤。所以说“人不可貌相，海水不可斗量”这句话是有一定道理的。

“爸爸，这只企鹅为什么会出现在这草原上呢？企鹅不是生活在寒带吗？我们这里可是亚热带啊！”小男孩一边瞅着蹲坐在地上的帝企鹅，一边头也不转地奇怪地问道。

“当然，企鹅生活在横贯南极的山脉，罗斯海、罗斯冰架的交接处，那里是饱受寒风摧残的科兹岬，只有最耐寒的动植物才能在那里生存。而且你看，这只企鹅的外表，披着黑白分明的大礼服，喙是橙色的，脖子底下有一片橙黄色的羽毛，向下逐渐变淡，耳朵后部最深，全身色泽协调，外形健壮，与一般企鹅不同，如果我判断无误，这只企鹅该是企鹅中的皇帝，帝企鹅！”

“帝企鹅！”小男孩惊讶地咋舌道。

“不错，帝企鹅。我想，他可能是在繁殖迁徙的过程中与队伍走散了，然后漂洋过海，经过了我们难以想象的重重危险，误打误撞地来到了这里。不过我们得想办法将他尽快送回南极，这里不是他的久留之地，因为这里对于他来说太热了，他会受不了的。”

“那我们什么时候行动？”小男孩问道。

“事不宜迟，就现在。”父亲说着，就蹲下身子，将帝企鹅抱了起来，扛在肩上，向着草原的南边疾驰而去。此时已是夕阳西下，在南边没有霞光落下的地方，却有一弯淡淡的透明的月亮浮上了半边天，如引路天使一般在无声地指引着这对友善的父子前进的方向。一抹幽魄摄入帝企鹅的双眼中，在无法说出的一种感动的萦绕中，他的意识觉醒了……

石琵琶不是琵琶，只是石头，像琵琶一样的石头，在火焰山的峰顶，守候着一口深达数百米的岩洞，这是一种天生的义务和职责。在一位探险者的呼喊声中，石琵琶的意识觉醒了，这是他修炼千年来第一次听到求救的信号，那样微弱，气若游丝，却散发着对生的执著的追求。虽然在这个荒无人烟的地方明知道呼救无济于事，但一种神秘的力量与体内求生欲望的融合让他孤注一掷，竭尽全力，企盼会出现奇迹，譬如在这火焰山的山脚刚好有人经过也说不定。

石琵琶的意识虽然觉醒了，但是却不能动弹，也不能亲自实施救援，只能依靠外物，请求途经这里的人能够听到这掉进山顶深洞的可怜而勇敢的人的呼救，并赶快联系周围群众和警力齐心协力众志成城搭救他。

石琵琶有着微弱的神力，能将探险者微弱的呻吟声扩大很多倍，向更远的地方辐散开来，像四溅的水花一样在空气的海洋里荡漾，并以分子作为媒介不断传递能量，而石琵琶不断扩张的神力也在佽助这种力量在传输的过程中不会衰变而一直保持着清晰明朗的分贝和震动的力量。

火焰山四周若干里地域几乎都荒无人烟，人迹罕至，声音传送了很久才终于传进了一幢简陋的水泥瓦房中。这瓦房中住着十多个淳朴的农民工，因为天气太热，他们在吃过午饭后就开始午休。刚刚闭上眼睛，就被一阵阵接连不断的若有若无的呼救声惊醒了。他们睁开眼睛的第一个反应就是有人遇到危险了，需要马上救援，虽然这声音似乎从很远的地方传来，但是大家都听得清清楚楚，他们几乎没有怎么商量，便不约而同地大声说道：“赶快救人！好像是在火焰山！”

就这样，十几个农民工，十几个朋友，十几个兄弟，带着一腔赤诚的热血和急切的焦灼的心开着唯一一辆火三轮在劣质引擎发动的“轰隆”声中疾驰而去。

差不多行驶了半个小时，他们劣质的火三轮停在了火焰山山脚。这时探险者的声音更加清晰无误，石琵琶为了将探险者遇难落下的准确的方位告诉给这十几个农民工朋友，将向其他方向传递的声音悉数聚拢，汇聚成一条无形的直线传入每一个农民工朋友们的耳蜗。在仔细判断了探险者落难的方位后，他们开始向火焰山山顶攀爬。

火焰山的攀爬并没有想象中那么容易，虽然看着山势不高，但却没有向上攀登的人造阶梯，而且因为特殊的地理环境和气候的极端恶劣导致了火焰山上寸草不生，怪石嶙峋。当地政府见这山根本没有什么商业价值，除了一个传说中的铁扇公主的雕像屹立在山脚被毒辣而炽烈的太阳烤得几乎成了火炭外再无其他可以供人消遣的设施了，便渐渐弃之不顾，任由东南西北风拂过也不加理睬。当地的民众也更是不屑一顾，所以极少有人愿意选择这里进行攀登。而这个勇敢的探险者却不顾生命危险在什么设备都不曾携带的情况下徒手攀登成功，汗流浃背，几近虚脱，还没享受到征服一座山的满足和欢乐就一不小心掉进了石琵琶守护着的旁边的深洞中。石琵琶其实有些生气的，他不明白这个年纪轻轻的探险者究竟发了什么羊角风要来攀登这火焰山，要说探险吧，这座山也不值得如此攀登，因为山势太低，在专业探险人员眼中简直就像一坛泡菜一样没有味道，根本不屑于攀登，就是新入门的探险者也不会选择这样一座费力不讨好也没有任何价值和纪念意义的童山的。所以，这位探险者的举动让石琵琶感觉有些自作自受不可原宥。但是石琵琶还是决定帮帮他，不让他死在这里，不让他认为自己的生命如同儿戏可以任意挥霍，只希望他能认清楚自己现在在做什么，为什么要这么做，值不值得。还有，最重要的一点，那就是耗费公共资源拯救自己的生命到底值不值得？

不错，农民工朋友们发现自己的力量还是太小了，需要向消防支队请求援助。不过这里信号不好，一位农民工朋友又驾着劣质的火三轮回到了原来住地，拨打了电话，终于在两个小时后，当地消防支队约两百多人的救援力量匆忙奔了过来。

当他们的脚步停在火焰山脚下的时候，都不约而同地冒出了一个巨大的疑问：“这位探险者到底是运用了多大的神力才会掉进这山顶上的一处洞穴的？”这真是让人匪夷所思的一件事。不过疑问归疑问，既然来到了这里，人还是要救的，但是怎么个救法还需要进一步商榷。只是现在，通过可怜的探险者传递出来的信息来看，他被卡在了洞内的一块凸石中，而且很久没有进食饮水了，生命能量严重流失，需要立即给他输送水和食物，延续他的生命，让他持续保持着清醒状态，不要闭上眼睛，更不要睡觉，并不断鼓励他相信自己，相信我们的力量，很快就能让其脱离险境。救援人员的鼓励为绝境中的探险者注入了一股龙涎凤胆似的起死回生的神力，探险者在接收到消防人员递给自己的食物和饮用水后就精神大振，不管三七二十一，便狼吞虎咽地吃了起来。这是求生的本能，为了争取自己生存的权利，继续活下去的权利。

人总是会救出来的，毕竟来的都是专业救援人员，人数、设备都彰显着救援力量的强大和专业水准的不容忽视，如此一来，是无论如何也务必要完成这项救人任务的了。结果是好的，可喜可贺的，探险者被活着抬了出来，送往了医院，经医院详细检查，确定只是被困太久导致体力虚脱而已，其余器官仍在正常运转中，很快就能出院。一切似乎轻松了下来。包括石琵琶，也长长松了口气，不再担心什么了。但是心底恼恨的意识却也没有很快消散。

不仅是石琵琶，民间的讨伐探险者“闲得蛋疼，无端耗费社会公共资源应该受到惩办和赔偿等等”的呼声也是越来越高，迫于舆论压力，探险者不得不公开露面向公众道歉，忏悔自己的愚钝、冲动，不顾后果，只凭自己喜好和激情去尝试新生事物，而造成社会负担，并劝诫各位喜爱探险的年轻人一定要以自己为戒，不要轻易涉险，不要被欲望控制，否则终将被欲望吞噬、毁灭，害人害己，增加社会负担不说，最后得到的评论也不会好到哪里去，“自遗其咎”、“活该”之类的字眼肯定排在榜首，且热闹非凡，很长时间都会是社会上的热门话题，安静不了，那当真是遗臭万年，一点也不划算了……

一根发丝的意识觉醒于一片灿烂的朝阳里，在一个舒畅的白云悠悠的空间里，一群白鸽飞过天空，印下不规则的鸽影掠过泛着光的矗立着的楼房的一个侧面，像一块帷幕，上演着一幕幕自然而无导演安排的随心所欲的皮影戏。女子的后脑勺被重重柔软的发丝围绕包裹着，八千多根发丝，其余的都在沉睡，只有自己觉醒了过来，这是什么原因，自己是无论如何都想不通，只能归结为运气，就不再纠结了。不过发丝通过修炼可以飞上天庭成为神祇却是十分新颖的事情，可以说是闻所未闻，他想要联络其他与自己一般的修炼的神祇时却得到一种爱莫能助的表情和叹息，回答也几乎出乎意料的一致：“对不起，你太特殊，太别具一格了，我们其实不是处在统一战线上的修炼者，对不起，我们无能为力，敬请见谅！”

于是发丝郁闷了，心想大家都是神祇，我怎么就不一样了呢？我好歹也是有了神的意识的头发啊！怎么长在人的身上就他妈不是一路人了？真是可笑！你们也太势利了吧！直接拒绝也就是了，怎么还变相地拐弯抹角地骂我呢？真是该死！哼！待有出头之日，你们就等着后悔吧！发丝这样想着的时候也就慢慢释怀了，不去理会其他修炼者，决定自己解决，自己探索，自己努力，自己发愤图强，为了未来能够出人头地，笑傲群芳，将这些乌合之众踩在脚下。那时心愿遂了，方才能觉晓这天地间于自己是何等的舒心和欢畅。洗刷昔日耻辱，即使夕死也无憾了。

可是，要想出人头地，消除异己的排斥，声震寰宇，需要时间，不是顷刻间便能完成的，所以在这样一个短暂的时刻，当发丝发泄了一通心中的不满和不忿后，也觉得这样下去只能算是过过嘴瘾，实际上什么也没改变，一切照旧。眼下当务之急，就是该琢磨着如何修炼，如何加快修炼进程以及如何完美蜕变。

就像人类在孜孜不倦地寻觅着养生、保健和延年益寿的办法一样，在没有一套完善、完满、完备的修炼体系和方法之前，一切都只能靠自己去摸索、去尝试。况且，神祇也和人一样，个体之间的差异也是不容忽略的，询问别人也只能获得一少部分启示，是否适合自己，对自己是否有莫大的帮助却是不敢妄下定论，武断抉择的。所以选择相信自己，押注在自己的手上比相信任何人都要稳妥、保险、安全。

正当发丝准备闭关修炼进入冥想状态抛却周遭一切甚至几乎忘了自己是谁的时候，却发生了一件惨绝人寰差点儿令发丝死于非命的事，这件事，彻彻底底改变了发丝的人生观、价值观、世界观，使他忽然明悟了自己再也不能抛却所有而进入到一种创造的孤独境界中混混沌沌置身事外超尘脱俗了。他需要融入周遭的一切，关注一些东西，无法逃避也不能逃避更不能保持沉默，选择一种义愤填膺的谴责虽然还远远不够，但至少比什么都不关心的态度强胜过太多了。这种事情来得太突然，如晴天霹雳，但发丝还是在最后关头采取了极其重要的举措，这种举措虽然收效甚微，可是得到的领悟却是不一而足、层出不穷、数不胜数的，仿佛刹那间所有的星光汇聚在一起，铺就一条光辉灿烂的大道，伸向天堂。发丝发现，自己苦苦思索而不得的修炼领悟的法门和路径竟然如此简单，可惜很多人都不相信也不愿意这么做，这方法就是……

女子还是和往常一样在吃过了早饭之后出去散步，觉醒的发丝已然习惯并没怎么在意。早晨有些薄寒，淡淡的薄雾还未散去，女子在一条街的尽头建造的花园中驻足，呼吸着沁人心脾的新鲜空气。蜜蜂来得很早，兀自傻乎乎地采蜜，也不知为谁辛苦为谁甜，蝴蝶翩然飞舞中，也不知是在专心致志地进行着传粉受精的正式工作还是在嘻嘻哈哈游戏人间然后顺便把这简单到易如反掌的工作做了，除了它自己，谁也不知道。且不去理会，只关注这女子的行动和可能出现的情况。有些情况是骤然发生的，而在发生之前甚至看不到丝毫预兆。按理说这是一个正常的上午，正常的街道，正常的花园，可是却偏偏会发生一件十分不正常的事。什么事呢？当女子沉浸在芬芳气息中时，一个骑自行车的青年男子飞速从女子的身旁驰过，伸手将她推倒在地上，然后转身欲逃，不过因为青年推人时用力过猛，自己也倒在了地上。女子在回过神来之时怒火升腾而起，也不知从哪里来的力气，在青年还未站起来的时候一把抓住青年的衣襟，大声嚷道："你为什么要推我？你凭什么要推我？你想干什么？你是故意的是不是？

你必须给我一个说法，否则别想走！……”

听见女子的大叫大嚷，周围的行人渐渐聚拢了过来，连发丝也惊醒了，暂时抛开了沉浸在冥想氛围中的状态，瞧着眼前的情况。青年被女子揪着衣襟，见围过来的人越来越多，自是有些慌乱，也不去回答女子的问题，用力推开女子，本以为可以一举推开她的纠缠，就可乘机逃之夭夭，没想到女子这次抓得很紧，青年用力几次推搡都没能如愿，情急之下加之魔火攻心，见到自行车旁的U形锁，便一把抓了过来，揪住女子的头发一把敲了下去。

巨大的沉闷的响声中，女子只觉得自己被一口千年前的大笨钟穿越时空后莫名其妙地击中，眼前全是不同时空的文物和历史珍品，城市房屋开始颤抖，像地震来临时不由自主地颠簸但却没有声音，只有巨大的缓慢的灵魂与世界分崩离析的声音。那一刻，女子完全蒙了。

连鲜血汩汩而下都似乎忘了应该产生剧烈的疼痛。

发丝也蒙了！他虽然是神祇，但还没修炼成金刚不坏之身，女子的疼痛感是何等程度其实在发丝的意识中也能感同身受，但正是在这样备受煎熬与撕裂的痛的肆虐中发丝意识深处的力量给激活了起来，于是电光火石间，在看到青年似乎疯狂地不顾一切地挥舞着U形锁要继续击打女子本已遭受严重创伤的后脑勺的刹那间，发丝催动体内微弱的神力，挺身迎了上去，一道微弱的金色光芒闪过，护住了女子的头部。于是青年的第二次敲击和以后的若干次敲击都像击打在一块巨大而坚硬的花岗岩上，震得青年的手臂微微发麻，隐隐作痛，青年的疯魔状态开始削减并想要一探究竟的时候，周围的群众已经涌了上来，夺过他手中的打人凶器，将他按在了地上。随后警察就来了，将他缉捕归案。女子也被赶来的救护车送进了医院。

女子的命得以保留，全靠发丝在危急关头的挺身而出。恢复是一个漫长的过程，毕竟留下的创痕太深太深了，像石块投入无底洞中听不到回声，睁眼便是层层叠叠数不胜数的压得人喘不过气来的黑云和梦魇，闭上眼这些诡谲的画面不仅没有消散反而更加猖獗，更加张狂，这样的日子真是生不如死。除此之外，还有最要命的头痛欲裂，仿佛古代一种令人发指不忍卒睹的用铁箍敲开天灵盖的刑罚那样残酷，躺着的床也变成了满是尖刺的“钉床”，睡在上面犹如“滚钉床”般痛不欲生。这样的日子何年何月才是个尽头？女子想趁早结束这饱受折磨的残躯而不得，原因是女子本以为青年已受到法律的制裁和判决在监狱中服刑时，却意外听到了一件让自己无比愤恨难以自制的事情：青年的家人在为其申请精神病鉴定，以精神病人没有行为自控能力、不用对自己的所作所为负完全刑事责任而提起申诉，保释青年，为其脱罪。倘若此事当真，那女子真可谓上天无路，下地无门，哑巴吃黄连，所有的苦只能统统归咎于自己运气不好倒了大霉了。所以当愤恨化为无名业火席卷全身燃烧灵魂的刹那间，女子暂时忘却了自己头部所遭受的剧烈的创伤的疼痛感，声嘶力竭指斥青年及其家人行为的卑劣和无耻，竭力控诉青年绝对是在意识完全清醒的时候行凶的，他不是精神病，他没有精神病，他的意识绝对清醒，他有完全的能力对自己的刑事责任负全责，妄图洗刷和抹灭青年犯下的罪孽那是不可能。希望法官明辨是非，本着公平、公正、公开的原则和审理方式，调查取证，不要听信凶手一面之词而掩盖真相，要以事实为依据，法律为准绳将凶手绳之以法，还自己一个公道。

法官既然不能盲目听信一面之词，所以面对女子声嘶力竭近乎失控的声讨时，也并未盲目作出回答，他还需要听取被告的辩词。当然，青年及其家人这方面是不可能有女子这般激动失控的情绪的，不仅没失控，甚至还非常心平气和地将自己的辩词说了出来，其内容大致是青年因为隐瞒多年的精神病史在无意间被妻子发现，导致双方发生口角，最终被妻子要求离婚，青年家人拗不过，也自知没有什么转圜的余地，也就答应了离婚的要求。男子心情不忿，骑车外出，不想精神病发作，不可抑制地打了人，给女子带来了巨大的伤害。对此，谨向女子及其家人致以诚挚的歉意，并愿意承担女子所有的医药费和精神损失费，具体数额有待商榷。还请法院方面明察秋毫，以人为本，酌情办理云云。

然后这样的审理又持续了一段时间，每次都是在这样的辩论会似的审判中宣布休庭并没有宣布判决结果，关于青年是否患有精神病的鉴定结果报告也迟迟没有公布，所以女子心潮难平，愤恨难当，忧心如焚，在很多个日日夜夜中都在咬牙切齿的赍恨中失眠。她现在唯一的心愿就是将男子绳之以法，送进监狱，得到应有的惩罚，没想到这么个简单的案件却在人为的掺杂中变得越来越复杂，越来越深不可测，越来越扑朔迷离，也让自己觉得在这个社会生活的安全感越来越少。想到这里，压抑了很久的泪水便肆无忌惮地滚落了下来，号啕大哭中，她仿佛看到了这个表面完美的和谐社会在慢慢模糊，蚊蚋从坟墓中飞出，很快铺天盖地，弥漫了整个空间，顷刻间，一切都变成了一抔抔腐朽的黄土，被风一吹，带着死尸的腥气，腥气中是枉死的怨灵在啾啾哀鸣，其情状分外恐怖，但又夹杂着无穷无尽的悲哀和绝望。

“不！”女子在心中厉声嘶吼，“这不是我应得的结果，不是！不是！凶手应该受到惩处，不可能得到任何形式的宽宥！我相信法律是公正的！我相信青天是明朗的！我相信！还有美好……没有消弭……”

于是女子怀着仅有的对正义的希望苦苦坚持，直到有一天传来一个消息，让她所有的意志在瞬间崩溃。她是真的觉得糊涂了，无论如何也无法接受母亲对自己说的话：“人家愿意赔我们一百万，我看我们就撤诉吧！这事，就这么了了吧！反正，你现在也没什么事了，又没死……”

“是啊！这年头，大家都不容易，好不容易有了一笔钱，你看我们打官司花了多少钱，这次，也算是结一次善缘吧，俗话说冤家宜解不宜结，我和你妈的看法一致，就这么算了，不要再追究了……”父亲在旁边帮着腔。

女子缓缓瘫倒在地上，只觉得灵魂都被抽走了，找不到一个可以支撑、可以依靠的点，不是说三角形具有稳定性吗？可这个稳定性在哪里呢？两个角已经塌了，这个三角形也就烂了。三角形就是家，家中最重要的两个人都已经妥协了，那自己还坚持什么呢？正义还在吗？还需要坚持吗？官司的诉讼费用一直都是家里垫着，自己受伤后一直没有工作，存款几近于零，要坚持，拿什么坚持？看父母的态度，估计是已经庭外和解了。好了，没自己的事了，自己反正也没事儿了，只是头还在不时地剧痛，医生说是后遗症，估计一辈子都好不了。好不了，好不了又怎样？反正是治不好不了，官司打赢了也治不好了，自己还打什么呢？不是提倡孝道吗？现在父母可以借着这个机会大赚一笔，如果自己肯放弃心中坚持的正义肯牺牲自己利益的话，那父母一定会喜笑颜开，过得很幸福的了。如此，牺牲了自己也不算什么了。想到这里，女子笑了，在笑声中，却不知为什么，将本不应该流出的眼泪给窸窸窣窣地带了出来，很快就汹涌澎湃，渥湿了胴体中每一寸肌肤……

发丝呢？发丝在竭尽神力抵挡了青年穷凶极恶的攻势过后，意识本已涣散，但是在他醒来的时候，却是在一片云层之上，伴着仙鹤飞舞，放眼处，是一片金灿灿的骄阳。

（全书完）

2013 年 12 月